陳映真全集

16

1996

1997

人間

目次

評「中國不可以說不」論

代出版說明[1]

《中國可以說不》在大陸和海外華人世界出版熱賣之後，在台灣的一些精英先生們，就迫不及待地皺著眉頭發出議論。說《中國可以說不》表現了大陸知識分子的「無知與孤傲」（九月十六日某報「時論廣場」版）[2]，就很能代表這類議論的一斑。[3]

精英先生說，「中國是否可以義正辭嚴地對西方說不，並不取決於民族自尊，而須視中國有多少說不的籌碼。」

照這個道理說下去，十九世紀帝國主義要把中國豆剖瓜分時，因為當時中國顯然沒有對帝國主義「說不的籌碼」，就應該乖乖地成為刀俎上的魚肉了。當《馬關條約》要割台澎，大陸上就不應該有拒和、遷都、抗戰、公車上書的言論和行動；台灣也不該組織抗日臨時政權——「台灣民主國」；在日本近衛師團登陸，在台官僚、將軍、豪紳紛紛內渡之後，吳湯興也不該在平鎮、龍潭、大湖、十八尖山一帶帶領農民進行武裝游擊抵抗……從一八九六年一月一日，士林農民擊殺六個來台灣施行日語教化的日本教師「六先生」開始，一直到一九一五年噍吧哖事件，前仆後繼，用傳統槍矛抵擋最現代化鐵槍火炮的台灣農民游擊抗日鬥爭，難道只能得到這麼一句評斷：「狹隘且無知的民族主義」？

如果一個民族真有「強大的經濟與科技實力」，別人就不敢來找碴、挑釁，也就根本沒有必要對別人的欺侮說「不」。在森林裡，兔子和麋鹿永遠不會對獅豹說「不」。牠們只配逃命或者被吞吃。只有人，才會在忍無可忍時，越過生物學的限制，敢於在刀鋸鼎鑊之前，在拷問室中，在權力的威暴前，在異族壓迫與掠奪前說「不！」而不辭破身亡家，終致使暴力蒙羞、癱瘓和被唾罵。這就是為什麼在人類文化史中發散著激動人心的光輝的，永遠不是殘暴的君王、武夫、劊子手和侵略者，不是富豪權臣，而是摩頂放踵的思想家、面目蒼黃的宗教家……人的尊嚴，「民族自尊」，只有在人的世界才有，而且起重大作用。

而一旦從台灣歷史中抽去反割台鬥爭、反日農民游擊抵抗、非武裝抗日運動、霧社蜂起……的歷史，試問台灣還剩下什麼歷史？教會和士紳開城門投降的歷史嗎？還是辜、陳、許……這些和異族統治者合作，累致巨富，迭次受勳，當上日本貴族院議員的「精英」豪族的歷史？

至於說日本的晶片有多麼神乎，我不是科學家，不得而知。但石原慎太郎正是依仗「強大經濟力與科技力」對弱小者的抵抗「說不」的人。拿這樣一個否認南京大屠殺、否認侵華戰爭、否認強徵中國民伕到日本從事死亡勞動、否認「從軍慰安婦」等戰爭責任的人來作說理的榜樣，卻又說石原的「右翼軍國主義思想」「不足取」，就是立論的矛盾了。因為石原正是以其「強大」的「籌碼」，「義正辭嚴」地對中國人民的正義控訴說了傲慢、鄙夷的「不！」。而這樣一個日本，二戰後向來只是國際政治上的侏儒，扈從美國凡四十餘年，一般地從來不曾對美國說「不」。

對於強權國家的知識分子，我們的榜樣不是石原之流，而是類如井上清那樣，膺大義而論證釣魚台不是日本領土，日本對釣魚台的主權主張是軍國主義的再發動這樣的學者；也不是以「文化對抗論」包裝「圍堵中國論」和「中國威脅論」的亨廷頓，而是深刻、科學地批判美國在文化、外交、意識形態、政治和軍事上的帝國主義的卓姆司基（N. Chomsky）——這些敢於對自己擁有「強大經濟與科技實力」的祖國之威暴於人說「不」的大思想家。[4]

「現代義和團」是我們的現代精英很喜歡用來當髒話罵人的詞。他們喜歡當髒話來罵人的話，還有「狹隘的民族主義」。「義和團」在精英的腦中，有這僵直的概念：「殺人放火的土匪」，「無知愚昧，野蠻落後」。

義和團是去了人家八國聯軍的八個西方國家去殺人放火了呢？還是人家先侵略了中國，燒殺予奪，強人開港通商，勒索巨額賠款，搶竊中國文物？在朝廷、官僚、士紳無不屈膝時，義和團殺幾個橫行「條約港市」的外國商人、軍人、教士和他們的中國扈從，燒幾家洋行教堂，就一定要說我們野蠻，人家文明？說我們無知落後，人家文明開化？在我們看來，義和團的抵抗內容和形式，是帝國主義時代，被壓迫民族在封建官僚士紳無力反抗的社會條件下，廣大貧困農民起而抗擊帝國主義的共同形式和內容。而當以槍矛對抗現代化火炮鐵槍成為農民和帝國主義對決的基本形式之時，農民只能訴諸封建迷信——「槍炮不入」的符咒。而義和團竟也依「民族自尊」打擊了八國聯軍，保衛了津沽，血戰北京……嚥吧咋起義中，就宣傳「玉皇大帝九天玄女」，宣傳可以「隱身」，可以「避子彈」、「避刀槍」的符法。只有思想感情上站在擁有「強大經濟與科技實力」的西方帝國主義的人，才能對此加以無情的嘲笑。

至於「民族主義」，還要分侵凌者民族的「民族主義」，和被凌辱者民族的「民族主義」之間的根本性差別。美國以「美國利益」為名，到處伸手，是民族主義。過去鬼子的「大東亞共榮」是民族主義。今天石原罵美國固是民族主義（帝國主義之間，原就有必然矛盾），但石原罵中國人「虛構」了南京大屠殺，罵《中國可以說不》這本書，也是民族主義。我們就納悶兒：為什麼人家的民族主義就不「狹隘」，就不「義和團」，就那麼香？為什麼受了欺侮、掠奪的人要站起來對橫暴者說一聲「不！」就是「逆流」，就是「抽鴉片」，就是「膚淺」、「孤傲」？

此外，歷史地看來「經濟與科技實力」的「籌碼」小的力量、民族和國家，戰勝「經濟與科技實力」的「籌碼」遠遠大於自己的勢力、民族或國家，使後者遭到可恥的失敗者，絕不罕見。在中法戰爭的台灣戰場上，台灣人民就戰勝過法國人。鄭成功的海軍就戰勝過十七世紀的世界霸權荷蘭。「小米加步槍」的人民軍隊就推倒了美國人幫它「從腳底下武裝到牙齒」的國民黨政權。在韓國戰場上，剛剛打完艱難漫長的內戰，社會、經濟亟待生息發展的中共，把二戰後世界最大的侵略戰爭機器美國打回三八線。越南人民先在奠邊府打跑了法國人，後來又使美帝國主義簽下投降求和之約，這又仗的什麼「籌碼」呢？

這些全是「籌碼」奇少，卻能「義正辭嚴」地說「不」的史例。這是只知迷信人家的「強大經濟與科技實力」，不知道「民族自尊」和人民的正義、道德、政治所能發揮的力量的精英們所不能認識的。[5]

我素來並不那麼贊成「二十一世紀是中國人的世紀」之類的「未來寓言」。但也不能對今日中國在鴉片戰爭後初有不可侮的國防，不必以向外侵奪來進行血腥罪惡的原始積累條件下，創造了使十二億人初步溫飽的經濟增長一筆抹殺。認識並正確評價這個絕不容忽視的成就（在廣闊意義上，台灣的「發展」也為此做了一定貢獻），怎麼就是「新義和團」呢？

同樣在台灣看，我們並不覺得中國大陸那麼「不與西方國家合作」。大陸說盡了要合作、不搞對抗、不找麻煩的話，可美國就是在「人權」、「自由」、貿易、配額、智慧財產權、ＷＴＯ、「彩虹號」各種問題上找盡大陸的麻煩，這是有目共睹的。為什麼我們的精英就一定要人家跟他自己一樣，從來不會、不曾，也不敢對美國和日本說一聲即使是稍微卑微的「不！」才順心？精英先生似乎很開心地看到「中共在許多『重大原則』問題上，從來沒有輕易向美國說不」。但他似乎忘了大陸為「銀河號」真相大白後在聯合國批評了美國，在美國聲稱對大陸經濟制裁時毫不假借地頂住了（而沒有像台灣那樣敢怒而不敢言，最後總是以屈從收場），在重大外交問題上，大陸起碼是守住了「重大原則」，也是有目共睹的。在《中國可以說不》一書的附錄上，就有喻權域對美國以人權問題批評中國的反駁，說理深刻，義正辭嚴。[6]

今天，說美國不是一個霸權國家，恐怕連右翼的美國人都不會以為是一種善意的辯飾了。世界史上，從來沒有像今天那樣，成為美國單極獨霸的世界。在台灣，一九五〇年以降，美國透過援助、人員交流組訓、留學政策、獎學金、基金會、在文教領域長期採用美國原文教科書……到了今日，從總統府以降，不論朝野，各行各業中，美國出身的碩士、博士精英占取了幾乎一切領導高地。美國的意識形態、價值、學術，在台灣成為統治性論述。〈無知與孤傲〉就具體而微地表現了這個論述系統。但是如果我們的精英能安居於這樣的美國體系，倒也是他的自由，卻為什麼一定要大陸的知識分子不必提防「和平演變」，非得都要人家「變成奴隸」，而且「變成以後，還很歡喜」才舒服？

在文章的最後，精英先引用托夫勒的話，嚴肅批評「中共不圖趁勢提升」大陸的「知識、教育、科技與文化水平」，卻去提倡愛國主義之不智。說大陸今日在「知識、教育、科技與文化水平」上離開最先進的水平還遠，有待再「提升」，我是誠心贊成的。但僅僅看大陸的出版品，中國大陸自己編的百科全書，重要的世界人文社會科學經典作品的成套翻譯出版，世界文學作品不分「東西南北」相當齊全的翻譯和出版，只怕不是台灣可以望其項背。至於自然科學、高科技的獨力發展與成就，更不是台灣有資格置一詞的。再至於教育，大陸的確存在著比較嚴重的普及和提高的問題。但是從上述人文社會科學和高科技的一點積累看來，我們的精英是不是也要想一想受教育公民的數量，並不好直接、完全地翻譯成教育的品質。

〈無知與孤傲〉刊出之時，台灣還沒有繁體字普及版的《中國可以說不》。台灣的精英總喜歡對一般小民看不到的書，發一番議論——例如面對禁止看馬克思主義著作的社會，暢論馬克思之「偏狹」、「錯誤」、「無知」。現在，《中國可以說不》已經在台出版，人們總算可以從自己的閱讀中去判斷這本書是否真是大陸「膚淺青年的無知和孤傲」表現？

現在，合寫了《中國可以說不》的原作者們，又合作寫了這本《中國還是能說不》，在大陸又造成了初版印銷四十萬本的熱賣。新書對於「遏制中國」論和西方、日本對中國的歧視、誤解和藐視提出有力的批判，對上一本書的各方反論，提出暢快的辯駁。人間出版社有幸取得版權，在台灣發行繁體字本，特以發表過的書評稍加增潤，聊為出版贅言。[7]

一九九六年九月發表

一九九六年十月二十三日修訂

初刊一九九六年九月二十五日《聯合報・副刊》第三十七版

收入一九九七年一月人間出版社《中國還是能說不》（宋強、張藏藏、喬邊、湯正宇、古正清著），一九九八年中國友誼出版社（北京）《陳映真文集：雜文卷》，二〇〇四年九月洪範書店《陳映真散文集1・父親》

本文按洪範版校訂

---

1 本篇為刊於一九九六年九月二十五日《聯合報・副刊》第三十七版〈評「中國不可以說不」論〉之修訂版，新增三個段落，作為人間出版社《中國還是能說不》之代出版說明，後亦收入《陳映真散文集1・父親》。本文依據洪範版校訂，並加編註標示修訂版新增之三個段落，唯洪範版篇名為〈評《中國不可以說不》論：代出版說明〉，其中書名號應為誤植，本文據《聯合報・副刊》版與《中國還是能說不》版，將篇名修訂為〈評「中國不可以說不」論：代出版說明〉。

2 張所鵬〈無知與孤傲——中國可以說不〉，一九九六年九月十六日《中國時報・時論廣場》第十一版。

3 《聯合報・副刊》版下一段落前有編者所加標題：「真有強大的勢力　別的民族　也不會來欺侮」。

4 《聯合報・副刊》版下一段落前有編者所加標題：「對於義和團的抵抗形式　不應無情地嘲笑」。

5 《聯合報・副刊》版無「此外，歷史地看來……政治所能發揮的力量的精英們所不能認識的。」此二段落。

6 《聯合報・副刊》版下一段落前有編者所加標題：「《中國可以說不》豈真是『無知與孤傲』？」。

7 《聯合報・副刊》版無此一段落。

我不會忘記

悼念陳毓祥

香港「全球華人保釣大聯盟」年輕的領袖陳毓祥，身殉保衛釣魚台的民族運動，帶來很大的震動。陳毓祥是七〇年保釣一代最年輕的一輩。他經歷了七〇年保釣運動最典型的歷程：認真學習著去理解中國的革命，亢奮卻又艱苦地調換一整套世界觀和人生觀，根本上轉換了生涯軌道。

陳毓祥走向今日這樣的人生句點，其實是投身七〇年保釣時所規定的。七〇年保釣和今日保釣之間，有什麼樣的差別，想來陳毓祥的內心最是點滴在心。

七〇年保釣，是美國人片面把釣魚台的行政權交給了日本所引起。日本在形式上是「被動」接受，看來比較消極，因此保釣的激情不曾像今天那樣，由於日本這次主動、積極、傲慢地宣示它對釣魚台的主權，深深刺痛了在日本侵華歷史中中國人民無告、慘痛的記憶，而引爆了一般中國人民反日、仇日的悲憤，逐漸形成港、台、北美華人的反日風潮。七〇年保釣基本上集中在海外三地的學界和知識圈，這是因為七〇年保釣中，大陸當局表現了堅強的、文革版反帝保國衛土的立場，而台灣則局促在日美兩大恩庇者和「反共盟友」間，立場曖昧懦弱。

兩岸在主權問題上尖銳不同的立場，引起素來安居在冷戰價值的海外中國知識分子的反省，從而展開了重新認識中國和中國革命的運動。而在文革背景下，大陸中國更被賦予高大的道德形象，吸引了大量真誠的知識分子。但在這一次保釣中，大陸卻奇異地陷入了痛苦的矛盾，有口難言。好心為大陸辯飾的人，有幾個說法，一說保釣隊伍「成分複雜」，不少人還把矛頭指向北京；二說反北京的民運派利用保釣；三說美日正在利用保釣激化，宣傳「中國威脅」，日本乘機擴軍，美國順勢圍堵。力挽狂瀾引發悲劇，然則，是敵人，就一定會乘機進攻。中國共產黨素來不缺少這樣的敵人。但中共卻向來最敢於依靠和信賴群眾，最敢於全面發動群眾。想來無他，是因為中共依靠的是在政治上正確，受到廣泛支持，敵人無隙可乘。

和七〇年代不同，九〇年代末葉的中國，因為經濟建設掛帥，必然地世俗化了。今天，很少人懷疑中共政府有實力保衛釣魚島。但經濟、發展、外交、軍事的現實顧慮，使她在保釣問題上謹小慎微，今天下志士氣短，當年保釣左派尤其苦悶。七〇年保釣，由於在實踐上的赤誠，在學問、知識上的提高和進步，左翼在運動中和論述中取得了領導地位，影響深遠。今天的釣運，截至今日，尤其是台灣，基本上右派抓了主導權。

陳毓祥為什麼在行動上急起直追，號召「不分左右先後」，團結保釣，最後縱身怒海，恐怕是深有感於當年保釣左翼歷史、政治和思潮的正當性和正統性，在二十五年後淪落逆轉的形勢，思有以力挽狂瀾所引發的悲劇吧。一個分裂的祖國，在面對敵人時，也分裂成兩個營壘，馴至見死而不救，最後竟讓敵人出面「搶救」我們的戰士。終此殘生，我不會忘記這麼令人痛苦的羞恥。

日本帝國主義在十五年侵華戰爭中對中國人民所犯下滔天罪行，以及戰後五十餘年間日本不但拒不認罪，而且從無間斷地與中國人民為敵的歷史記憶所凝聚的道德正當性，是這次全球華人保釣反日的中心動力。凡是對這不可侮的道德正當性橫加壓制，或者拿來當交易的籌碼權力，最後都會受到歷史的唾棄。陳毓祥犧牲之後，在電視機上看見他的家人忍住悲傷表示了對陳毓祥的理解與支持，最有資格對於現實政治的冷酷發出怒聲的家屬，竟而沒有半句怨言。我從家屬看到了更深層的陳毓祥。終此殘生，我不會忘記祖國和包括我在內的中國人如何虧欠了陳毓祥，和他的令人起敬的家屬……。

初刊一九九六年九月二十九日《明報・論壇》

台灣史瑣論 1

台灣的殖民地化，……並不是一個原本獨立的社會、民族或國家的殖民地化，而是從中國被分斷竊占出去的領土之殖民地化。因此，殖民地化期間台灣的反殖民地壓迫的鬥爭，就歷來不是反帝↓獨立的鬥爭，而是反帝↓復歸祖國的鬥爭。而當支配的殖民者敗亡時，台灣的鬥爭也歷來不是「恢復獨立」的鬥爭，而是復歸祖國的鬥爭，這是理所當然的。

歷史的記憶、解釋、理解和書寫，向來就沒有類如自然科學之「絕對的」客觀。不同階級、不同的民族地位對同一件歷史過程，就有不同的記憶、不同的解釋、理解和書寫。從封建地主、貴族、王朝的觀點，中國漫長的封建社會中循環不已的農民破產、棄地逃亡乃至嘯聚山林的運動，是盜賊匪亂的歷史。但如果從農民革命的觀點，就是貧困農民揭竿起義，向封建地主豪門要糧食、奪政權的階級鬥爭。抗日戰爭中遍地蜂起的抗日游擊武裝，在日本侵略軍眼中是盜匪，是應受「嚴懲」的「暴支」（蠻橫的支那）。從日本人看，日統期台灣農民的游擊武裝抗日史是「台灣匪誌」，我們自己的看法當然不同。對日據下台灣史，台灣人民內部因不同的階級，也有不同的政治內容、不同的理解。從同化會到台灣議會設置運動，到從左迴旋後的「新文協」脫出的民眾黨，再到自左傾後民眾黨脫出而組成台灣自治同盟，終而至被收編到皇民化運動的這個系譜，從台灣工農階級運動的立場，不能不視為地主資產階級改良主義，甚至投降主義的路線。而在台灣民族民主運動在理論積累還比較幼稚的時代，帶來民族運動與階級運動的相剋，終至帶來可以並且應該避免的路線鬥爭。

準此，對於《馬關條約》，對於台灣日統期歷史的認識和評價，站在中國民族主義立場，站在反美、反日立場的人和站在「台灣民族主義」立場、站在反華親日—親美立場的人，就有截然不同的評價，從而雙方就會有「歷史的戰爭」，這是理所當然，不足為奇的。在歷史的解釋上，向來有階級和民族立場的鬥爭，向來就有不同民族和階級、不同政治的「戰爭」。架空、抽象、絕對的歷史，恐怕是從來就沒有的。

但沒有絕對客觀、真實的歷史，並不意味著沒有相對客觀和真實的歷史。一般地說來，把歷史看成動態的、立體的、具體的（物質論的）看法，比把歷史看成靜態的、平面的、抽象的（精神論的）看法，總要來得接近客觀、接近真實。

此外，站在推動、改變歷史的立場的史論，站在和歷史動向相應的立場的史論，比站在阻止歷史發展、維持歷史現狀者的史論、站在違逆歷史運動方向與潮流者的史論，總要更接近客觀、真實。當然，史論和其他的知識理論系統一般，對相關事實(史實)的掌握是不是正確，立論的邏輯構造是不是完全，是基本的要求。

台灣不曾「獨立建國」

台灣史最突出的特點，在於它不是一個向來獨立的社會，或歷來獨立的「國家」或「民族」的歷史。

大陸漢族人來到台灣之前，台灣全島已有很多原始社會存在過，距今約一萬五千年到四千多年。這些原始社會階段的出土物，又與中國沿海一帶的原始社會出土物或雷同、或相似。總之，先於漢人在台灣生活過的各原住民族，其社會發展階段還只在原始社會部落共同體的階段，自然談不上建立一個獨立的、台灣的民族國家政權。

即便漢族人來台拓墾之後，也從來不曾建立過獨立於中國的國家政權。明鄭與清國家的對立，眾所周知，是一國內的內戰對峙(光復大明江山)而不是企求永久的分離。一八九五年的

「民主國」，基本上是反割台的抗日臨時政權，是企圖用其他列強之間的矛盾，冀強權之干涉而保台灣於中國版圖、反抗割台的權宜運動。一九二八年台共綱領中有「獨立建國」的口號，基本上是從日帝支配中爭獨立，而且在三一年的綱領中只留獨立的口號，卻已不見建國的口號。一九二六年末到四〇年代初，台灣抗日反日運動的戰場移轉到大陸時，有幾個台人抗日團體也提出過「台灣獨立」的口號，但都是「先自日帝下獨立解放，後回歸中華祖國」的主張，彰彰明甚。

一方面，台灣的先住民和拓墾漢族都在歷史上不曾在台灣「獨立建國」；另一方面，台灣歷來是漢族人長期移墾，並且具體地逐漸編入中國政權的建制；至帝國主義向中國南疆不斷侵攻的一八八五年，正式建省，劃入中國的版圖。因此，台灣不存在因喪失原有的獨立而爭取恢復獨立的問題，也不存在目前正遭受外族外國「殖民統治」而爭取「獨立建國」的問題。以故，一九四五年日本戰敗時，朝鮮面臨的是恢復因日本併呑而喪失的獨立，建立新國家的問題；而台灣則是迎接光復，復歸中國的問題。

殖民統治下的反抗運動

台灣，由於她在地緣政治學上的獨特性，在世界進入殖民主義、帝國主義的時代；當世界逐漸劃分成殖民者、壓迫者、侵奪者國家和民族，同被殖民、被壓迫、被收奪的國家和民族的時代，古老的中國和遼闊的亞、非、拉各國各民族一樣，淪為殖民主義、帝國主義所侵奪的國家。而處於中國南疆要衝的島嶼台灣，屢遭殖民主義和帝國主義的侵奪、統治，荼毒尤烈於中國本部的其他地方。

因此，歷史地看來，殖民主義為了支配、控制和掠奪中國，常常要先占取和控制台澎或其他據點（例如香港和澳門）。而侵占和反侵占，控制和反控制的鬥爭就往往爆發為軍事衝突。當中國國力可以制勝侵略者，已經殖民地化的台灣就得以解放而復歸中國——例如明鄭驅荷復台，也如抗日戰爭勝利後之復台；而尚未殖民地化的台灣就得以在中國的版圖上保住——例如在荷據台灣之前，台灣島上各族人民抵擋了日本倭寇、豐臣秀吉、德川家康等商業資本對外殖民擴張的攻擊；例如兩岸人民合力成功地驅逐了荷蘭對澎湖列島的侵擾（一六〇四—一六二二）；又例如在中法戰爭（一八八四—一八八五）的台海戰場中，在劉銘傳領導下，台灣民眾保家衛國，抗擊帝國主義的鬥爭，在基隆、淡水的保衛戰和反擊法國軍事封鎖的鬥爭中，打敗了法國侵台的軍事行動，予敵人以重創，保住了祖國的南疆台灣。

當然，當反侵略的鬥爭失敗，台灣，作為殖民主義／帝國主義控制和侵略中國的基地——當然也出於對台灣資源的貪欲（十七世紀的鹿皮、鹿角、米、糖，十九世紀的茶、糖、米、樟腦、煤、金礦和大米)，將台灣從中國分斷開來加以殖民地化，例如荷據和日據的台灣，以及一九五〇年後美帝國主義下台灣的新殖民地化。

台灣的殖民地化，如前所論，並不是一個原本獨立的社會、民族或國家的殖民地化，而是從中國被分斷竊占出去的領土之殖民地化。因此，殖民地化期間台灣的反殖民地壓迫的鬥爭，就歷來不是反帝↓獨立的鬥爭，而是反帝↓復歸祖國的鬥爭。當然，特別在一九二六年後在大陸台人反日戰場，更多地揭舉了反日↓獨立↓復歸祖國的綱領，下文可以申論。而當支配的殖民者敗亡時，台灣的鬥爭也歷來不是「恢復獨立」的鬥爭，而是復歸祖國的鬥爭，這是理所當然的。

由於苛酷殘暴的殖民地剝削，荷據下的台灣，在短短三十七年的荷蘭統治下，台灣的漢人和原住民就發動了至少十二次反荷蜂起，犧牲慘烈。一六六一年，當鄭成功以船艦兩百餘艘帶領近三萬軍隊攻台時，台民包括漢族和原住民奔走相告，揭竿而起，不是為了抗荷獨立，而是響應以恢復明王朝為號召的攻台鄭軍，在各地點燃了抗荷起義的烽火，終於摧毀了殖民政權，台灣復歸於和清王朝對峙，但志在匡復中原的鄭氏漢族地方政權。

日帝支配下的台灣也一樣。甲午戰敗，大陸上固然有王室貴族的顢頇的割地投降派，但也有強大的抗戰反割台派與台灣島內的反割台鬥爭相求相應。割台議定，包括抗日臨時政權的「台灣民主國」在內，莫不求台灣之光復——而非分離獨立為目標。嗣後，從台灣農民的武裝游擊抗日運動，到二〇年代後反日帝之思想、文化、文學、社會和政治運動，除了外部受到世界無產階級運動和民族民主革命風潮的影響，內則深受中國辛亥革命、五四運動、北伐革命、五卅慘案以降反帝民族解放運動、抗日民族解放戰爭的深刻影響，日帝下台灣的民族民主革命，向來不是台灣一島的反帝民族獨立運動，而以抗擊日帝，反對同化、保持種姓，依靠中國的革命與解放最終求台灣之解放而復歸中國為指導思想。因此，當日帝敗亡，殖民地台灣的課題，就不是「恢復」獨立，重新建國——如同戰後其他解放後的殖民地那樣，而是復歸祖國中國。究其原因無他，前文所說，台灣自始不是一個獨立的社會和國家。歷史上台灣的殖民地化，一向是被強權從中國分離出去，以中國的一個肢體而被殖民地化。

一九五〇年後，在東西冷戰和國共內戰的「雙戰構造」下，在美國武裝介入台灣海峽的條件下，台灣和中國本部分斷分離已四十六年。歷史地看來，這也是帝國主義對中國的控制與中國反控制鬥爭的力學關係的結果。當然，約五十年後，這力學的關係起了變化，牽動著台灣與中國從分離到再統合的進程。

日據時期「台灣獨立」運動的本質

最近以來，有人很喜歡談日帝下台灣共產黨(「日本共產黨台灣民族支部」)一九二八年的政治綱領中，明確提出過「建立台灣共和國」、「台灣獨立」的口號。

事實上，台灣獨立問題，在台灣反對帝國主義的歷史中，提出過好幾回。但是，科學地分析，每次的「獨立」運動，因著不同的歷史階段，不同的階級屬性，有不同的政治內容。

一八九五年的「台灣民主國」，是反割台的抗日臨時政權，目的在利用帝國主義間的矛盾，許以台灣的各種利權，阻止日本占有台灣，使台灣留在中華的版圖內。而它的階級內容，主要是台灣當時的官僚、地主、士紳為中心，因此也摻雜著嚴重的逃跑主義和投降主義，致「共和國」不旋踵瓦解。

其實，從台灣淪為日帝殖民地的全歷史看來，台灣的反帝解放運動，從「台灣民主國」政權成立起，不論是左翼、右翼，是前現代性的或現代性的反帝民族運動，不論在島內的或寓居大陸的台人反日團體，就存在著「先求自日帝下獨立，後圖回歸祖國」的共同綱領。這是因為台灣既在國際法上為日帝殖民地(對「民主國」而言，是議和割台之局已定)，台灣要從日帝下求解放而復歸中國，先就要謀台灣自日帝下獲得獨立自由。此外，二〇年代中後的中國當然無力立即以武力光復台灣，且內有軍閥割據混戰，外有列強壓迫，更無從期待祖國解放台灣於可預見之未來。因此，台灣只能先以自力鬥爭，先自圖打倒日帝，將日帝驅逐出台灣，自謀獨立建政，然後徐圖復歸祖國。「先獨立、後統一」的綱領，是一八九五年到一九四五年間台灣史的兩大特點，即(一)台灣在國際法上為日本殖民地，和(二)祖國中國的積弱所規定的。

一九一三年，羅福星領導的苗栗事件，在本人和黨人的供狀中，主張台灣先反日而建立自己的政權，然後回歸中國，而犧牲於日帝的刑場。

在殖民地下公開揭舉殖民地獨立，是《治安維持法》上可以刑死的重罪。因此，為台灣之解放，主張「先獨立、後統一」的民族解放運動，多在中國大陸的台灣人反日、抗日民族運動團體。

一九二六年，在以聯俄容共、扶持工農為革命方針的國民黨廣州基地，就有許多熱血的台灣青年組成「廣東台灣學生聯合會」。他們主張反對帝國主義對中國的壓迫，在台灣問題上，秉持共產國際「殖民地獨立」的綱領，主張台灣從日帝下獨立，完成自己的民族革命。

一九二七年，「廣東台灣學生聯合會」在北伐革命的熱火中，改組為「台灣革命青年團」，在台灣問題上，亦主張台灣自日帝支配下獨立。台灣革命青年團的主要人物之一張深切在回憶中指出：一旦台灣的民族革命任務實現（指日本戰敗，台灣光復），台灣獨立的議題自然消失。

實際上，聯俄容共時代的國民黨中央，也主張台灣和朝鮮的獨立。這是深受共產國際民族政策、民族問題的綱領所影響的孫中山領導下的國民黨自然的思想傾向。一九二六年，國民黨中央戴季陶就對廣州的台灣革命青年做了鼓舞以台灣的獨立為綱領反對日帝的講話。

在島內，一九二八年，台共在政治綱領中提出台灣獨立建國的口號。

這應該有幾方面的分析：

(一)台共獨立論的針對面是日本帝國主義，側重在從日帝下獲得民族與階級的解放。殖民地的解放，即殖民地恢復獨立主權，是當時共產國際的指導方針。為什麼不提台灣復歸中國？據蘇新之說，可以理解到當時台灣黨人認為，如果台共終於成功領導台灣民眾解放了自己，在台灣建立了自己的勞農政權，但成立只有七年，自己還在不知何時破曉的中國大陸艱苦鬥爭的中共，如何在她協助起草的台共綱領中，主張將解放了的工農的台灣，送給半殖民地半封建的、由地主、買辦、官僚資本統治的祖國？那麼，保持台灣工農階級政權獨立的綱領，便有更加深遠的意義。

(二)日帝下台灣黨人主張台灣獨立於日帝固理所當然，但對獨立台灣與大陸關係，自不免有微妙的違和感。據蘇新說，這就是為何在三一年由台灣黨人起草的台共改革的新綱領中，就沒有了台灣「建國」的口號，只留下台灣自日帝下獨立，即殖民地解放的口號。

(三)日帝失敗，台灣光復以後，台共從來沒有要求再建一個獨立於中共和日共的台灣共產黨，為實現二八年綱領中獨立建國的口號而鬥爭，更沒有要求歸建於戰後復權的日本共產黨。而且當台灣民眾因「二二八」事變對中國幻滅、悲觀、徬徨時，舊時台共黨人成為唯一堅定主張在新民主主義下改革中國，在民主自治條件下促成兩岸統一的政治力量，殆無例外。

（四）一九四七年，二二八事變之後，舊台共和中共地下黨人地區性地指導了這個自發的民眾蜂起。在事變被殘酷鎮壓後的廣泛絕望、徬徨中，他們又很快地舉起了民主自治的旗幟，為實現台灣的民主與高度自治，為反美帝國主義的干涉、反對台灣託管和台灣獨立而鬥爭。

（五）一九四九年，他們全體奔向新生中國，沒有一個到日本參加台獨。在五八年後一連串中共極左路線下，他們和絕大多數大陸人民和黨員一樣備受衝擊，卻至今還沒有見到有人聲明轉向，加入台灣獨立運動的陣營。

再回頭看在大陸的台人反日民族運動的發展。一九三二年，深受丘念台影響的台灣青年在廣州組織了「台灣民主黨」，主張打倒日帝，推翻總督府，「建設台灣民主獨立國」，其目的也在先自日帝獨立後，台灣復歸於中華。

早在一九二四年間，台北蘆洲人李友邦，在國共合作，第三國際有巨大影響的廣州成立的「台灣獨立革命黨」，因一九二七年國民黨清共遭到波及而偃息。至一九三九年，中國全面抗戰展開後，李友邦積極組織了「台灣義勇隊」和「台灣少年團」，把台灣的抗日民族鬥爭同大陸全面抗日民族戰爭的大局聯繫了起來。台灣的反日帝民族解放運動遂進入了一個新階段。

先此一年，李友邦重編「台灣獨立革命黨」，自任主席，並在其修訂的黨綱中正式提出「先獨立、後統一」的新綱領，要「團結台灣民族，驅逐日帝在台勢力，使台灣脫離日本統治而歸返祖國，共建三民主義新中國」。自此，台灣的抗日民族解放運動正式提出了先打倒總督府統治，後「歸返祖國」的綱領，有歷史重要性。一九三九年，李友邦發表〈台灣要獨立也要歸返中國〉，深入發展了他的理念。

一九四〇年，台灣獨立革命黨與其他在大陸台灣抗日革命組織結成「台灣革命團體聯合會」。李友邦發表宣言，把推翻日本對台統治，促成殖民地台灣的解放，同「促成祖國抗戰勝利」聯繫起來。一九四二年，李友邦更進一步推動在抗日戰爭勝利後台灣「復省」的運動。

一九四二年和一九四三年，李友邦敏銳地發覺了美國帝國主義將台灣國際化，陰圖將台灣從中國分離出去。乃迭次為文和發表宣言，揭發和駁斥新帝國主義的陰謀，大聲疾呼台灣應復歸於中國。

至於一九四五年，台灣親日派精英辜、許、林等人勾結日本軍人陰求台灣獨立，其方向就恰恰和一八九五年民主國者相反。他們要假借獨立造成國際法上的事實，抗拒台灣復歸中國而繼續留在戰敗的日本的控制之下。當然，這個圖謀在大不得人心情況下，旋即宣告失敗。

而今日甚囂塵上的「台獨」運動，其性質、階級內容、國際背景，與一八九五年到一九四五年間者有本質上的不同，至此明若燈火，思可過半，在此不贅。

因此，雖說同是「台灣獨立」的主張，其政治則因不同的歷史階段、不同的民族立場而有天壤之別，豈可一概而論，以今度昔？

社會史觀解讀台灣歷史

在台灣，研究台灣史由於五〇年代恐怖肅清，一般地缺少社會經濟史論的視角，從而充斥著形形色色的道德論、感情論這些歷史唯心主義的色彩。從社會史的角度看台灣史的各階段，最概括地說，荷據時代的台灣，是一個殖民地的，由荷蘭東印度公司支配下的歐式封建社會。統治階級是荷蘭東印度公司所代表的荷蘭商業資本和受其利用的代理統治者——漢族和先住民「長老」階級，榨取台灣本地和招募自中國大陸沿海的貧困佃農。榨取手段是透過實物地租、傜役，以及對鹿角、鹿皮、茶葉、粗糖這些農獵商品的搜刮和貿易。佃農實際上成了荷蘭殖民地主的農奴。這一時期（一六二四—一六六一），在國家關係上，台灣因殖民地化而與中國分離，淪為殖民地。

明鄭打敗荷帝對台支配後，台灣的殖民地性格消失。明鄭在台灣施行豪族部曲的封建制，雖然比對岸封建制之高度成熟期之土地可由民間自由買賣者倒退了，但在耕地基本上還是遼闊，乏人耕作開拓條件下，鄭王朝分封貴族、豪右、軍事將領的封建制，基本上是組織了土地關係和生產，有相對進步與發展生產力的功能。此外，作為中國新興商業資本勢力代表的鄭王朝，在對外貿易上，有所發展。惜乎受清廷的掣肘，無從進一步開展，社會階級上則由鄭氏王室、貴族、軍頭統治著本地和移入的貧困佃農。和本部中國的關係是，台灣統一到暫時分裂對峙的中國。這個豪族封建社會階段為時一六六一年到一六八三年。

從明鄭敗亡到鴉片戰爭（一六八三—一八四〇）期間台灣社會產生了較大變化，台灣社會進一步成為較為發達的封建社會。台灣納入清朝版圖不久，雖然清廷設下重重限制和防範台灣成為「奸宄逋逃之藪」的措施，但土地肥沃，待墾耕地廣闊，封建制度還在年輕階段，各種封建關係尚為疏鬆脆弱，吏治、控制尚寬，因此，從大陸冒死犯禁渡台者蜂擁而來，人口迅速增加，土地大量開發，台灣封建經濟取得了飛躍發展。大米一年雙熟，產量又高，餘糧並可輸出大陸。甘蔗的增產，促成了製糖作坊的發展，出現了資本主義的萌芽。商品農作的發展，帶動兩岸間貿易的快速發展，兩岸對口商港也不斷地隨著海峽貿易的發展而繁榮。商業資本的成長，促成台灣民間商業基爾特的發展，閩南和台灣間的「行」、「郊」組織若雨後春筍。而經濟快速發展，使全島各地紛紛出現了富甲一方的大商人地主，以新興階級登上了舞台。

大陸沿海的貧困移民大量移入，土地廣泛開發，封建的生產關係日趨發達，就逐漸產生階級分化。腐敗、貪婪的官僚和地主士紳，和貧困、獷悍、嘯聚成群的佃丁山客之間的矛盾，激起了風起雲湧的反封建鬥爭。朱一貴和林爽文的蜂起，是其中最為有名者。

而這一時期台灣封建社會的國家關係，是和清朝中國統一的關係。

從鴉片戰爭(一八四〇年)到馬關割台(一八九五年)期間，台灣和大陸一道遭到現代帝國主義列強侵略的強烈衝擊。屈辱的戰敗和不平等條約，使中國喪失了獨立自主的地位，成為西方列強的俎上之肉。包括台灣在內的中國社會，淪為半殖民地半封建社會。帝國主義透過不平等條約，強迫開港貿易，霸占土地，藉其雄厚資本和現代商業組織和管理手段，全面控制大陸和台灣對外貿易。在外國商業資本的高利貸介入下，買辦階級興起，農產品如茶葉進一步成為國際貿易商品，衝擊了傳統的地主佃農封建關係。貿易的發展，也帶動了官民企業的發展。島內糖茶行郊的興盛，新的商業資本階級的興起，都使這時期的大陸與台灣封建社會發生了重要變化。帝國主義資本、封建地主、官僚資本、買辦資本和行郊資本居支配地位，而廣泛佃農、茶農、樟腦和製糖作坊工人居於被統治地位。而這一時期的台灣在國家關係上，台灣統一在一個半殖民地化的中國。

一八九五年馬關割台，台灣進一步淪為日帝總督府直接統治下的殖民地。在經濟上，日帝經由米糖單一種植的經濟，對台灣進行殖民地統治。而米糖經濟，又以經過日本現代民法改造後的半封建主佃體制為基礎。在社會關係上，日本獨占資本和台灣本地大地主居統治地位，而廣泛的貧下農、為數不很多的現代工資工人、手工業者、中產階層為被統治階級。在殖民地矛盾下，前現代性的和現代性的反帝鬥爭層出不窮。二〇年代以後，農工階級的民族和階級運動迅速發展，構成了台灣反帝民族民主運動的光榮的傳統。這一時期，在國家關係上，台灣與大陸是分斷的狀態了。一九四五年，日帝崩潰，台灣組織到半殖民地半封建的中國，兩岸統一。一九五〇年，韓戰爆發，美國在經濟、政治、外交、文化上全面介入台灣事務，使台灣淪為新殖民地，而兩岸分斷分離。

這社會史的台灣論，比較科學地，從發展和社會構造的觀點，認識各個歷史階段中台灣社會民族壓迫和階級矛盾的結構和本質。讓我們學會從帝國主義時代東西帝國主義和中國的矛盾與鬥爭的框架中，看台灣與祖國的分斷與統一關係的本質。

台灣史理論的建構

前文說過，台灣從來不是一個自來獨立的社會或國家。因此，在殖民主義和帝國主義的世界史中，台灣的反殖民地、反帝國主義鬥爭，就不是恢復原未曾存在的獨立這樣一個問題，而是祖國復歸的問題。

前文也說過，從一八九五年到一九四五年，殖民地台灣有多次「台灣獨立運動」。每一個獨立運動，皆有其不同歷史階段中不同的階級和民族內容。但除了一九四五年辜、林、許等人陰結日本企圖以台灣獨立，脫離中國，依附日本者外，日據下台灣獨立運動，政治不分左右，性質不分前現代或現代民族運動，場地不分島內或大陸，皆共有「先自日帝下獨立自主，後圖復歸中國」的政綱。這是因為：（一）現實上台灣在國際法上為日本殖民地；（二）祖國中國積弱，是以只能自力自求解放（獨立），而以獨立為復歸中國的手段。而戰後從廖文毅以下的台灣獨立運動，在歷史和政治上不屬於這個「反帝—先獨—後統」的傳統，而屬於一九四五年辜、許、林等人依附帝國主義，從中國分離的傳統。兩者在階級、民族的政治上，有著根本性的不同。

台灣史的社會史的觀照，提供科學的、善於從不同的歷史和社會階段去理解不同的民族壓迫和階級矛盾之構造本質，並從帝國主義與中國的壓迫與反壓迫的框架，去認識台灣與祖國的統一與分斷的本質。

台灣的社會史論，不以認識歷史為已足，而進一步以掌握變革歷史的規律，付諸實踐為志。今天，李氏政權的登台，已經使「台灣人—台灣民族—外來政權……」史觀陷於混亂。如今，「革命建國」的政黨，為分贓現政權而忙亂，而堅持「獨立建國」的原教主義者改原教為信仰而不是知識和理論，封閉討論，留下大量台灣國家論、社會論和民族論的破綻。而從台灣社會構成體論的傳統（台共二八年和三一年綱領、李友邦〈日本在台灣之殖民政策〉等）及其發展，分析一九五〇年以降，特別是李氏政權登台後的台灣社會，建構科學性的社會構造論和變革論，誠為當務之急。

初刊一九九六年十月《歷史月刊》第一〇五期

1 本篇為《歷史月刊》「兩岸對峙下的台灣史觀」專輯文章，原刊文末有括號註明「作者為小說家、人間出版社發行人」。

五十年枷鎖——日帝下台灣照片展

由台灣社會科學研究會及人間出版社主辦，行政院文化建設委員會、簡吉陳何文教基金會及何創時書法文教基金會贊助協辦的「五十年枷鎖：日帝下台灣照片展」，預計將展出三百多張珍貴的台灣日據時代照片，以八個主題構成：「兩岸反割台的鬥爭」、「台灣農民武裝抗日運動」、「台灣非武裝抵抗運動」、「台灣原住民抗日運動」、「台灣抗日革命：另一個戰場」、「皇民化運動的腥風狂雨」、「日本殖民統治下的台灣人形象」。推動和組織此一展出的陳映真指出，影像資料是歷史的重要證物性材料。今天，隨著經濟發展，相機和照片氾濫成災，卻同時有歷史照片大量流失、荒廢及棄置之嚴重問題。收集、保護、管理台灣歷史照片的工作，已經刻不容緩。（編者按）

蔣渭水：團體照相時永遠不坐中央位置的領袖

蔣渭水（一八九一－一九三一），宜蘭人，早年台北醫學校畢業，後到台北開「大安醫院」，後來以醫人之仁，展開他半生醫國的志業。

一九二一年，蔣渭水提出創立「台灣文化協會」展開文化啟蒙運動之構想，便推舉著名士紳林獻堂為總理，一九二一年十月十七日文化協會宣告成立。此後，台灣文化協會成功地發揮了當時台灣抗日反日各階級、階層和團體、宗派的統一戰線，在推動社會、文化、思想運動上，做出很大貢獻。

一九二七年，受到中國北伐革命餘波之影響，也受到日本社會運動的波及，文化協會內發生左右路線的矛盾。以連溫卿為中心的一派取得文協的領導權，蔣渭水和林獻堂、蔡培火等退出文協，不久另外組成日據下第一個政黨：「台灣民眾黨」。

在蔣渭水領導下，台灣民眾黨積極展開民主鬥爭，有效地組成全國性工會，並且推動了（一）反對日本出兵中國；（二）廢保甲；（三）反對兩岸人民間旅行限制；（四）司法改革；（五）增進義務教育；（六）反對鎮壓霧社起義；（七）向國際聯盟（等於今日之聯合國）控訴日本在霧社事件非法使用毒瓦斯……等有意義的工作。

蔣渭水在思想上漸漸受到大陸國民黨國共合作後，左派國民黨的影響，在扶助台灣工農上，有所發展。蔣渭水的階級路線引起林獻堂等地主士紳的不滿，林獻堂和蔡培火乃退出民眾黨，另立「台灣地方自治同盟」，而民眾黨亦在一九三一年二月因綱領主張左傾被日本勒令解散。一九三一年八月，蔣渭水因病去世。

從一九二一年到一九三一年的十年間，蔣渭水一直是文化協會、民眾黨、台灣工友總聯盟的靈魂人物。在這十年間，留下許多歷史性團體照，但政治上，組織上居於核心領導地位的蔣渭水，卻從來不在任何集體照中坐到中央位置。這很能表現他作為核心政治人物難能而可貴的謙沖的風格。「你永遠不可能找到一張照片，顯示蔣渭水在集體照相中坐立中央，」九十一歲的前民眾黨書記長陳其昌先生說，「他不但不坐中央，也不坐中央左右，他總是坐在左起或右起第三、第四或第五位，老是在邊邊上。」

台灣的「義和團」事件

十九世紀帝國主義侵略中國，朝廷的文武百官、知識分子、士紳豪門，紛紛屈膝投降時，地方上的豪強往往在這時候合貧困的農民，用傳統的刀劍槍矛挺身而出，反抗外國侵略者或統治者。由於社會經濟條件和農民階級的局限性，面對傳統刀槍和洋槍洋炮的巨大差距時，農民們只好訴諸民間宗教迷信來助威壯膽，也就會相信能「刀槍不入」的符法魔咒。

今天，知識分子都傾向嘲笑「義和團」。「義和團」代表愚昧無知，殺人放火，封建迷信。但是，歷史上是「八國聯軍」先到中國來搶掠燒殺，勒索巨額賠款，劫掠中國文物。義和團被迫在自己土地上殺幾個洋商人、洋軍人、洋教士和為洋人跑腿的洋買辦，燒幾家洋行和教堂，從來也沒有渡海到別人的國家去打砸搶去。相信「玉皇大帝」固然迷信，以傳教之名到別人國家去作威作福也不是很文明的事。

日本人占領台灣以後，台灣農民也不甘屈服，從一八九五年到一九一五年這二十年間，台灣人也不斷以「竹篙逗菜刀」揭竿反抗，前仆後繼，慘烈無比。在武器懸殊下，台灣農民的抵抗也要依靠民間宗教。

一九一五年，台南發生規模最大的武裝抗日事件，史稱西來庵事件或噍吧哖事件。

事件為首的有三人。一是余清芳（一八七五－一九一五）。他是屏東人，當過乩童，參加過抗日的秘密宗教結杜「二十八宿會」宣傳天降「神主」，要打倒日本在台為王，而他則為「三教助法、聖神仙佛、下凡傳道」，把日本人趕走，建立「大明慈悲國」。一九一五年事機不密，提前舉事。他以西來庵為中心招納信眾，攻打南莊等派出所，擊殺日本官警，不幸終於不敵日本大規模剿山，被捕絞死。

另外一個領袖是羅俊，他亦人亦醫，一九一四年開始，他在台灣中北部宣傳「玉皇大帝九天玄女」要協助台灣人打敗日本統治，並傳授一種可以「隱身」、「避身」，可以刀槍子彈不入的符法，和余清芳南北呼應。

這兩個人和江定三股抗日武力，不幸都被日本現代化軍警所消滅。

但比起無數向日本當局投降求榮的同時代的地主士紳，噍吧哖英雄余、羅、江三人也實在值得後人低徊悼念。

霧社事件以前的「討番」暴行

世人只知道一九三〇年的霧社事件，起義抗日的霧社原住民遭到了毀滅性的打擊。

事實上，由於日本當局對台灣山地豐富資源的貪欲，侵取台灣不久，就對山地採取封山、掠奪、鎮壓的政策。封山是以「隘勇線」把山地不斷地縮小包圍圈，把山地同漢族社會隔絕開來，不准彼此通貨聯絡。掠奪就是役使山地勞力掠奪樹皮、礦產和樟腦資源，鎮壓，就是強制收繳原住民的火槍，猶如猛虎斷爪，無法反抗。

原住民對此當然反抗，對日本當局的進逼悍然反擊，這就引起日本當局的「討伐生番」、「懲罰凶番」的殘酷征伐行動。

一九一〇年，佐久間總督推出「五年討伐計畫」，必欲將台灣原住民的反抗徹底鎮壓下去。日本當局把台灣山地分成十二個地區，進行有計畫的「討伐」。其目的在盡繳原住民持有的火槍彈藥，通令各原住民歸順日本統治。

在「討伐」過程中，太魯閣原住民人數最多，居所險要，性情凶悍。日本動員了三千多人，以現代化機槍、步槍、山炮費時五個月才把太魯閣平定下來，佐久間總督甚至親自督陣受傷，翌年不治身死。

日本軍隊在「討伐」過程中，手段十分殘忍，往往搗毀原住民莊稼，燒毀部落，砍殺俘虜，侮辱原住民婦女，對一些倔強反抗部落，誅殺尤為慘烈，因此日軍在「征伐」行動中死傷亦重，估計死亡九百四十人以上，傷者約一千五百人。至於原住民亡傷更倍於此。

五年剿伐，固然根本上削弱了原住民的實力，但是也種下了十五年後霧社蜂起的種子。[1]

初刊一九九六年十月《新觀念》第九十六期

1 原刊篇末附展覽資訊：「展期：十月十二—二十四日；展地：新生畫廊（台北市延平南路一一〇號力霸百貨７Ｆ）」。

虛施懷柔，實為誘殺——從一九〇二年雲林「歸順式」大屠殺說起

五十年枷鎖：日據時期台灣史影像系列（一）[1]

由「台灣社會科學研究會」、「人間出版社」合辦的「五十年枷鎖——日本帝國主義下的台灣照片展」，定下月中於台北市延平南路一一〇號七樓新生畫廊展出。催生者陳映真表示：「兩年前，我開始在史料中接觸日文材料，就中看到了一些照片。過去編《人間》雜誌的體驗，使我對這些圖片產生了強烈的感情。比起文字論述，這些在歷史長河中一個個決定性瞬間所留下的影像，竟能從無語卻又深邃的向度，告訴我們千言萬語所不能盡、意識形態所不能曲折的歷史感和歷史認識。」這是小說家陳映真文學思想再定位的一項重要工程，也是社會大眾究明台灣史本質的一次絕佳機會，聯副特自今日起，領先預展。（編者按）

一八九五年十月，日本侵奪台灣的現代化軍隊近衛師團完成了對台占領，台灣總督府宣告「平定」台灣。但未及一月之後，台灣農民游擊武裝在林李成、林大北領導下，於台灣東北部打響了抗日蜂起的第一槍。嗣後，台灣民眾，一直到一九一五年的「西來庵事件」，以傳統、落後

的刀劍槍矛，和日本人的現代步槍、機關槍和火炮進行了長達二十年的反帝鬥爭，前仆後繼，義無反顧。

儘管力量懸殊，台灣民眾的游擊武裝仍然給日本占領者以巨大的傷亡、損失和困擾。就以雲林人柯鐵據「鐵國山」（雲林大平頂）的抗日游擊鬥爭為例，就長期對日本軍警進行突擊、奇襲、圍攻，甚至攻占街莊市鎮，而「日軍與戰不能勝。懲往年之敗，戰亦不敢近山」。一時「大平（即鐵國山）之名雲中路」。

由於台灣民眾強烈的民族意識，誓不臣倭，竟使日本的優勢武裝對待台灣民眾的傳統武力時，陷入了師老無功的泥淖。這時，狡黠的日帝當局，想到了先懷柔誘降，後殘酷消滅的卑鄙伎倆。

早在一八九九年，歷史檔案上就有有關勸誘嘯聚山林的農民抗日武力，以個人或集體形式「歸順」的大量材料。根據資料，「歸順」的程序是由日本在台地方政府的「辦務署」提供若干獎金，利用各地方士紳、區長等出面與抗日武力領袖接觸。同意「歸順」者，即發給申請書。經日方核可，則約定時地，由抗日領袖率貼身部屬與日方「辦務署」、警察人員及通譯會談，進行筆錄、寫保證書，再行「歸順」宣誓。宣誓畢，由日本官方訓辭，歸順者可致答辭並提出歸順條件，官方作答。最後再由日方「訓勉」一番，發給「歸順證明書」。歸順式遂告結束。

日本人對於零細的、個人的「流寇」性質的抗日組織，「歸順」解散後，繼之以列管監視。但對於重大抗日游擊武裝，「歸順」成了日本當局用來誘殺和消滅無法力克於崇山峻嶺游擊戰場的抗日軍隊之卑劣手段。

「台南辨務署」一八九九年一月的一份由中久者上書台南縣知事磯貝靜藏的密件，力主對於已辦理「歸順」的翁大臭不能赦而不殺，理由是翁「糾合游民無賴，處處藐視國法，張布告示，儼然敵國」，且「擾亂地方，襲擊官衙」使日本地方政府「寢食難安」。因此，中久獻策：「監視歸順人月餘後，突然加一罪名予以誅殺。」這樣，既可避免政府「失信」之物議，又可繼續維持「歸順」政策的欺騙性威信！

日本當局這種藉「歸順」之名，誘殺台灣抗日武裝力量的陰謀，在一九〇二年的雲林「大清掃」事件，發揮到了極致。

一九〇〇年，台灣發生旱災，糧荒嚴重。加以此時日本對台鎮壓性統治體制大體完成，軍隊、警察、憲兵、保甲、戶政等保安體系周密嚴苛，使據險頑抗的抗日基地因供糧不足、活動空間縮小而浮動不安，連辦理過「歸順」的黃國鎮所部，也下山攻擾日人據點。日本當局乘機發動「討伐」攻勢。一九〇一年初，抗日首領黃國鎮、黃茂松被殺，武裝力量瓦解。一九〇二年四月，著名抗日軍領袖阮振、林添丁及其武力被消滅。而就在此時，日本當局開始設計一場大規模的計殺行動。

一九〇二年四月末，著名抗日武力領袖簡水壽決定率二八〇人「歸順」。日本人把握了這個時機，展開全面部署，決定在五月廿五日分別在雲林、林圮埔、斗六、嵌頭厝、林內、他里霧、西螺等地接受「歸順」。等到儀式進行如儀，長官訓話後，日方文武官僚退場，警務課突然宣布，政府懷疑歸順者誠意，要立即拘捕，搜查是否帶有武器。一時歸順者忿激抵抗，在日本埋伏的亂槍之中，雲林現場六十三人被誅。同一時間中林圮埔殺六十三人；嵌頭厝三十八人；西螺三十一人；他里霧二十五人；林內四十人，共計二七五人。

事變後，日本軍警更配合地方親日士紳(出任地方「參事」)組織的「自衛」武力兩千人，發動對脫逃的簡水壽、賴福來等殘部的「討伐」，前後殺了游擊抗日農民共三一九人。抗日領袖黃傳枝、簡水壽被捕殺害。八月三十日，討伐行動結束。雲林一帶抗日武力受到致命性的打擊。領袖簡水壽、詹墩、黃傳枝皆身死。

研究指出，日本當局深諳中國農民蜂起的歷史特性，看到中國的農民革命往往受到封建社會的制約，很難逃脫由流寇主義發展為接受招安，割據為王的傳統思想的影響，因此，日本人對比較重要、強大的抗日武裝，能不惜以虛偽允許封建割據為條件，誆騙招安，使之放鬆戒心，再伺機誘殺。一八九九年，日本以佯允柯鐵在斗六、在大平頂設獨立王國，擁兵自治，自收稅貢，甚至答應由日本地方政府發給柯鐵養兵的費用為條件，接受柯鐵的「歸順」。但正是由於日本人洞燭柯鐵的狡慧，知道柯鐵要擁兵假降，徐圖發展，才在一九〇〇年開始對雲林一帶抗日武力展開全面剿伐。對另一個抗日雄傑林少猫，日本人也用了同樣的手法。日本人不惜以特許林少猫占墾後壁林土地，免除賦稅，擁兵自衛自治，發給「產業金」兩千圓等條件交換其「歸順」。一俟林少猫在自己虛幻的獨立王國鬆懈了戒心，在雲林「大清掃」後不到半年，日軍就向林少猫的基地發動總攻。林少猫及其全家在亂槍中被殺。

回首這段歷史，不僅令人對台灣陷日初期在廣泛士紳莫不屈膝保產時，地方豪強和貧困農民一道，不惜亡身以反帝的驍勇壯烈，充滿敬佩之情，同時對於日本當局陰狠地抓住中國農民起義中存在的招安求榮的傳統，執行誘致而大屠的卑劣與殘酷的殖民統治本質，有深層的體會。當然，在整個「歸順」計殺過程中，台灣士紳、「協力者」的共犯作用，也是整理殖民地台灣史時，一個令人深自反省的課題。

初刊一九九六年十月二十五日《聯合報・副刊》第三十七版

1 本篇(含)以下六篇為「五十年枷鎖：日據時期台灣史影像系列」，原刊所附圖片未收錄於全集。

日本人在台灣的「三光政策」

五十年枷鎖：日據時期台灣史影像系列（二）

日本軍警的「討番計畫」沒有收到預期的效果，卻因折傷重大，引發日軍殘暴、瘋狂的報復性屠殺、放火、搗毀原住民莊稼、封山屠村的行動……

所謂「三光政策」，是指一九三一年後日本侵略軍隊馳騁中華大地時，在日軍所至，一旦遇到中國人民頑強的抵抗，或戰鬥陷入膠著，日軍傷亡較大時，一旦為日軍攻克占領，就進行瘋狂殘酷的報復，對占領地平民進行「殺光、搶光、燒光」的強盜行動，集體、大量屠殺無辜平民，把當地財貨、物資、生產設備、牲畜、糧食搶掠一空，把當地的施設、住房、村莊全部放火燒毀，為中國人民帶來巨大、深沉的損害與創傷。

但是查看日本帝國主義治台歷史，特別是調查日本駐台軍事機關的資料——例如《大正二年討伐軍隊紀念》、《大正三年討番軍隊記念寫真帖》，就知道這「殺光、搶光、燒光」的殘暴政策，早在日本據台的十九世紀末、二十世紀初，就在台灣恣意施行了。

馬關割台後，在一八九五年五月，日本近衛師團登陸台灣，就遇到台灣農民抗日武力的堅強抵抗，使侵略軍蒙受出其意表的沉重傷亡。而在台灣總督府宣告「平定」台灣後不及一月，從一八九五年十一月一直到一九一五年西來庵事件，台灣農民武裝反日游擊鬥爭的爆發，前仆後繼，義無反顧，使日本陸軍、憲兵、警察疲於奔命，時而遭到沉重的傷亡。

為了鎮壓台灣各族人民堅強不屈的抵抗，日本當局在一八九六年頒布了獨斷的「法律第六三號」，台灣總督府即據此制定殘暴獨裁的《匪徒刑罰令》、《治安警察法》等，作為以國家暴力懲治台灣反日運動的法源。據統計，僅僅從一八九八年到一九〇二年間，根據《匪徒刑罰令》所屠殺的台灣各族人民就多達一一九〇〇人。一八九六年，在平定台灣東北部抗日蜂起行動中，日軍第七旅團就屠殺了二四五四人，「宜蘭平原大半化為灰燼」。

一八九六年六月，日軍攻柯鐵的「鐵國山」基地失利，折損嚴重，故班師回斗六後，獸性大發，對斗六及其周圍村莊進行殘酷的殺、燒、搶的報復行動。連續五日燒殺，波及七十餘村莊，毀民房四千二百九十戶，死者「相傳不在三萬以下」。眼見日本人「淫暴殺戮，民轉藐之，相指詬不以人類目」。人民看到日本人不可置信的殘暴，開始把日本人看成惡鬼厲獸。這與抗日戰爭時期中國人以「鬼子」稱殘虐的日本人，其理相同。

一九一五年，日本軍警圍剿噍吧哖起義，獸性勃發，將附近村莊無辜居民三千餘人加以集體屠殺。這些平民「經臨時檢察局訊問後，分每百人為一次，分批次屠殺」。「男子不分少壯老幼，皆就縛俯臥，由特選精壯之日兵約三十人持鋒銳長刀，肆情揮舞，競加斬殺。」台南噍吧哖經此大屠，戶口銳減。這是二十二年後日本軍隊在南京市進行大屠殺的歷史縮影了。可惜的是這歷次對台灣人民的大屠檔案照片，至今尚未出現。

日本帝國主義對台灣山地原住民族的鎮壓，更是肆無忌憚地施行殘暴的「三光政策」。

原來台灣原住各民族人民所居台灣山地，富有森林、礦物、水力、樟腦等資源，早為日本帝國主義資本所垂涎。然而原住民性格剽悍，據險自保，槍械彈藥雖然落後缺乏，但槍槍命中，因此日本總督當作心腹大患，據台翌年開始就多次展開「討伐」、「膺懲」的行動，無奈師老無功，屢遭沉重的折損。

為了根本摘除這令日本人寢食不安的隱患，一九一〇年開始，佐久間總督呈准實施「討番五年計畫」，目的在以武力威壓，收繳一切原住民恃以狩獵自衛的槍枝和彈藥。從一九一〇年到一九一五年間，「討番」行動計耗去軍費一、六〇〇餘萬圓，出動軍警共一萬七千餘人，傷亡兩千七百餘人，但不論在「討伐」、「繳械」上都沒有收到預期的效果，卻因折傷重大，在歷次軍事行動中，引發日軍殘暴、瘋狂的報復性屠殺、放火、搗毀原住民莊稼、封山屠村的行動。而這些行動，在不經意間，在日本人意在威揚自己武功的《寫真帖》中，事隔八十二、三年後，洩漏在我們的眼前。

這次照片展所收展的照片，是「五個年討番計畫」(「討番五年計畫」)中一九一三年的一次和一九一四年佐久間親征的一次隨軍記者所拍攝的。

一九一三年六月至九月，日本軍警討伐「奇那濟」族，出動了新竹、桃園共二七七八人。結果警察及人伕死八十一人，傷一三四人；軍隊死十七人，傷十三人。圖一示一九一三年八月二十日日本軍隊將Kayo部落燒殺一光。圖二為八月二十五日，岸和田部隊包圍強悍的Berunboan部落，將全部落人民綑綁，脅迫其繳出武器彈藥。圖三為日軍斬首剽悍不屈的Sitarusikaya社戰士。日軍殘暴嘴臉，一覽無遺。[1]

一九一四年，佐久間總督親自督陣，展開「討伐」太魯閣各社原住民的行動，時間從五月一直進行到九月。日軍分兵兩路，出動陸軍兩個守備隊，一個分隊，加上警力三千人，及其他配備人員共七千多人，允為「五年討番」行動中最大規模的一次戰爭。結果死傷近三百人，另有三名將校戰死。圖四示日軍將Sakahen部落殺光後，放火燒光全部落住居。圖五示日軍以現代化重機槍封住部落出口，一面放火燒部落，再以機槍射殺逃亡的原住民。圖六示日軍將原住民逃離後棄置的田畦莊稼全部破壞搗毀。

歷史地看來，日本帝國主義早在十九世紀末、二十世紀初，就在對台統治過程中顯露了它殘暴、非人的本質。三十年後，日本侵略軍在中國大陸、南洋各地的戰爭暴行，在日本治台初期早已見其濫觴了。

初刊一九九六年十月二十六日《聯合報·副刊》第三十七版

1 本文未收錄原刊附圖，下同。

李友邦和「台灣獨立革命黨」

五十年枷鎖：日據時期台灣史影像系列（三）

李友邦是台北蘆洲人，生於一九〇五年。在苛烈的殖民地矛盾中生活的少年李友邦，早早萌發了強烈的反日愛國主義思想和情感。一九二四年青年李友邦西渡廣州，入黃埔軍校。一九二四前的廣州，瀰漫著革命的浪漫、純真的氣息。在共產國際的斡旋下，國共開始合作，國民黨推出聯俄容共的新政策，召開第一次全國代表大會。工農運動、反帝愛國運動、反軍閥、反封建的運動蓬勃發展。

就在這中國革命和新思潮的基地廣州，年輕的李友邦組織了「台灣獨立革命黨」，主張打倒日本在台統治，使台灣從日本轄制下獨立，最後回歸中國。

少年時代就受到「台灣文化協會」抗日啟蒙運動的影響，懷有強烈民族意識的李友邦，在當時中國先進的革命中心廣州，和其他在廣州的台灣青年一樣，不可免地對中國革命的前景感到在台灣時所不能感受到的鼓舞。至此，他的抗日民族解放的思想，越過了台灣一島的框架，更加具體地把台灣的抗日革命運動同以廣州為中心的大陸反帝、反封建大革命聯繫起來思考了。

一九二七年，國共分裂。在殘酷的清黨恐怖中，李友邦潛至杭州避禍。資料記載，一九三二年李友邦一度被國民黨逮捕，迨一九三七年中日戰爭全面爆發，李友邦才獲釋放。

李友邦出獄不久，把十三年前以秘密形式組成的「台灣獨立革命黨」恢復起來。並展開獨特的台灣人在大陸的抗日宣傳與實踐。一九三八年，他創設「台灣義勇隊」，以旅居大陸的台灣人為主幹，組織了抗日隊伍，具體展開了宣傳、教育、醫療等工作，可謂堅苦卓絕。

在這一段時期，李友邦明白主張，在國家關係上，台灣革命的目標是掙脫日帝統治，然後歸回祖國。他充滿熱情地指出，應該把祖國全面抗戰的新形勢同台灣掙脫日本殖民地枷鎖的獨立運動聯繫起來。因此，他大力主張，台灣的反日民族解放運動，應該與祖國大陸的抗日民族解放運動結成堅強的聯合戰線，要台灣的反日革命各派「響應」大陸的抗日戰爭。

一九四〇年，李友邦復刊了《台灣先鋒》，宣傳把爭取抗日戰爭的勝利與台灣的民族解放的目標結合起來，深入開展台灣先獨立後歸返中國的思想。一九四一年，「太平洋戰爭」爆發，李友邦敏銳地看到全球反法西斯戰線形成的新形勢，更加堅定了他把台灣的解放同中國參與其中的世界反法西斯戰爭的勝利聯繫在一道。

一九四二年，美國軍部和情報機構開始醞釀把台灣分離出去，納入美國在太平洋的戰略結構的構想。敏銳地嗅到這陰謀中新帝國主義陰謀的李友邦，立刻寫文章批評美國的帝國主義，並且進一步推動「台灣復省運動」。對於李友邦，面對必然敗亡的日本帝國主義，台灣革命的目標，在新形勢下，已經從爭取打倒日帝，從日帝下獨立，一變而為台灣復歸中國，成為中國的一個行省。

一九四三年，國際帝國主義策畫「國際託管台灣」的陰謀開始伸出了苗頭。李友邦發表〈滿布細菌的「太平洋公路」〉，公開、犀利地批判新帝國主義要把台灣從中國分離出去，鋪成一條太平洋島鍊「公路」的一個環節的構想，痛斥台灣「國際化」的陰謀。

一九四三年十二月，《開羅宣言》初步明確了戰後台澎復歸中國的決定，使台灣復歸祖國，有了國際法的支持。但一九五〇年韓戰和內戰之雙重構造，不但使台灣和大陸處在分斷狀態，一九五一年，國民黨檢舉李友邦為「匪」，次年刑死。

李友邦有深厚社會科學的理論素養。他的論文〈日本在台灣的殖民政策〉，允為日據台灣社會論的重要遺產。一般以「半山」、台灣人國民黨官僚的刻板印象加於李友邦，極為失實。他把台灣殖民地解放運動聯繫到中國抗日民族解放運動的認識高度，使他的抗日論取得了一定的評價。

初刊一九九六年十月二十八日《聯合報・副刊》第三十七版

台灣的「義和團」運動

五十年枷鎖：日據時期台灣史影像系列（四）

西來庵起義時，台灣淪為日帝殖民地已二十年。舊官僚、將軍、當代士紳豪右，或早已內渡，或開城門迎倭，受勳累富……

發生在一九一五年七月台灣台南的西來庵事件（又稱「噍吧哖事件」），和一八九九年在山東各地打著「扶清滅洋」旗號的「義和團」反帝反封建蜂起，有許多相同的地方。

先說背景。義和團蜂起前夕，是中國處在列強竊占旅大、法國侵犯廣州灣、英國窺探九龍、西方帝國主義群起而欲將中國豆剖瓜分，中國淪為半殖民地的時代。這時，清王朝和京畿官僚逐步屈服而淪為帝國主義的僕從。帝國主義成了中華民族最主要、最凶殘、最危險的敵人。而當廟堂文武束手屈膝時，山東、直隸的農民，在「義和拳」的組織形式下，不甘挫敗，起而進行武裝反抗。

西來庵起義時，台灣淪為日帝殖民地已二十年。舊官僚、將軍、當代士紳豪右，或早已內渡，或開城門迎倭，受勳累富。在比半殖民地中國大陸更為艱困條件下，不甘屈服的余清芳，結合江定、羅俊，「共掃日本」。

在階級構成上，義和團和西來庵事件的民眾一樣，是廣泛的貧農和僱農階級。他們處於半殖民地或殖民地社會的最底層，受到多重壓迫，生活最為痛苦，對帝國主義的仇恨最深。因此，義和團要「滅洋」，西來庵農民軍隊要「掃日」。

在組織宣傳上，義和團以下層農民的宗教性秘密結社為基礎，利用宗教語言，揭發滿清王朝的腐敗，控訴帝國主義「洋人」在中國的各種罪行，並以秘密宗教的儀式和組織發展組織，維持紀律。

西來庵起義也一樣。余清芳據台南西來庵為策源地，聯繫台灣各地齋堂，發展抗日組織，以宗教語言抨擊日本統治的苛政，宣傳日本「氣數已盡」，真主降世，一掃日寇。

義和團相信刀槍不入的法術，敢以肉身迎向帝國主義最現代化的武器彈藥。西來庵起義農民宣傳「玉皇大帝九天玄女」，宣傳「避彈」、「陰兵」、「隱身」、唐山法師先人來台助陣，消滅日本統治的符數魔法。從照片看，義和團和西來庵事件所用的刀槍劍矛，法器符咒和三角旗，皆一何酷似乃爾！

或謂以封建宗教迷信反現代化西方，就是「愚昧無知」的表現。但是在漫長的中國封建社會，宗教迷信一直是因沉重的封建剝削不能不「棄地逃亡」「嘯聚山林」的貧困農民寄託平等主義思想，向地主豪紳政府要糧食，抗苛稅，推翻惡政，建立農民政權的重要思想依靠和組織形式。在西來庵事件前，近者就有一九一二年「林圯埔事件」的劉乾，宣傳奉「王爺」滅日本的起義。同年，另有奉「玄天上帝」神論驅逐日本的黃朝、黃老鉗發動「土庫事件」。而若謂中國農民「愚昧」迷信，則奉基督教而強賣鴉片，強占土地蓋教會，為帝國主義馬前卒，百般欺凌中國農民的教士中的敗類，怕也很難以「文明開化」稱之了。

「殺人放火」是義和團長期背負的惡名。但對帝國主義老遠從西歐跑來中國，屠殺、搶掠、迫人開港、占人海關，勒索足以亡人國家之巨額「賠款」，卻沒有人批評，反倒在自己的土地上，為誓不屈服於帝國主義威壓而殺幾個洋人，燒幾家洋行教堂，倒得了千古罵名。西來庵事件也一樣。在西來庵事變前，日本當局以《匪徒刑罰令》就殺了兩、三萬人。每次日本軍警「討伐」抗日農民游擊基地，就要對鄰近無辜村莊進行瘋狂屠殺。此外，日本人擅於以「歸順」誘降後撲殺抗日人士，不惜以國家背信而進行集團誘屠。對這背德與殘暴，卻鮮有人加以揭發和批判。西來庵事件中，江定就是被騙「歸順」而後夥同二、三百人被殺的。

以義和團為「野蠻無知」的「義和團觀」看待西來庵起義，西來庵事件當然也不能不是「野蠻無知」的。批評義和團運動是「狹隘的民族主義」的人，當然也會把西來庵事件看成「狹隘的民族主義」事件。對於義和團運動和西來庵事變的評價，其實就存在著嚴肅而深刻的歷史認識問題，存在著看待歷史事實的民族立場和階級立場的問題了。

初刊一九九六年十月二十九日《聯合報．副刊》第三十七版

永遠不居上位的領袖人物蔣渭水

五十年枷鎖：日據時期台灣史影像系列（五）

蔣渭水，一八九一年生，宜蘭人。醫專畢業行醫多年，三十歲開始投身社會運動的蔣渭水，有政治家最貴重的才能，即組織的才能。一九二一年，在他的奔走下，動員了當時在醫專、商工學校、工專、師範的台灣青年，四處號召，擁立當時最富人望的士紳林獻堂為總理，開好了一千餘人出席的成立大會，使「台灣文化協會」正式宣告成立。從一九二一年到一九二七年間，台灣文化協會成功地成為殖民地台灣社會反日各不同階級、階層、團體和意識形態的統一戰線，發揮了十分重要的作用。

一九二〇年代初，在日本和大陸求學的台灣青年，分別受到日本當地蓬勃發展的階級運動，和中國大陸在一九二五年到一九二七年北伐革命、反帝運動的洗禮後，紛紛回到島內，參加了文協的工作，終於使文協內部發生了不同思想、路線和方針的矛盾，左右分裂。以連溫卿、王敏川為中心的左翼，奪取了文協的領導權。蔣渭水同林獻堂、蔡培火等右翼一道，脫離了文協，另組殖民地台灣人民的第一個政黨——台灣民眾黨。

民眾黨的組織和發展工作，自然地落在富有組織領導才能的蔣渭水的肩膀上。

在台灣文化協會左傾的同時，早自一九二六年開始，台灣的農民運動也快步發展。島內外形勢的發展，使明敏的蔣渭水對農工階級同他們的運動有了新的認識，使他的思想也進一步激進化。一九二八年，民眾黨的第二次大會，提出了「團結世界被壓迫的弱小民族和國際無產者共同奮鬥」的主張。一九二九年，蔣渭水主導的第三次大會，提出「以工農階級為中心，開展全民聯合的民族革命鬥爭」和「聯繫世界無產階級和殖民地民眾，參與國際解放陣線」的綱領。因反對一九二七年文協左傾的民眾黨，隨著領航人蔣渭水的進步化而發生重大蛻變，在反對日本帝國主義的鬥爭中，開拓了階級的國際主義視野。

然而，蔣渭水又絕不是一個只會呼喊激進口號的空頭煽動家。他所領導的民眾黨，具體地做出了大量極有意義的、有針對性的政治抗爭。民眾黨公開反對日本田中內閣出兵中國；向國際控訴日本以國家權力公然販賣鴉片，毒害人民；向國際聯盟控告日本當局在鎮壓霧社事件中非法使用化學武器，要求日本總督為霧社事變引咎辭職……這些果敢有力的政治行動，都引起台灣民眾廣泛的共鳴。

一九三一年，日帝向我國東北進軍，全面鎮壓殖民地台灣各戰線的抵抗運動。而就在這一年，民眾黨被勒令解散。同年，蔣渭水病死台北。

縱觀蔣渭水十年政治生涯，人們看到了作為一個政治家，他有幾方面的特點。首先，他是一個傑出的組織者。文化協會、台灣議會期成同盟會、民眾黨，以及以民眾黨為中心組織起來全島各地、各行業，以及全島性工會的形成與發展，都表現出他非凡的組織才幹。其次，是他在思想上隨著年齡與實踐而不斷進步、不斷革命化，表現出浪漫的革命精神。這和林獻堂等士紳階級之愈來愈保守，從放棄民族解放運動的「台灣地方自治同盟」，再退到皇民奉公會……的過程，成了鮮明的對比。第三，蔣渭水的領導表現了他作為一個敏銳政治家的政治洞識力。民眾黨在他的指導下，對總督府提出一波波政治爭議，莫不有的放矢，揭發了殖民統治的非理。

最後，是今日尚以九十餘高齡健在的民眾黨書記陳其昌先生對筆者指出的，蔣渭水有自然發露的、絕不居上位的風格。

「你去找遍蔣渭水同團體合照的照片，絕對找不到一張蔣渭水大剌剌坐在中央上位的照片，」陳老說。我仔細審視蒐集到手的多張民眾黨照片，果然就是找不到一張他坐中央上位的照片，令我啞然良久。

這不是虛矯偽飾所能辦到的。而從蔣渭水這鮮為人知的風格，我們看到了一個敢與強大壓迫者對抗，卻在同志間發露自然的謙抑的偉大台灣政治家高大的形象。

初刊一九九六年十月三十日《聯合報・副刊》第三十七版

歌唱〈同期之櫻〉的老人們——皇民化運動的傷痕

五十年枷鎖：日據時期台灣史影像系列（六）

楊威理寫的《雙鄉記》（人間出版社，一九九三），從一個角度看，是研究台灣被日帝殖民地化過程中造成台灣人重大心靈創傷的重要材料。書中細膩地記錄了殖民地台灣知識分子在成長過程中心靈、人格的曲扭和挫傷。被殖民者在殖民統治結構中，感受到統治者的強大、文明、開化；感到自己的落後、粗野、弱小；感到台灣話野蠻，日本話文明，感到日本人說台灣人愛吃豬肉、講話嚷嚷、不講衛生是事實，而自慚形穢。

在具體生活中，殖民地台灣到處充滿著對台灣本島人的制度性歧視，生活中到處明白地確定被殖民的「支那」台灣人是劣等、汙濁、卑下的人種，無從改變。

這種長期、無從改變的劣等地位和劣等感，一方面激起不甘屈服者的抵抗，但一方面也帶來屈服、苦悶、抑鬱，更帶來對壓迫者的諂媚、逢迎，甚至甘為爪牙，欺凌同胞以求統治者的歡心。

二戰期間，台灣成了日本侵攻華南、南洋各地的軍事和工業基地。一九三七年，日本全面攻打中國，日本人開始擔心領台四十二年後仍然強烈地以漢人自居的絕大多數台灣人在戰時對日本的忠誠。缺少台人絕對的忠誠，日本就無法安心地使用基地台灣，無法放心動員台灣的人力以役使於戰爭。

因此，一九三七年九月，日本當局制定了強迫台灣人「皇民化」的方針，要把「日本國民精神」「滲透到島民生活的每一個細節中去……」，其目的在消滅台灣人的漢人意識——用今天的話說，就是要剔除台灣人的「大中國意識」，消滅中國語言、文化、文字、宗教信仰，代之以日本語言、文字、姓名、神道信仰等等。

「皇民化」是以強烈的洗腦手段進行的強制性同化運動。據研究，它的驚人的效果，不是來自懷柔，而正是來自強烈的民族歧視所造成的劣等感。四十年的歧視統治，使被殖民者確定了自己無可改變的「劣等」地位，皇民化運動就是在這優劣差等的定局上，日本人特別開啟了一道虛構的門，即「皇民煉成」，提供「劣等」的島民一條「救贖」之道，一線翻身的希望，即努力修煉「日本國民精神」，從卑賤不堪的「支那」的一切脫皮而出，化為潔淨、順服、謙卑的「天皇之赤子」。這於是引發了一部分自信「卑賤」的奴隸們「皇民煉成」的歇斯底里。著名的皇民小說〈道〉，以身上中國的血流為大恥，至死要修煉成一個完全日本人的思想和感情，就是個中的典型。

皇民化的目標，在於把台灣人改造成拋棄漢族認同、「忠勇無雙」的「天皇赤子」，成為侵略戰爭愚忠而馴服的工具。一九四二年，台灣施行陸海軍「志願兵制度」，一九四四年九月，進一步實施了「徵兵制」，把三十萬人以上的台灣青年以軍伕、軍屬、軍人的身分徵調到遼闊的中國大陸和南洋各地，為日本的侵略戰爭服務，充當炮灰。但穿上日本軍裝，開赴戰地，成為天皇軍隊的台灣日本兵戰鬥員、後勤人員、工技和農技人員、軍中伙夫、交通運輸，在面對被日軍蹂躪的華南、南洋人民時，感受到了終於「煉成」而為日本人（兵）的「威風」，少數一些人，甚至以日兵本的身分參與了殺人、拷問、搶掠、強姦等罪行，並且在這些罪行中體驗了「天皇軍隊」的身分，在以被害者（即被殖民者）與加害於人（即侵略軍）的過程中，緩解了「優越」被殖者的劣等感。而這以加害他人來治癒自己劣等意識的構造，又使加害的行為愈趨凶殘，罪孽愈深。至於極少數一些充當日本人通譯，當上軍曹、士兵，甚至下級軍官的台灣人，其陶醉在日本化的「感激」、恣殘虐於人而逞假日本人的優越意識，種種言行，有不忍聞問者。這是為什麼有近百名台灣人日本兵被國際法庭判處死刑，至今被奉祭在日本東京的靖國神社。

一九四五年八月十五日帝國戰敗。「台灣人日本兵」在大陸各地和南洋各地迎接戰爭終結的體驗，也是十分複雜而辛酸的。有些「煉成」「皇民」的意識較深的，感到日本應該尚能一戰，何至投降，覺得不服氣，為日本戰敗惋惜。當然，有一些人聽說日本人戰敗，自己恢復了戰勝國中國的國籍而高興不已。也有一些在盟軍收容所裡，尚未遣返，就迫不及待地辦刊物，熱情討論如何建設故鄉台灣，建設新中國。當然也有很多人感到茫然。但戰事結束，可以回家團聚，總是可歡喜的事。然而把自己當成日本人而想為日本戰敗一哭的人，發現部隊已經把他分出去，告訴他他已不再是日本臣民，請他到另外來收台灣人的營地集中。他於是也喪失了為帝國慟哭的立場。那些為恢復中國籍而高興的人由於昨日還是中國人民和南洋人民的敵人，而在中國大陸、南洋遣返過程中，遭到當地人理所當然的白眼……

台灣人日本兵的遣返，也是曲折而辛酸的。在盟軍司令遣返日俘的作業保證和國民政府聯日反共的政策下，日本兵從各戰區遣返日本的作業，安全而有效率。而各地台灣人日本兵的還鄉，由於複雜的政治情勢和國民政府認識不足，反而一波三折。不少人蹉跎數年才回到台灣來。

回到故鄉的台灣人日本兵，固然不可能受到英雄式的歡迎，更沒有理由領取分文慰問補償的金錢，當然也不曾受到任何歷史清算。但當陳儀集團的惡政開始引起台人普遍的反感，終至爆發一九四七年的二月事件時，也有很少數的台灣人原日本兵重新把日本軍服穿上，和「支那人」(外省官僚)對抗。當然，他們很快就被壓服下來了。

多少自覺曾經夥同日本侵略、敵對過中華民族的這些原日本兵，在往後的歲月，也就默然地在生活中沉浮。隨著台灣經濟發展，日台交流的頻繁，很多人和在日本的復員軍人組織聯繫上了。他們在類如「戰友會」的組織下，相互往來，一起喝日本燒酒，含淚高唱〈同期之櫻〉，用拙劣的日本話和日本人前士官、班長、長官、同僚苦話別後。「皇民煉成」的情結又開始無忌憚地復活……

一直到八○年代，原本在私下醞釀的、要求日本政府對這些台灣人原日本兵給予賠償的運動，浮到檯面上來。第一批到日本請求賠償的一位陳先生告訴我，在去日本一路上，他和團員都想像著老長官、國會議員和日本政府一定會流著熱淚擁抱他們這些離失多年前袍澤、同胞，從而快速通過立法，賠一大筆錢，好讓他們度過安適的晚年。但日本當局和過去曾多次在東京、在台北一塊喝燒酒、吃生魚片、共唱〈同期之櫻〉的戰友會老長官，都冷著臉、皺著眉說，日本早已不把他們當成帝國的公民，沒有資格享受帝國給予日本復員軍人的優渥的福利與恩給。

他們始而驚訝、失望，繼而悲忿。他們開始向日方索取戰時積欠給他們的軍餉和未曾償付的軍中郵政儲金。但是雙方對賠償的幣值倍率的見解相去天壤，至今談不攏來。「現在我們是向他們要債。欠債還錢，天經地義。」陳老說。

他們很不諒解：為什麼打仗的時候，說他們和其他日本人一樣是「天皇赤子」，「內台如一」（日本人和台灣人平等），要賠償、補償就推得乾淨。他們說「日本國民精神」講信義，看來是騙人的……

然而，內心深處，這忿怒還是來自日本認同的挫折。在我的採訪中，不少人承認他們一直是見到日本人特親切，聽到日本話特高興。看到他們對日本的愛恨交織，深深感到殖民地心靈的曲扭與複雜，遠遠不是簡化的邏輯可以處理的。

當然，一般說來，受到皇民化洗禮的台灣人精英階層，他們的處遇就比這些農民、小市民出身的原日本兵幸運得多了。在國際冷戰和國共內戰的結構下，他們輕易地規避了對於他們「協力」日本的歷史之清算。時至今日，這殖民地精英中的秀異者，在當代台灣朝野政治、工商、產業諸領域中，占取了領導性地位。一九八〇年代中後，舊殖民地時代遺留下來的舊「協力派」精英迎來了恐怕自己都不曾料想的第二個春天，揚眉吐氣。

值得注意的是，以反華、脫華、反共為主軸的、廣義的皇民主義，在台灣政局中發生了「隔代遺傳」的現象。完全不曾接受過皇民化運動直接影響的一代人，有一些人在反華、反共的政治上，歌頌馬關割台的歷史，在選戰宣傳車上當街播放日本軍國主義的〈軍艦進行曲〉，仿日本皇室的「菊之御紋章」設計八瓣菊花旗為「新國家」的「國旗」……

於是，人們在看到台灣的「主體」論、「政治實體」論、「獨特性」論和「獨立」論空前地成為主流論述的同時，對於日本將台灣殖民地化的歷史所遺留而未加以絲毫清理的精神、心靈、文化的挫傷，非僅視若無睹，而且對於「台灣主體」論以迄「獨立」論其實就是這挫傷之本身、之再蓄膿的事實懵然不覺。這才是台灣的「後殖民論」的嚴重的盲點。

而每次偶爾在台北的街頭，看見頭戴日本陸軍或海軍戰鬥帽，有人甚至還在後腦掛著遮陽巾的老人，踽踽而行，我都很難於不感覺到他們是台灣的曲扭的歷史所造成的、至今不曾癒好的傷口，心情愴然。

初刊一九九六年十一月十九日《聯合報・副刊》第三十七版

激越的青春

論呂赫若的小說〈牛車〉和〈暴風雨的故事〉[1]

一九三五年，年僅二十二歲，甫自台中師範畢業，出身於小地主階級的呂赫若，就發表了〈牛車〉、〈暴風雨的故事〉那樣表現出深刻的社會認識力，對於以地主—佃農制為基軸的殖民地台灣的農民，因未曾「意識化」而極度矛盾、困厄的生活中呻吟、淪落和毀滅，表達真摯的同情，並為他們發出強烈控訴，又能避免文學青年難以避免的過剩的感傷、濫情和思想上的僵直和教條主義的作品。無論如何，他的「早慧」確實令人刮目相看。

從這兩篇敲開文壇之門的少作，固然可以看到呂赫若個人不凡的資質，但是觀察一下青年呂赫若成長過程中殖民地台灣的社會和時代，對於呂赫若一出手就呈現出來的明晰、強烈的現實主義和階級文學論，就能有進一步的理解。

如果以一個人的十五歲為認識充滿殖民地矛盾的生活和時代的起點，呂赫若的十五歲，是一九二八年。

一九九六年十一月

出身地主資產階級的少年呂赫若所看到的一九二八年的台灣農村，首先是傳統手工業製糖作坊「糖廍」早在一九一〇年稍前瓦解。蔗農失去了由持分分紅、分糖、原料蔗代價等傳統制度中分取糖製品的利益，[二]而在繼起的由日本獨占資本支配的現代機械化大規模製糖體系中，淪為單純的原料蔗農，並且成為現代製糖會社及本地地主的債務奴隸和高利貸奴隸，無從翻身。到了一九二〇年以後，在總督府國家強權的掖助下，三井、三菱、日糖等糖業大資本完成了對台灣糖業經濟的全面獨占支配。以島內大米、番薯價格，而不是國際糖價為台灣原料蔗收購的參照價格，台灣原料蔗價格被制度性地抑壓在超低水平。再加上會社過磅過程的欺詐偷斤，由會社片面任意在原料蔗收購中分級，蔗農不能不生活在長期的貧困之中。此時會社買青的貸款深入蔗農的生活，使蔗農成為身陷難於擺脫的債務枷鎖。[三]而日本製糖資本在台灣的獨占擴張，又把貧困農民驅離，將耕地圈為會社所有的蔗作農園。淪落的農民成為會社農園裡的現代農業性工資無產者。

一九二二年，蓬萊米登場。帝國主義的米糖單一種植（monoculture）經濟成立。為了壓低日本的米價以維持日本獨占資本的高額剩餘價值率，並補充不足的大米來源，除了鼓勵朝鮮增產大米，也以在台灣完成適合日本口味的台灣蓬萊米改造與增產，用來支援日本米價的抑壓和穩定化。其結果是：在以半封建的地主—佃農體制為基礎的殖民地台灣農業部門，蓬萊米的登場和

增產，造成本地地主資本積累的擴大，土地的再集中，以及小農和貧農的沒落與窘迫化。[四]

到了一九二九年，呂赫若十六歲，世界性不景氣對殖民地台灣農村經濟帶來了強大的衝擊。生產過剩的大米暴落，農民的貧困化愈益嚴重。〈牛車〉所描寫的農村的凋蔽，就絕不是青年呂赫若單純的創造性想像的產物。

在另一方面，面對世界性經濟恐慌，日本國家毅然以日本資本主義的國家獨占資本整編，即採取了(一)財政膨脹，(二)發展重化工業，以及(三)進行軍事擴張(一九三一年九月進軍我國東北)來解決。[五]

一九三四年，呂赫若二十一歲，日月潭發電所完工發電。一九三五年，呂赫若發表處女作的那一年，日本在台灣推動為了使台灣成為向中國和南洋侵攻基地的「南進工業化」，布置了日本獨占資本在台灣鋪開鋼鐵、鉛、造紙、酒精等「新興工業」的建設，為台灣社會帶來了比較本質性的構造變革。以日本獨占資本主義為主體的工業化，即戰爭工業化的腳步，面向一九三七年對中國全面侵略戰爭的整備而開展。[六]

從殖民地台灣的政治史看，呂赫若十四歲的一九二七年，是激動的一年。從一九二一年創立，成功地維持了台灣抗日各階級統一戰線的台灣文化協會，在世界時潮、在日本和中國的革命運動的影響下，發生了方針路線上的左右紛爭。左翼的連溫卿系取得了文協的領導權。右翼的林獻堂、蔡培火一系和中間派的蔣渭水脫離左迴旋的文協，成立了民眾黨。

米糖帝國主義經濟所積蓄的農村經濟矛盾，在一九二四年「二林蔗農鬥爭」之後，餘波匯集，在一九二五年反對陳中和新興製糖會社收回土地的鬥爭中，誕生了「鳳山農民組合」。一九二六年，在鳳山、曾文、虎尾、竹崎等地方農民戰鬥組織的基礎上，一九二六年成立了全島性台灣農民階級的戰鬥司令部「台灣農民組合」。一九二七年，以台灣農組中央委員會委員長簡吉赴日為契機，產生了台灣農民運動與日本農民組合以及日本勞農黨的戰鬥團結，台灣農組內因島內殖民地矛盾在農村的激化、外因國際的政治思想與階級同盟，在思想上和戰術上有所前進。一九二八年，台灣共產黨在上海秘密創立，後因謝雪紅押返台灣不久釋放，在同年末以謝雪紅為中心成立了島內中央的事，雖恐非時為十五歲的少年呂赫若所能獲知，但台灣農組與台共的進一步組織連帶和工作關係，促成台灣農組進一步左傾，致引發日帝在一九二九年二月撲向農組，是為震動台灣農村的「二一二」事件，給予才成立不過三年的農組以重創的事，對少年呂赫若造成的思想感情上的衝擊，不難推想。

一九三一年，呂赫若十八歲。日本帝國主義悍然向我國東北進軍，並且對島內各抗日民族、民主運動的組織，施行鐵腕鎮壓。文化協會、民眾黨、台灣共產黨紛紛被起訴，重要幹部被捕投獄。一九三三年，呂赫若二十歲，被捕於一九三一年的台共黨人大審，至翌年全案諸君子才被判決定讞。台共大審的風雷，和同年農組重建的大湖支部武裝蜂起案件的偵破與起訴，對青年呂赫若產生怎樣的衝擊，不難想像。而這些衝擊，對青年小說家呂赫若的藝術和思想形成的過程中，造成若何的投影，也不言自明。

在上述社會、經濟、政治史的脈絡下，查看當時台灣文學思潮的發展，就更能一目了然。一九三〇年六月，作為台灣共產黨的外圍刊物，由王萬得、周合源等人主持的《伍人報》發刊，推展台灣的無產階級文化／文學的啟蒙運動。八月，黃石輝在《伍人報》上發表了〈怎樣不提倡台灣鄉土文學〉的文章，引發了著名的（第一次）「鄉土文學論爭」。

同一時期的楊克培、王敏川、郭德金和著名作家賴和，創辦了《台灣戰線》，公開倡導「無產階級文學」，宣稱要「以無產階級文藝謀求廣泛勞苦民眾的利益，解放處於資產階級鐵蹄下過著牛馬般生活的一切被壓迫人民」為宗旨，要把過去一直被「少數資產階級、貴族階級所獨占和欣賞的」文藝，「奪回到無產階級的手裡來」，從而發動「文藝革命」，「宣傳馬克思主義理論和無產階級文藝」，因為「沒有正確的理論，就沒有正確的行動」云云。這些流傳下來的宣示，以今日的眼光看來，或者不免有教條主義的僵硬感，但從台灣文學思潮史上看，是頗有劃時代意義的宣告。一九三一年，在台灣的日本人左派作家平山勳和藤原泉三郎為中心，發起了一個在台日籍和台灣進步作家（王詩琅、張維賢等）的團結組織「台灣文藝作家協會」，並發行機關刊物

《台灣文學》(使用日語和漢語),宣稱要「建設以新的世界觀、新的社會認識為基礎的文學」,實際上就是指宣傳馬克思主義的、無產階級的文學,並且以台灣民間故事的蒐集與研究,推展台灣的民眾文學。「台灣文藝作家協會」行動性較大的成員以台北高校學生為中心,[七]估計這對師範生時代的呂赫若,有更親切的影響亦未可知。

一九三四年,以賴和、張深切、黃得時、郭水潭等台灣作家為中心的「台灣文藝聯盟」宣告成立。聯盟以「打倒腐敗文學」、「實現文藝大眾化」為口號,刊行中日文並用的《台灣文藝》。正是在這個以「文藝爭取人民大眾的支持」、「文藝應完成時代使命」為言的文學刊物上,年輕的呂赫若在第二年發表了他的小說〈暴風雨的故事〉、〈婚約奇譚〉和幾篇文學短評。

在呂赫若發表〈牛車〉於日本的《文學評論》那一年的一九三五年,為了避免組織、紀律上的若干缺點所產生的分裂危機,為了重新燃燒聯盟員對文學的熱情,楊逵等人脫離了聯盟,刊行「另外一本雜誌」,即《台灣新文學》。[八]作為主編人,楊逵宣揚了這樣的文學理念,即文學是生活的表現手段(即為了社會的文學);而台灣新文學運動就是傳統的「詠月吟風」、「無病呻吟」文學的反論(anti-thesis)。楊逵主張在文學中「尋找吶喊」:不贊成文學走上「自然主義的、僅僅是對黑暗的細密的描寫」。文學應該「尋求光明」、「呼喚希望」。[九]一九三六年,二十三歲的呂赫若把他後來負笈東瀛前的小說〈前途手記〉、〈逃跑的男人〉發表在《台灣新文學》,說明楊逵的文學觀召喚了年輕的小說家呂赫若。

這些社會的、政治的、思想的諸關係，使台灣小地主階級出身的呂赫若，背叛了自己的階級，以台灣農民的代言者，登上了台灣現代文學的舞台，並因為在日本《文學評論》上刊出了他的〈牛車〉而引來明亮的腳燈。

然而，這時期的他的作品，絕不只是具體流露在一九三六年發表在《台灣文藝》的文藝短評裡的、素樸的「社會文學論」和「階級文學論」簡單的、形象的翻譯而已，而在思想和審美上都表現出二十出頭的左傾青年作家罕見的成熟。

〈牛車〉表現了豐富的社會內容。首先是一九二九年到一九三三年的世界範圍的大不景氣。生產力的萎縮，購買力下降，歷年來受到增產鼓舞的大米至此而價格慘跌，以貧困佃農為中心的無產階級化急速展開。[一〇]〈牛車〉中的阿梅不得不放下家務和對於孩子們的照顧，到製糖會社的甘蔗農園或鳳梨農場去當農業性工資勞動者，以勞力換取微不足道的工資。楊添丁則早在他父親一代就是沒有土地的農村自僱性駄運業者。收入甚至無力購買足夠的、價格日跌的糧食。

其次，是伴隨一九三一年日本帝國主義對我國東北的侵攻，在日本國家政權（state）的強權貫徹下，在台灣逐步展開從戰爭擴張政策、服從日本資本主義向戰時經濟轉軌的利益和邏輯的戰爭、軍需工業化。[一一]戰爭工業化在農村末端的生活上，表現為現代卡車取代傳統獸力駄運的牛車、水車碾米飽受電力碾米機的威脅等，造成了牛車業、轎伕、水車碾磨業的沒落和相關勞動的失業與貧困化。

第三是作為殖民地台灣經濟重要基礎的傳統半封建的地主－佃農體制的苛刻剝削。呂赫若作為台灣小地主資產階級的兒子，對於在殖民地台灣的半封建主佃關係下喘息的廣泛佃農生活的悲慘和貧困，觀察細微，認識深刻。由於日本資本主義的後進性，在台灣經濟殖民地化過程中，日本資本主義不但不會摧毀台灣傳統主佃體制，進行農業的資本主義改造，反而繼續溫存這主佃關係，和台灣本地地主一道，對農村剩餘進行層層掠奪。[一二] 由於下文有機會詳加說明的原因，台灣地主在日本殖民體制下，不但得以維持高達五十%以上苛酷的地租率，而且還得繼續以傳自移民時代各種封建租佃方式（如「定頭金」、「磧地金」等），向農民收取地租預繳。佃農不但遭到高額地租的盤剝，還要有能力支付名目繁多的押租、地租預繳，才能佃耕地主的土地。[一三] 在〈牛車〉裡，眼看牛車駄運業沒落成為定局，楊添丁終於決心放棄駄運改行佃農。但殖民地台灣的主佃制，在日本民法的保障下，殘存著苛毒的押租制。為了繳出一筆不小的押租，楊添丁不得不挫折丈夫的尊嚴，竟央求妻子阿梅賣淫存錢，湊足押佃所需，遂使楊添丁一家進一步墮落沉淪，終至走上破滅之一途。

當現代資本主義的機器化大規模生產體制要全面取代手工作坊，造成大量手工業者的失業、破滅和貧困時，憤怒的窮人蜂擁到現代工廠，砸爛現代生產機械。[一四] 這些失業的、沒落的手工業者、行幫商人和傳統地主無法認識到這巨大改變的本質，即以資本組織生產原料、勞動力、勞動程序以生產產品，掠奪豐厚的勞動剩餘的制度已然登場。在這個以新的生產力方式為基礎的新的生產關係擴展過程中，前期性的行會商人、手工作坊手工業者、農民和地主註定了無可挽回的沒落。

正如同從前在歐洲的手工業者和沒落的行會商人，因為對資本主義本質沒有認識，從而忿怒地把自己的沒落歸咎於死的機器設備一樣，呂赫若生動地描寫了楊添丁和其他的牛車伕也把自己日窘的生計，歸因於路旁的一桿禁止牛車通行路中央，維護新式卡車在農村通行特權的石柱，而對於戰爭工業化對台灣農村社會帶來的、對於零細貧農生活影響深遠的構造變化，無法有所認識。

事實上，在三〇年代台灣文壇上「初出茅廬」的呂赫若，正是側重地描寫了對殖民地農村所內包的深刻矛盾之本質茫然無知，即所謂完全未經「意識化」的被壓迫者的哀愁的生活。對自己貧困、被壓迫的本體、本質和核心沒有正確的理解，就無法找到改變生活、追尋公平與幸福的道路與力量，也就只能在對於生活的「錯誤意識」（ideology）中沉淪，不得翻身。

在絕望的貧困中，阿梅無法理解到當勞動力已經成為資本按自己的需要和市價規律任意選購的商品，勤勞（小說中譯為「認真」）和報酬早已不是等比關係；也不能明白地主、保正終日優游，卻照樣富有奢侈，而楊添丁終日奔波，阿梅竟日苛烈地勞動，卻所得卑微，甚至換來的只是飢餓。而由於不能認識到矛盾的本質，阿梅就只能瘋狂地懷疑添丁怠惰，不夠勤勞（「不認真」）、偷閒賭博，甚至和別的女人廝混。深受委屈的添丁，但覺阿梅不可理喻，於是夫妻生活就不能不變成劇烈爭吵的地獄。

阿梅不能明白：為什麼米價空前低廉，人卻反倒吃不飽飯？楊添丁不理解：為什麼自己比以往任何時候都勤勞（「認真」）、「一天也不曾懈怠」，卻怎麼也找不著活幹，掙不了錢。

面對這生活中愈來愈明顯的矛盾和悖理，又無法經過「意識化」的過程掌握到事物的本質，受苦的人就會以自己的方式去尋求解答，並身體力行之。曾經也是牛車伕的「林老」，就是這樣的一個人。

同樣面對駛運業沒落的前景，林老有這解答：「荒唐！因為現時工作的是傻瓜，遊玩才是聰明的」（幹活的是傻子，遊手才是聰明人）。他於是把牛賣了，心安理得地幹梁上君子的行當。他以賭博盜竊度日，反倒優游。一旦失手，就去蹲「煉瓦廠」（監獄），讓「他們」（日本法政當局）「養」著。在牛車路上，林老和楊添丁有這樣一段對話。在林老強調了當前的生活，是「工作的是傻瓜，遊玩才是聰明的」之後——

「你說什麼？」楊添丁把眼睛瞪圓。

「是的。工作的是傻瓜。因為日本天年嘛……能賺多錢的工作……都是奪取的。我們啊，工作的是傻瓜。」

一字一句拋出似地說。接著，林老跳上車台。

「不過，你不是必須要讓肚子吃飽嗎？」

「哼！工作不能讓人溫飽。對吧！」林老嘟噥著，「與其辛苦流汗才賺到四十錢、五十錢，倒不如悠哉遊哉地玩，這麼滾一下就可以賺到十圓、二十圓。」

「滾……？」楊添丁不由得吞下口水，直望著對方的嘴。

「是啊。而且，賭輸的時候，也可以出去『工作』一夜，偷些有錢人的錢，沒問題……不就又有錢了？萬一被捕，也才一年。那一段時間，讓他們養著就行了……」[15]

這是對於非理的現實提出的反論（anti-thesis）。年輕的小說家呂赫若安排了一個賊、一個賭徒林老，提出對於日帝下台灣生活中的矛盾的反諷（irony）。當殖民體制本身就是國家強權的掠奪裝置，主流的倫理，恰如保正對添丁夫婦所說，宣傳的卻是「只要（肯）認真（賣力），凡事就不會引以為苦。總之，那（一個人賣不賣力工作）就是（一個人）變成富人與變成乞丐的界線……」。[一六]這種以人的勞動的勤惰來解釋財富占有的權力的依據。但偷兒林老，以強烈的反諷揭破了在殖民地民族與階級的掠奪與壓迫制度（即所謂「日本仔天年」）下，一切要求誠實、正直、勤勞、多勞致富、惰者窮乏的支配者意識形態的欺罔。就如同英國作家J・史威夫特（Jonathan Swift, 1667-1745）在《野人獻曝》（Modest Proposal）中，建議飢餓的愛爾蘭貧困農民，把自己的嬰孩賣給地主當佳餚來一舒窘困一樣，林老建議到處奔波卻賣不出一雙胳臂裡豐沛的勞動力，而呻吟在貧困的深淵中的台灣農民，去輕輕鬆鬆地「滾」骰子賭博、當小偷，一旦失手就去蹲「煉瓦廠」，讓國家送牢飯來填飽肚皮。楊添丁和阿梅陷入他們所無從看透和理解的殖民地社會的深刻矛盾，從而互相噬咬、相互剉傷。而小偷林老，則以他獨自的悖論，去抵抗生活的非理。但林老的悖論，非但沒有讓楊添丁對生活中的屈抑有一番了悟，反而在走投無路時，萬不得已而仿效行竊，終為日警所獲，向著更深、更大的破滅沉淪而去。

魯迅的〈阿Q正傳〉為我們描寫了中國破落農民，受制於他落後、局促的生活觀和世界觀，從而在半殖民地半封建中國社會殘酷的機制中受盡播弄。但小說中的人卻懵然不知，兀自喜怒哀樂，走向滅頂。讀呂赫若的〈牛車〉，能無同感？而這種舞台上—小說中—戲中人（書中角色）對自己的命運茫然無知，而觀眾—讀者卻一步步明白了不可避免的悲劇的技法，正是構成古典希臘悲劇邏輯的不二礎石，即所謂「戲劇反諷」（dramatic irony）。〈牛車〉的審美的技巧，不能不給予高度評價。

馬克思主義者常說，馬克思主義的體系，不以解釋歷史和生活為已足，而要進一步據以改造生活，推動歷史的發展。認識生活和歷史，究明矛盾的本質，從而主觀能動地干預生活，變革歷史的過程，即所謂「意識化」的過程。打破意識化以前的狀態，即打破〈牛車〉中的阿梅那樣不能認識到「米雖賤而人仍然會吃不飽飯」；「勤勞的人也會挨餓，遊手好閒的人卻能不斷地積累財富」等狀態的本質時，人才開始有他的「主體」性，在階級上，才能從「自在的階級」轉換為「自為的階級」。而呂赫若的小說，特別是他初登文壇的小說，莫不側重描寫被壓迫農民的「前·意識化」的困境，並以強烈的「悲劇反諷」(tragic irony)[一七]的手法表現這困境，強烈地震動讀者的靈魂。而其結果無他，正是要促成讀者的意識化，激發對生活中巨大矛盾的再思，尋回主體，進一步起而改造自己的生活和命運。寫在〈牛車〉之前，發表在〈牛車〉之後的〈暴風雨的故事〉，是另一個佐證。

在〈暴風雨的故事〉裡，呂赫若以地主─佃農制的恐怖，展開了敘述。對於當代的讀者，恐怕絕大多數的人已經不能理解主佃制土地關係的悲慘和壓迫性了。一九五二年，在國府的農地改革下，作為中國數千年封建土地關係之延長的台灣主佃制基本瓦解，在台灣經濟史上存在了三百年、作為社會階級的地主和佃農也從台灣社會消失。能夠對台灣地主佃農體制下的生活的人的關係尚有切膚記憶的人，恐怕得是現在年在七十以上的一代。

罔市因為怕地主寶財收回老松家的佃耕權，早在尚未同老松圓房前的少女時代，就被地主寶財恃強姦汙，卻長期秘不敢發。結婚後的罔市，也因受到「起耕」（終止佃耕關係）的威脅，而不能不暗中和地主寶財持續著不正常的關係。大水過後，農民歉收。「聽了寶財的甜言蜜語，說是不繳（佃租）也沒關係，於是就放下了心」的罔市，[一八]看來又被寶財占了便宜。但從丈夫老松知道了寶財非但不肯免租，而且執意要老松以家裡的兩頭豬來抵租，使她的「血液裡澎湃著從未有過的怒潮」[一九]。

此外，不但是老松夫婦，故事中的其他佃農的腦袋裡，也一樣充滿著「不能違背地主」、「地主是恩人」的想法。連地主家少爺射殺自己的家禽，也不敢抗議。不理解地主對佃農的絕對統治，〈暴風雨的故事〉就難於理解。

在半封建的土地關係中，土地作為農民基本生產資料，以地主私有財產的形式為地主階級所占有。沒有土地，也就是失去基本生產資料的農民，無以為生，只能佃租地主的土地耕種以餬口，世稱佃農。佃農對土地沒有所有權，僅有使用、佃耕之權。佃農佃借地主的土地，向地主繳納地租，時或對地主提供勞役。即佃農所創造的農業剩餘，以地租的形式，被地主所占有。也就是地主通過對於佃農的盤剝，創造農業的經濟剩餘，而以地租的形式加以占有、享用。地主對土地的私產的獨占所有，造成佃農對地主的依附。地主的土地所有制，遂成了地主剝削佃農的主要經濟基礎。[二〇]台灣經過日本殖民地的資本主義改造，而仍繼續將傳統主佃制度溫存下來。這主佃關係就滲入了資本主義的成分。於是主佃關係中去除了封建時代地主對佃奴又榨取又給予一定保護、保障的慣習。另一方面，主佃關係更多地增加了「自由」契約關係。地主可以任意終止租約，收回土地，佃農可以隨時被地主從佃耕地上趕走。而一旦佃農失去了佃耕權，就意味著他完全喪失了最基本的生產資料，等待著他的，就是飢餓和貧困。

這就是為什麼地主寶財可以用給予或收回佃耕權，長期要脅罔市，而罔市不得不忍辱背倫，以悲慘的代價為丈夫和家族的生計保住佃耕的權利。這也是為什麼無法看透主佃剝削機制的佃農，儘管受盡盤剝，仍視地主為衣食恩人。這也是為什麼老松在罔市橫死之後，還是不敢揭發地主寶財玷辱人妻的罪行。

然而，是什麼原因使地主寶財能在社會經濟上占有那麼強橫有力的地位——任意玷辱佃農的妻子，即使事敗，也拿他毫無辦法；明明嚴重天然災害造成歉收，地主仍然堅持不能減免地租，而佃農莫能反抗。年輕的佃農阿萬「因為……說了頭家（地主）的壞話」，地主就能叫警察（「大人」）把人抓了起來……。

殖民地台灣的本地地主，經過日本現代民法的保障，享有繼承自中國傳統主佃關係的半封建的慣習，而擁有遠遠比日本、朝鮮地主還要「優越」的、對於佃農苛酷的剝奪之權。台灣在一九二〇年初的平均地租率高達百分之五十以上。新竹州的地租率高達百分之五三・六七。此外，佃農在佃租土地時，要繳名目不同的押租金、預繳租金。台灣的地主素來不因天然災害所造成的歉收，豁免佃農的地租。租約草率，多以口頭為之。租期短暫，且地主往往任意「起耕」（收回租耕土地），任意抬高租稅率。有些地方，地主甚至放任「二頭家」、「佃頭」對佃農濫施中間盤剝。[二一] 泡水抽芽的佃米餵了豬，無力繳納水災後不得豁免的地租，地主寶財強要老松以其飼養生財的兩頭豬去抵繳地租。這引發了含垢忍辱，但冀私下格外減免水災後地租而失望的罔市，悲恥交集，忿恨無告，終至投繯自盡。不肯因不可抗的災害豁免地租的「鐵租」舊慣，成為地主寶財殺人而不稍悔的依仗。

是什麼樣的歷史和社會的條件，維持殖民地台灣本地地主階級對佃農的支配？涂照彥傑出的研究提供了科學性的說明：（一）台灣小農經營不斷地零細化，造成台灣佃耕面積和佃農家數的擴大。據一九二一年的統計，台灣佃耕地面積占全體耕地面積比率，水田為六九%，旱田占四八%，平均為五八%，一般地高過日本和朝鮮的同項統計。田少佃多，大量佃農惶惶爭佃，使地主居於任意刻薄佃農的地位。（二）一九二二年蓬萊米登場。米糖爭地，稻作佃地益少，爭佃益烈。（三）日本資本主義縱容地主對農民的超額盤剝。在共同剝削台灣農民上，日本資本和台灣地主有共同利益和地位。[二二]

和〈牛車〉一樣，呂赫若在〈暴風雨的故事〉中也特別關注完全不曾「意識化」的農民的悲哀。小說裡有這樣的一段。當罔市知道地主寶財家的少爺弄死了自己家飼養的土雞，還被奚落一番，忍辱屈折的罔市在家裡大罵了地主寶財一頓。但丈夫老松對於妻子咒罵地主，竟而頗不以為然。他說——

「你不會是常被頭家欺負吧？頭家是很重要的人……他讓我們有田種，總有恩惠。我們的生活還是靠他維持，他也是滿應當尊敬的。」

最近，妻子常說地主的不是，而且常說被地主虐待，老松一直無法理解。於是他竟呆到對妻子產生反感。

「如果反抗頭家，惡言相向，以後要怎樣生活下去呢？」

——近來，老松愈來愈擔心妻子那樣臭罵地主，田地一定會被收回，因而有痛打妻子一頓的念頭。

「哼！他如果值得尊敬的話，為什麼連豬都要抓走呢？」

罔市咬牙切齒的說。

「笨蛋！你懂什麼？就頭家與我來說，是他給我們田種。他這樣做（把豬抓走）也是應該的！」

對於妻子的態度，老松快忍受不了了。

「哼！如果真是那樣，你幹麼又時常唉聲嘆氣呢？」

一被這樣說，他挺起了胸，好像很有男子氣概似地說：「那也是不得已的。我是埋怨自己的運氣不好，不是埋怨頭家啦！都是我自己歹運啊！」

他不服輸地辯著。其實，他也真是這樣認為。

「的確，是自己歹運。幹什麼說頭家的不是！」

瞎眼的阿茂婆也插嘴說。……[二三]

正因為不曾意識化，老松和大多數佃農一樣，充滿了對生活的「虛假意識」（ideology）：「地主讓佃農有田種。佃農的生計靠地主維持」；「地主讓民佃耕，即使歉收，地主強要了家裡的豬去抵繳地租是應該的」；「佃農的貧困化和生活艱難完全是命運多舛的緣故」；「地主是應該尊敬的」……這一類的思想充滿了老松的腦袋，就彷彿〈牛車〉裡的阿梅堅信「勤勉勞動的人一定有飯吃、而遊手好閒一定貧窮潦倒」一樣。然而，就如簡略說明地主—佃農體制的前文所解明的那樣，是地主以地租的形式占有了佃農血汗所出的剩餘勞動，而不是地主在養活佃農。地主冷血的「鐵租」制度，是地主獨占大部分的土地，廣泛失去土地的佃農為爭佃而不能不競相承受地主提出的自殺性高地租的結果。至於命運說，恰恰是把地主強占佃農勞動，主佃貧富懸殊的合理化……

呂赫若讓老松這典型化的台灣佃農，禁錮在未曾意識化，喪失了人的「主體」性的苦悶的牢籠裡，另一方面卻讓小說的讀者逐步看透了那些「虛假意識」的欺罔。而當讀者在那悲慘的文脈中讀到老松說地主寶財「是滿應當尊敬」之時，就產生了類如〈牛車〉中的「戲劇性的反諷」，而使讀者觸摸到了生活中矛盾的本質。

也和〈牛車〉之安排了「林老」那樣，〈暴風雨的故事〉也安排了一個青年佃農阿萬，對老松點出了生活裡一切非理的本質。他不同意老松老說是「農人窮是農人自己的事，和地主無關」。他告訴老松、農民辛苦勞動的果實全被地主占有了，而「在這個世界（在這個主佃體制下）……我們（佃農）註定要窮一輩子了」。[二四]

阿萬的這些話，不像〈牛車〉的林老那樣以一種冷湛的反諷提出的。但呂赫若卻讓這已經張開了眼睛的青年佃農阿萬，不久就因批評了地主，叫地主報告日警，捉將牢房裡去，從而使老松那魯鈍、黑暗的心起了震動，讓他在猶疑、遲緩中一步步走向覺醒。

當然，老松的「覺醒」並不是作為一個階級的意識化而覺醒——不是「覺醒」到自己是一個擔負著創造新歷史的階級底一成員。老松在苦澀的歷程中，終至識破了生活的欺罔，認識了地主寶財帶給他的破滅，從而以他個人的暴力，去處理個人的老松與個人的寶財間的恩怨。

然而，讀〈暴風雨的故事〉竟篇之時，讀者很不能免於想到偉大的作家賴和的作品〈一桿秤仔〉的結尾。在一九三一年大檢舉，一九三三年台共大審，赤色救援會的崩潰、農組殘黨在大湖密議武裝蜂起失敗的白色氛圍下，呂赫若以暴力場面結束〈暴風雨的故事〉的激越的青春，躍然紙上。

初刊一九九七年十一月聯合文學出版社《呂赫若作品研究——台灣第一才子》（江一鯉編）

一　呂正惠〈殉道者：呂赫若小說的「歷史哲學」及其道路〉，收林至潔譯《呂赫若小說全集》，台北：聯合文學，一九九五年，頁五七一。

二　臨時台灣糖務局編《第二次糖業記事》，台北：台灣日日新報社，一九〇三年，頁三一—三四。

三　矢內原忠雄《日本帝國主義下之台灣》（帝国主義下の台湾）（『帝国主義下の台湾』、岩波書店、一九二九；《日本帝國主義下之台灣》，台北：台灣省文獻委員會，一九五二；《日本帝國主義下之台灣》，台北：帕米爾書店，一九八五）。

四　隅谷三喜男、劉進慶、涂照彥《台灣之經濟》，台北：人間出版社，一九九三年，頁一七—一八。

五　前揭書，頁二一。
六　前揭書，頁二二—二三。
七　尾崎秀樹《殖民地文學之研究》（旧植民地文学の研究），東京：勁草書房，一九七一年，頁一六二。
八　前揭書，頁二一一—二二一。
九　前揭書，頁二二一。
一〇　涂照彥《日本帝國主義下的台灣》，台北：人間出版社，一九九二年，頁一二一—一二五。
一一　前揭書，頁一四三。
一二　前揭書，頁一九一。
一三　前揭書，頁一八七。
一四　A·M·魯緬采夫編《政治經濟學》（上冊），北京：高等教育出版社，一九八五年，頁五七。
一五　林至潔譯《呂赫若小說全集》，台北：聯合文學，一九九五年，頁四六。
一六　前揭書，頁四九。
一七　「悲劇反諷」指戲中人「言者無心」，但了解全局的觀眾卻「聽者有數」的一種「戲劇反諷」。
一八　同註十五所揭書，頁六八。
一九　同註十五所揭書，頁六八。
二〇　同註十四所揭書，頁四二—四五。
二一　同註十所揭書，頁一八七。
二二　同註十所揭書，頁一八九—一九一。
二三　同註十五所揭書，頁七六。
二四　同註十五所揭書，頁八三。
1　本篇發表於文建會主辦，聯合文學、聯合報副刊、聯合晚報承辦的「呂赫若文學研討會」，一九九六年十一月三十日—十二月一日。

一本小書的滄桑[1]

我的第一本小說選集，出版於一九七二年的香港。那時我早已因「陰謀顛覆政府」罪，判處十年徒刑，定讞於一九六八年末，正蹲在台灣省警備總司令部綠島監獄的押房裡。出版的消息是由我四弟寫的一封隱晦不明、煞費猜讀的信裡概略知道的。等到他來接見，他不好說，我不能問。但總之我大體知道我的小說選集在香港出版了。人雖在囹圄，出版了第一本書的喜悅，無法平抑[2]。

我之繫獄，並不因小說賈禍。然而一旦被判定在政治上、思想上有罪，在那荒蕪的年月，我的文學作品便連帶地有了危險性了。於是家人、編者都不能堂堂地把新書寄一本到鐵窗後面的我的手上。

小說集的編者是美國威斯康辛大學的劉紹銘教授。出身貧寒，困苦力學出世的劉教授，在思想上卻穩健反共[3]，即使七〇年熱火朝天的保釣左翼[4]，似乎都沒有使他稍移初心，是一個對自己的思想立場有嚴肅態度的知識分子。他對我的思想和政治之與他不同，明若觀火。而在那樣的年代，在那個時刻，正是他，在香港找人為我出了收有十八篇小說、三篇評論的《陳映真選集》。現在看來，這本選集使我從一個文學青年變成了一個年輕的小說家。作為政治犯，小說家的身分給予逮捕、監禁了我和其他十來名同案青年的國民黨形成一定的文化壓力。

長期以來，我為此對劉紹銘教授懷有切膚的謝意和敬意。唯其切膚，至今不曾就此事此情啟口言謝。

一九七九年十月，我又被安全機關逮捕。這本《陳映真選集》連同大量書籍文件被搜查而去。人是三十六小時「交保候傳」，回了家了。但被搜押的大量書刊，卻要待兩、三年後才發還。現在《陳映真選集》封面上的標籤「A043」，就是偵警當時為了分類、保存貼上去的。為了「紀念」，至今我都不曾把它撕去。

扉頁上有我簽的草書「陳」字。那是我在偵訊室中，情報人員為了證明這些搜得的書籍文件確實為我所有，非他們任意塞給我栽贓，要我逐本逐件[5]簽字所留下的。至於為什麼他們把一本小說選集慎重其事地要當作犯罪證據去處理，直到今天，仍不能得其解。

這《陳映真選集》是香港小草出版社以「小草叢刊之七」出版的。一九七五年出獄後不久，我在台灣見到了今日已極不應該地忘卻其大名的發行人。那是一位誠懇樸素的長輩，堅持送給了我一台全新的照相機，作為「版稅」。

在歷史成為令人厭煩的嘮叨的時代，這些往事，於今人[6]怕連雞毛蒜皮都不是了。

但對於我，這本小書是超越思想和政治，雖不張揚卻難忘而深刻的友情和敬意；是一個無可置信地荒廢的時代所殘留的化石……。如果有人問，為什麼我總不能把文學僅僅當作流行時潮的遊戲，總是把文學看成對生命和靈魂的思索與吶喊，從這本小書的滄桑，或者就能找到答案的輪廓吧。

初刊一九九六年十二月《聯合文學》第十三卷第二期、總一四六期
收入二〇〇四年九月洪範書店《陳映真散文集1．父親》

1 初刊《聯合文學》的「作家臉譜」欄目。本文依據初刊版、參酌洪範版校訂。
2 「無法平抑」，洪範版為「竟無法平抑」。
3 洪範版無「反共」二字。
4 「保釣左翼」，洪範版為「『保釣』運動」。
5 「逐本逐件」，洪範版為「逐步逐件」。
6 洪範版無「人」字。

沉默的照片　雄辯的歷史

蒐集日據下台灣史照片的隨想[1]

最早看到日本殖民地時代的台灣史照片而心弦震動的，是《台灣總督府警察沿革誌》第三卷卷頭所收的幾張。但版面只有二十五開的《沿革誌》，照片不得不小，而且三〇年代的印刷條件又距今日甚遠。不意這次在為「五十年枷鎖——日本帝國主義下的台灣照片展」蒐集影像材料時，竟然找到了比較大、畫面質地更好的同照片和照片說明。當時的心情，若說是「高興」，不免奇怪，但心懷的激動，至今歷歷。

清鄉

照片中有三張是日本侵台軍在台灣鄉間清鄉搜查的照片。第一張是四、五個日本兵，手持長槍，以半蹲警戒的姿勢向前張望，狀頗緊張。背景是直到我小時候仍然常見的台灣鄉村：小池塘、農舍周圍的竹叢和茅草蓋的房子（圖一）。第二張的近景是五個日本兵持長步槍半蹲警戒，中景是三個非武裝的日本人押著一個下跪的台灣農民。遠景有一個唐裝的人往前探步，估計是協同日本人清鄉、打探、通譯的漢人，用現在的話，怕就是所謂「漢奸」之類了。照片的背景也是甚為熟悉的台灣風土：竹簍、茅草房、稻草堆（圖二）。第三張是近景。日本兵正在搜查一個農家。一個光頭的台灣農民被日本槍兵押著，另外兩個槍兵正要入屋搜索。屋外有一隻出奇地肥碩的大牛牯，兩個日本槍兵守著牛牯。由於是近景，看清楚一八九六年初台灣農民的房子，從屋頂到屋牆，竟而全是竹架編草的草房。看來生活是艱苦的（圖三）。

三張照片都看見日本槍兵持步槍警戒的姿勢，透露著不敢鬆懈的緊張，很能說明日本在一八九五年十月頃「底定」台灣，近衛師團班師回日後，活躍的台灣抗日農民武裝對日本統治造成的威脅。一八九五年底，北部就有林李成、陳秋菊等所領農民的崛起並圍攻台北城，企圖收復台北，可惜力量、武裝差距懸殊，在翌年元月一日攻城失敗，退入山中。這三張照片是義軍撤退後，日本第七旅團在台北城附近，即今台北南門一帶擴大搜查的映像紀錄。據史料指出，這次北部農民大規模抗日崛起失敗後，日本第七旅團清鄉搜查過程中，殺害台民一千五百人以上，燒毀民房萬間。長達二十年的台灣反日蜂起的歷史中，日本人類此報復性、懲罰性的濫殺濫燒，已成慣習。殖民統治的野蠻與殘暴的本質，表露無遺。

《每日新聞》賣給我的照片

二次大戰中，日本在中國大陸、南洋等地殘酷屠殺的照片留下來的比較多。例如南京大屠殺，甚至七三一部隊活人身體實驗的照片，都留下來了，成為控訴日本帝國主義戰爭罪惡的雄辯的證據。日本據台五十年間，據統計，一共殺害了六十五萬人。但日本人在台殺人的照片，至今絕不多見。在對待二戰時期戰爭責任的態度上，日本和德國就有根本的不同。後者認錯、認罪，盡心盡力賠償。而前者一貫死不認帳，在戰爭賠償問題上，極盡厚顏狡賴之能事。對於戰爭犯罪的證據，日本人基本上搞湮滅、不公開和管制的技倆。這回到日本找照片，有深刻體驗。

八月間，我專程去東京《每日新聞》社的照片檔案部買照片。說實在，他們照片不多，無非那本《一億人的昭和史》有關台灣的範圍，其中割台後五年、十年間的照片，絕無僅有。正失望間，我在檔案裡找到劉永福黑旗軍被日本人屠殺，身首異處，屍體狼藉的那一張照片(圖四)，畫質比我見過的好很多。我於是依他們的規定，填寫申購單，送了進去。

《每日新聞》賣照片，依用途而取不同的價格。出版用的貴，展出用的較為便宜。在申購單上的「用途」欄，我寫了要在台灣辦一個「日本帝國主義下的台灣」為主題的照片展。

老實說，這麼誠實地寫出照片用途，我有過半秒鐘的猶豫，但旋即釋然。現在看來，那理由是幼稚的，我一直有這認識。《每日新聞》一直都是比較「革新」（進步）的報紙，不會介意我要在台灣「揭發」殖民地台灣的日本惡德。

照片洗好送來了，卻獨獨不見那張黑旗軍屍體狼藉的照片。問他，那職員說了個含含糊糊的理由。好傢伙！連《每日新聞》也來這一招。「革新」的《每日新聞》對日本的歷史罪證，同日本企業、政府和反動派一樣，也搞湮滅，搞管制。他們不知道台灣有幾本書已經有這張照片了。而且，這攝於百年前即一八九五年的照片，還有誰能主張版權？

嗜好斬首的鬼子

然而，日本人殺人的照片，還是讓我找到了幾張。有一張是抗日農民觸動日本現代地雷炸死的照片，三具屍首，手腳破碎（圖五）。再就是一九〇二年日本人在雲林布下天羅地網，號召雲林一帶抗日義軍「歸順」，等到「歸順」儀式甫畢，潛伏的日本武裝就大開殺戒，一口氣殺了近三百名各派抗日豪強和農民幹部。著名抗日領袖詹墩、簡水壽、黃傳枝等，都或者當場被殺，或者生擒後刑死。我看到了賴來（圖六）、詹墩屍首被日本人扶立、攙坐為建檔所拍的照片。這雲林「大掃除」後不久，林少猫被伏擊身死檔，日本人也留下這檔案照片（圖七）。

但最為怵目驚心的是，在「大正二年討伐軍隊紀念」的「寫真帖」（照片集）中，看見日本兵斬首「西塔魯西卡亞」社剽悍不屈的一個原住民戰士的照片。拍攝於一九一三年的這張照片，近景是一個日本兵用日本刀斬斷雙手反縛、跪在地上的原住民戰士。長刀落時，人頭斷而尚未落地的瞬間。距今八十三年的殘酷的瞬間，在這張照片上凝固封存，展現在今日的我們眼前（圖八）。

任何人都會從這張照片聯想到三〇年代以迄四〇年代初日本軍隊在中國大陸、南洋留下的、揮刀斬首的無數張照片。

我相信，在日本陰暗鬼氣的、不知道在哪裡的檔案室中，應該還保存著大量這一類令人戰慄的罪行照片吧。什麼時候才能使這些罪行的確證大白於天下呢？

簡大獅的憤死慘言

我也看了幾張台灣人抗日領袖被生擒而在就義前拍下的照片。雲林「大掃除」中的林少猫、簡水壽、黃傳枝，西來庵事件的余清芳、江定、羅俊的照片，就是就義前拍下的活人照片。但當我看到簡大獅被捕刑殺前的照片時，感到心中特別的震動。

簡大獅的抗日游擊武裝，自台灣改隸，一直稱雄於台灣北部。日本人知道不易用武力制伏，就施加懷柔，許以簡大獅封建割據，劃自己的勢力範圍，以默許擁兵自雄換得簡大獅的「歸順」，另一方面則嚴密等待簡大獅警戒鬆懈，暗下毒手。但由於簡大獅生性狡慧，日本人的奸計屢不得售。簡大獅眼看形勢日益險惡，終於潛逃廈門，不料竟為清廷緝獲，引渡台灣日帝當局。我讀過簡大獅在廈門廳留下的供詞，不能遺忘。他寫道：

我簡大獅，係台灣清國之民。皇上不得已，以台地割畀日人。日人無理，屢次去我家尋釁，且被奸淫妻女。我妻死之，我母與嫂死之。一家十餘口，僅存子侄數人，又被殺死。因念此仇不共戴天，曾率眾萬人，以與日人為難。然仇者皆係日人，並無毒及清人。故日人雖目我為「土匪」，而清人則應目我為義民。況自台灣歸日，大小官員內渡一空，無一人敢出首倡議。我一介小民，聚眾萬餘，血戰百次，自謂無負於清。去年大勢既敗，逃竄及漳猶是歸化清朝，願為子民。然今事已至此，空言無補。惟望開恩將余杖斃，生為大清之民，死作大清之鬼，猶感大德。千萬勿交日人，死不瞑目！

簡大獅的「憤死慘言」，一字一淚。殖民統治的苦毒、台灣廣泛農民抗日而奮不顧身的本質，清王朝在帝國主義威懾下犧牲草民、奴顏苟活的醜惡，台灣下層遺民寧願銜冤屈死在自己的腐敗國家手中，不願羞辱地死在倭敵的刑場，這樣一種忠義高大的民族風格，皆躍然紙上。簡大獅的供狀傳出，撼動了漳泉一帶的人民，有人以詩悼念——

痛絕英雄灑淚時，海潮山湧泣蛟螭。
他年國史傳忠義，莫忘台灣簡大獅！

這首詩不但形象地表達了大陸人民對台灣人民抗日游擊英雄的悼惜、同情與崇敬，何嘗不也是對奴顏屈膝於帝國主義的清王朝的強烈批判與抗議？

現在，眼前照片中為日人縛束的簡大獅(圖九)，端坐長椅條，長辮披在右肩，蹙眉怒目，身著唐衣、腳趿日本人的木屐。想到他令人痛絕吞聲的供辭，念及蛟螭為之悲泣而江翻海倒的大冤，不覺憮然。

八〇年代以來，台灣史頓時成為朝野主流的顯學。但許許多多論文、敘述、報導、言論和著作，充滿了無忌憚的黨派、政治的回聲。聲言恢復歷史真相的營為，事實上成了更其露骨的歪曲與湮滅。於是有政治家、文學家、名流迢迢到日本下關去歌頌馬關割台；在紀念割台百年的去歲大量肯定、美化、讚美日本殖民的言論與活動，甚囂塵上。

離開文字的纏辯，這次「五十年枷鎖：日本帝國主義下的台灣照片展」中四百張珍貴的歷史照片，竟吶喊了千言萬語所不能盡的歷史真相，投機政客和曲學阿世的文人所不能枉曲的歷史本質，使我在蒐集、學習中受到了深刻的教育。

初刊一九九六年十二月八日《時報周刊》第九八〇期

1　本文未收錄原刊配圖。根據原刊篇末編者說明，展覽地點：延平南路、衡陽路交界，力霸大樓七樓新生畫廊；展期：十一月廿三日—十二月十九日。

如果這是新生代作品1

如果這是新世代年輕作家的作品，〈守衛黃正文〉在語文和構成上表現出於新世代為少見的生動、流暢和自然、嚴謹。值得一提的是，作者在人物對話上靈活熟練的技巧。要處理好對話，需要才華。對話的語言要真實生動，寫得完全像人說的話，造作僵硬是寫對話的大忌。好的對話，可以生動表現發語者的性別、個性、信仰、省籍、心理狀態、思想情感……。〈守衛黃正文〉的對話，基本上是鮮活的、自然的。而大部分對白都經過對講機進行，也有別開生面的效果。

但是〈守衛黃正文〉的對話，還在敘述構造上，巧妙地發揮了場景轉換的效果。舉幾個例子：

敘述者第一人稱「我」，由於懷疑因服役小別中的女友變心，而處在一種懊惱、焦慮的狀態。有一段「我」和「黃正文」的對話，表面懶散，焦點卻在討論「我」的女友是否變心的問題上。這時「我」的思緒忽然飄到了他們最近注意到的高中女生「清湯掛麵」上，然後「我」突然通過對講機對「黃正文」說起這高中小女生的事——

「她忘記是我撿到她的髮夾，經過時看都沒有看我一眼。」

關於女友變心的敘述，至此戛然而止，產生一種情緒舒緩的效果。這種技巧也出現在一處「我」在對講機敘說兩個月前頭一次和女友開房間的過程時，突然「插播」了一小段「清湯掛麵」同她的同學走過「我」跟前時流出來的一段關於小女生、小男生之間的閒話。然後在偷聽到小女生的對話中關於她媽媽的瑣事的對話，作者的敘述就驀然跳接到「我」當面的煩惱——由於女友近來的冷漠，「我」的媽媽開始在擔心「我」不曾善待女友。像這種回憶中的對話和現實中對話的交疊；回憶中的對話和另一個回憶中的對話的交會，以及兩個分別進行中的、焦點殊異的對話的相遇，很能令人驚詫地轉換時空，活潑地帶動故事的發展，在結構上出現靈巧的轉折。

當然，這篇小說也存在一些問題。小說以其中的人物「黃正文」為篇名，但黃正文在故事中其實是個比較平面的、配角的角色。他只是被用來和「我」透過對講機對話，從而推展故事的工具。黃正文的形象不鮮明，性格曖昧，在故事中的「動作」不占重要地位。如果從全篇蒐集有關黃正文的形象，我們只知道他很「純」，卻又同時交了一大堆女友和性伴；他追女朋友很有「勇氣」；沒上過大學，出任務挨打時基本上可以泰然處之，對政治沒有興趣。作為小說人物，沒有開始，沒有結尾，也沒有過程和變化。以這樣的人物為篇名，就連帶使這小說的意義空茫，不知所云。「意義的不在」確實是這篇小說的致命傷。敘述者「我」和一個叫「黃正文」的人都是正在服役中的阿兵哥（憲兵？），每天被派穿便裝在城市的街角放哨、站崗，彼此有一段無法直接講話的距離。漫長白日，無聊之餘，就用對講機聊天。而「我」正為一個剛剛在兩個月前上過床，卻感情日疏的女友感到心神不寧，卻又被常常路過的一個高中小女生所吸引。一日，「我」和「黃正文」被派往一個群眾抗議現場做情報工作時，在混亂中「我」看見那高中小女生急行在情緒火爆的群眾現場中。「我」顧不得情報任務，勇敢地帶她脫離危險的現場，讓她安然去探望病中的住院母親。而此後，「我」因而獲得了小女生的芳心……。

這兩個服兵役中的精壯小伙子，其生活中的大事，無非是交女朋友，為性欲苦悶。因為疑心女友變心而心煩意亂，又同時想方設法交上了一個高中小女生。這是一個沒有意義的故事、沒有意義的人生。由於作者沒有特別要表達的思想和意義，所以作者雖然設定了「服役小特務」、「群眾抗爭」這些充滿意義的可能性和高度戲劇性的材料，卻完全發揮不出作用。如果真表現了人生或黃正文一代、一類人之生活的「無意義」，當然也是小說的重要主題。問題是，人們讀不出作者對人生意義的主張——先有對人生的主張，而後才體會得到刻意寫「無意義」的震動。而也正因為意義的喪失，故事中的性的敘述，讀來突兀而少敘述上的必要性。

然而，對人和生活沒有主張、沒有思想，這又豈僅是〈守衛黃正文〉的作者一個人的疾病而已呢？

初刊一九九六年十二月十日《中國時報・人間副刊》第十九版

1 本篇為「第十九屆時報文學獎」小說類入圍作品〈守衛黃正文〉（吳鈞堯著）的評審意見，手稿原題〈當文學喪失了意義〉。本文按初刊版並參酌手稿校訂。

台灣女性革命家

五十年枷鎖：日據時期台灣史影像系列（七）

日帝統治下的台灣非武裝反日民族、民主運動的歷史，一般地說來，主要集中在從一九二一年到一九三一年這短短的十年。但時間雖短，即使在當時殖民地半封建社會的台灣，女性社會地位低下，深受族權、夫權和帝國主義的層層壓迫條件下，在運動中還是湧現了不少傑出而深受人民愛戴、為日據下台灣的民族運動和階級運動做過重要貢獻的女流革命家。

在日帝下台灣女革命家中，最廣為人知，一生活動的時間和地理跨度最大，生命過程最曲折的，要數謝雪紅了。

謝雪紅

她出生寒微，十二歲就失去了雙親。第二年，她被富商買去做妾，經歷了台灣舊社會底層女性典型的悲涼命運。

謝雪紅出生於一九〇一年，台中人。她出生寒微，十二歲就失去了雙親。在當時的台灣舊社會，家庭破碎了的，尚在童年的謝雪紅立刻淪為大戶人家的婢女。第二年，她被富商買去做妾，經歷了台灣舊社會底層女性典型的悲涼命運。

嗣後，她逃家掙脫舊時婚姻的枷鎖，當過女工、裁縫。一九一八年左右，她曾一度到過日本，初學文化，受到新思潮的影響。一九二〇年回台後，在次年參加了甫成立的反日啟蒙運動組織台灣文化協會，在知識、思想上取得了較快、較大的進步。

大約在一九二四年，謝雪紅西渡大陸上海。這一年，國民黨和共產黨在共產國際的斡旋下合作，中國工農階級運動和反帝風潮高漲。而五卅運動的爆發，進一步把革命改造的運動帶向高潮。來到革命熱火朝天上海的謝雪紅，她不幸的童年，使她很快地和大陸的革命潮流產生了強烈共鳴。她加入了中共的上海總工會，積極參加反帝罷工行動，並結識了在上海的著名台灣籍左翼社會活動家如翁澤生、許乃昌、林木順等人，也相傳在此時她成為中國共青團的一員。

一九二五年，謝雪紅透過中共關係，被選派到莫斯科東方大學去學習革命的知識。

從文盲、苦命的舊社會婢妾，到代表殖民地台灣的無產者遠赴蘇聯接受革命思想的洗禮，是一個巨大的變化。這除了時代洪流的作用，也顯示謝雪紅過人的能力、才華和毅力受到革命運動圈的注目。

從蘇聯回到中國的謝雪紅，在一九二八年與林木順、翁澤生、潘欽信、林日高等人，在上海法租界秘密召開了「日共台灣民族支部」(通稱「台共」)的成立大會。謝雪紅獲選為台共中央候補委員，共同迎接了「台灣共產黨」的誕生。

詎料不久因「上海讀書會」案發，謝雪紅被駐上海日本偵警逮捕，解回台灣，後因證據不足，在台開釋。台共在兩岸的幹部紛紛走避。謝雪紅開始在台重建台共黨組，並且依靠當時已日益強大的台灣農民組合開展工作，把台共中央深藏在她的「國際書局」，在謝雪紅主導的中央積極開展工作。

為了把左傾後的文化協會進一步再編為台共的外圍，謝雪紅成功地指導了打倒連溫卿的鬥爭。然而隨著運動的進一步激化，謝雪紅在一九三一年台共內部的路線爭議中失勢，並在同年的大逮捕中入獄。一九四〇年，謝雪紅因沉重的肺病，提早出獄。

台灣光復不久，謝雪紅就開始活潑的社會活動。一九四七年二月事件爆發，她在台中地區領導了民眾的武裝，不久潛入香港，組織「台灣民主自治同盟」，對當時美國策動的台灣「託管」、台灣「獨立」運動，迭次強烈提出公開譴責和揭發。

一九四九年謝雪紅和一些舊台共人士奔赴大陸，任台盟主席、中國婦女聯合會、全國政協要職。在反右、文革等極左路線時期，謝雪紅關於台灣問題的主張遭受批判。一九七〇年病歿北京後，八〇年代，在政治上獲得平反。

謝玉葉

台共建黨時有關婦女問題的題綱，也是謝玉葉起草的。台共建黨後，謝玉葉被組織指派回台工作。

另外一個和台共有關的女性是翁澤生的妻子謝玉葉（葉綠雲）。據翁澤生哲嗣林江回憶，台共的籌建，好幾次是在上海當時翁澤生家秘密舉行的。「母親抱著幼小的我參加了幾次建黨會議。」林江回憶說。而台共建黨時有關婦女問題的題綱，也是謝玉葉起草的。台共建黨後，謝玉葉被組織指派回台工作。謝玉葉和潘欽信、蔡孝乾等人，於台共在謝雪紅主導的宗派主義性質的重建中被開革出黨。關於謝玉葉，現已沒有更多的資料，殊為可惜。

張玉蘭

一個千金小姐，就這樣開始一步步背叛她自己的階級，也一步步靠近千萬在殖民體制下受苦的同胞。

和謝雪紅不一樣，台灣農民運動的重要幹部、屏東人張玉蘭出身為殷富人家的么女兒，從小就過著受寵、幸福的生活。小學畢業，張玉蘭以優異的成績考進高雄高女。

在她高女時代的一九二六年，包括農民組合在內的台灣反日民族・民主運動，正值蓬勃發展的時期。由於張玉蘭的兄長有地方農組的朋友，有一天，張玉蘭在農組屏東支部目睹耳聞了一個貧困的農婦，向農組職員哭訴她一家遭受地主壓迫，無以為生，請求農組出面作主的場面。張玉蘭被她所素來不知道、在現實上廣泛存在的社會不公所震驚。從此以後，少女張玉蘭開始勤勉地出入農組的機關和活動現場，飢渴似地從書本、刊物和講習會中汲取認識生活和改造社會的知識。一個千金小姐，就這樣開始一步步背叛她自己的階級，也一步步靠近千萬在殖民體制下受苦的同胞。

張玉蘭思想言行的顯著變化，引起日本偵警和學校當局的注意，而被開除出校。張玉蘭連忙把她被開除的政治思想原因，以公開信廣為散發，保衛自己的名譽。

離開高女後的張玉蘭，開始全心全時投入農民組合在屏東的工作。她訪問農民，為農民講解改變世界的知識，受到貧困農民深切的愛戴，在屏東農民中享有很大的威望。一九二八年，當台灣農民組合在台中市召開盛大的二大時，張玉蘭在農組的紅旗下，當選為全島農組中央候補委員。

一九二九年二月，虎視眈眈的日本當局向農組進攻，進行全面逮捕和破壞，史稱「二・一二」事件。在這艱難危急的關頭，張玉蘭毫不退縮，堅定地負起農組地下化和同志救援的工作，並因此被判四年徒刑。

出獄後的台灣，已經進入戰時體制，法西斯的空氣瀰漫全島。張玉蘭和嗣後出獄的同志陳崑崙結婚，育六子二女。光復後，陳崑崙因一九四七年二月事件和中共在台地下黨關係，兩度繫獄。但張玉蘭堅強地負起了生活和母親的擔子，一九六七年，張玉蘭病歿，年五十八歲。

葉陶

她和楊逵公開同居於彰化，在民風保守的當時，自然引起不小的波瀾，但生性豪邁的葉陶絕不以為意。

另一個也是出身富裕家庭，有機會接受良好教育，卻背離了自己的出身，走向革命的，是日據下台灣著名作家楊逵的同志和妻子葉陶。

葉陶，一九〇五年生，高雄市旗後人。父親是白手起家的殷商，和張玉蘭的父親一樣，被日本人推舉為「保正」。她讀完公學校，也讀過私塾教授的漢語。再經過短期的教員養成訓練，在她十五歲時就當上公學校老師。不久，她被調到高雄「第三公學校」，和當時也在同校當老師的、日後台灣農民運動的重要指導者簡吉成了同事。

葉陶為人豪邁不羈，嗓門兒大，樂觀熱情，很受到學生們的歡迎。

一九二六年以後，台灣的社會運動有進一步發展。一九二七年，文化協會左轉，它所領導的農民運動也日趨於激烈。為了反對糖廠、地主非理收回土地、霸占土地；為了反對日本將農民習耕的土地賤價放領給在台日本人退職官僚，農民爭議日熾。年輕的葉陶，和簡吉一樣，毅然脫離教職，投身到台灣農運熱火朝天的現場。

在農民組合，她出任婦女部長的工作。她走遍了村村莊莊，從事農民婦女的教育、啟蒙和宣傳的工作。她聲音大，快人快語，率真熱情，艱苦樸素，所到之處，很得貧困農民姊妹的信賴與歡迎。

在農組工作時，結識了從日本回台，也在農組工作的年輕文學作家楊逵。一九二八年，她和楊逵公開同居於彰化，在民風保守的當時，自然引起不小的波瀾，但生性豪邁的葉陶絕不以為意。

後來，由於運動中產生了思想、方針的爭議，楊逵和文協的連溫卿遭到同志的批判，甚至被排除出運動圈。

和貧窮的楊逵結婚，生活是艱難的。但出身裕厚的葉陶，從來就沒有埋怨過。她帶著一大群兒女，依舊樂觀地負起生活的擔子。一九四八年，楊逵和一些朋友發表《和平宣言》，要求在台灣施行真實的民主和自治，反對「台灣託管」、「台灣獨立」的陰謀，卻被國民政府判處十二年徒刑。葉陶還是母兼父職，堅定地撐持到楊逵獲釋於一九六一年。一九七〇年，葉陶病歿。享年六十有五。

簡娥

透過長兄的敘述，簡娥對讓她失去了父親、家庭一夕間陷於破滅的、殘暴可怖的西來庵大屠殺，留下深刻的印象。

簡娥（一九〇九—），台南新化人。她的父親是開館啟蒙的漢文老師，在一九一五年日本討伐西來庵事件大屠鄰近村莊時犧牲。透過長兄的敘述，簡娥對讓她失去了父親、家庭一夕間陷於破滅的、殘暴可怖的西來庵大屠殺，留下深刻的印象。

父親死後，全家遷離傷心之地，移往高雄，依靠母親的麵攤子度日。但少小聰穎過人的簡娥，公學畢業後，竟然考上了高雄高女，與農民組合另一個女流社會運動家張玉蘭成了同期同學，兩人結下維持終生的同窗、同志的親密感情。

據簡娥回憶，貧困的家世，父仇的深重，固然在她的心中栽種了反日、抗日的種籽，但張玉蘭的思想和行動，也無疑給予她很大的影響。她陪著張玉蘭出入屏東農組的活動現場，不但切膚地感受到日帝下台灣農民為改變自己的命運而鬥爭的熱氣，也在農組的學習活動中，汲取了解放的知識和理論。

一九二六年，當張玉蘭被無理開除離校後，簡娥不顧家人反對，也自動要求退學，毫不猶豫地投身到農民組合的工作。

投身農民解放運動的日日夜夜，是無盡的村訪、座談、上課、教識字班、教宣傳歌謠的日子。由於她的熱情和對於窮人的親切感情，她在高屏一帶的荒村山墺中，贏得了貧困農民對她的深情厚意。一九二九年「二一·一二」整肅農組事件後，簡娥同張玉蘭一樣，負起了組織重建，在地下潛行，甚至組織工會進行罷工的艱苦工作。這一段危機四伏的時期裡，簡娥的機智、擅於喬裝和勇氣過人固然起了作用，但主要的還是廣泛農民群眾對她忠誠的擁護，處處時時為她通報敵情，不畏險阻地掩護她，才能使她的工作得以圓滿完成。

一九三一年，年輕的簡娥在台共二大中被選為中央常委的交通員，負責為潘欽信、蘇新的聯絡員。同年，簡娥在大肅清中被捕，判刑五年。

一九五〇年，簡娥的丈夫陳啟瑞及前農組幹部，以「資匪」罪名被國府逮捕。簡娥含辛茹苦獨力撐持家計。七〇年移居北美至今。

當然，一九二一年到一九三一年的狂飆的十年裡，湧現在日帝下台灣民族·民主運動中的巾幗豪傑，不計其數。特別是圍繞在台灣農村農民組合的婦女幹部，留下不少美談。例如農組下營支部一個五、六十歲的婦女部長「阿永嬸」，不識字的佃農的妻子，卻極有見識，有勇氣，有智慧，敢於鬥爭，善於團結，受到廣泛農民的敬愛，名聞遐邇。

和今天的女性主義運動比較起來，六、七十年前台灣的婦女解放運動者，至少有這些不同：

·日據時代的婦女解放運動家，在思想認識上，把女性的解放擺在殖民地歷史和社會框架中去理解。她們相信，殖民地條件下台灣婦女的解放，不以民族解放和階級解放為前提，是不可思議的。因此，她們的運動，主要地從民族與社會運動入手。她們從人類社會發展史的知識理解到，私有財產制的登場，以及其所觸發的新的性別上的社會分工，帶來女性的財貨化、物化和女性對男性的隸屬。而殖民主義和帝國主義，在她們原有的重重枷鎖上添加了新的負軛。

・當代的婦女解放論，一般地從婦女個人、個體出發去想問題。她們一般地把「國家」、「階級」、「民族」、「解放」甚至「歷史」，當作「男人的大論述」而加以排拒。她們一般地把焦點擺在個別女性的情欲、官能、身體和性別的社會論述上。

・在階級取向上，日據時代的婦女解放運動家，有不少出身社會底層（如謝雪紅、簡娥、阿張玉蘭、葉陶），但她們卻在實踐中改造了自己，在意識化歷程中，背離了自己的社會出身，在社會階級上認同農民和工人階級。

永嬸……），從自己的歷史和階級出發，去認識婦女的解放問題。但也有出身富裕的「千金」（如

・今天的婦女解放論，一般地表現出高學歷、中產階級的特性。她們的論述中，一般地缺乏階級論，缺乏對女性直接生產者、第三世界被壓抑民族婦女的關切。

・日據時代的婦女解放運動家，同男性的運動家一道鬥爭，在生活和生產鬥爭的現象中艱苦地奔波，在拷問、法庭和監獄中戰鬥，很多的時候，當丈夫入獄，她們還得為支持丈夫／同志，在窘困中養育子女……思想和實踐的結合密不可分。

・當代婦女解放論一般地來自(外國)書本上的理論，一般地止於在研究室、社團、課堂和大眾媒體傳播論議。

日據下台灣婦女解放運動家雖然不把「愛情」、「情欲」、「官能」、「身體」掛在嘴上，但絕不意味著她們在殖民地的、男權、夫權、宗族權體制下在愛欲上保守、壓抑。在私人生活上，她們當中不少的人敢於衝破社會枷鎖，追求真摯的愛情。謝雪紅、簡娥、謝玉葉、葉陶，在愛情的追求上，莫不特立獨行、「驚世駭俗」，甚至招來一些人以猥穢下流的流言橫加誣衊。然而，人們也在她們敢於放棄禮教，追求真愛的另一面，看到她們在嚴苛的政治迫害下，與所愛的丈夫、同志堅貞相守，對沉重的家計勇於負擔的可敬風格。

初刊一九九六年十二月十二、十三日《聯合報・副刊》第三十七版

黑松林的記憶

我遷入鶯歌國民學校，是光復前的一九四四年。那時候，是日本統治台灣的末期，為了躲避盟軍的空襲，我家就疏散到鶯歌來住。對我的雙親而言，回到鶯歌，就等於回到故鄉。因為父親的本居之地，是介於鶯歌和大溪的中庄。

由於父親的三兄——我的三伯父沒有男孩，兄弟情篤的父親，把他的雙生兒中的一個，過繼給他的三兄。因而自小離開了生家的我，在二次大戰結束的前夕，由於生家和養家都疏散到鶯歌，便和雙生的哥哥同時遷入鶯歌國小上二年級就讀。從此，形貌酷似的這一對雙生兄弟，竟日形影不離，整日有絮絮叨叨說不完的話。即使在上學的途中，也經常沉浸在兩人自己的世界，以致到達鶯歌國小時，往往已經是第二節課。

然而，這麼嚴重的遲到，似乎從來不曾受到過嚴厲的懲罰。在記憶，有一個穿著「國民服」，戴著圓框眼鏡，留著一撮濃黑鬍鬚的日本教導，站在校門內，看到遲到的我們兄弟倆，會用手招我們走到他跟前去。他然後默默地看我們一會兒，用手上夾公文的厚紙板在我們的頭上輕輕地各敲一下，而後又用手勢揮我們進課堂去。

那時候，鶯歌國小裡到處是漂亮的黑松樹。在校籬笆外靠近鐵道的那一頭，還有一小片成林的黑松。戰爭末期，一直到戰爭結束，光復不久，學校裡駐紮著日本兵和幾匹軍馬。現在想起來，才知道戰爭末期，日本的兵源枯竭，記憶中的日本兵，年紀都大了。他們從貧困的日本農村被征調到中國大陸戰場，轉到台灣。他們特別喜歡小孩，對雙胞胎的我們弟兄倆似乎有特別的興趣。戰爭結束後，聽說了他們怯於回到劫後的日本，打聽有沒有台灣農家願意收留他們當長工種地。

軍馬也老了。由於糧秣不濟，看來又疲又瘦。有一隻老馬的臀部還爛了一個暗紅色的洞。但不論如何，車馬還是引起包括我們雙生兄弟在內的小朋友強烈的興趣，一下課就去看馬，樂此不疲。

光復的第二年，我的小哥忽然得了腹膜炎，送到台北住院，沒幾天就死了。還不滿九歲的我，平生第一次感受到死別的悲傷和寂寞。事實上，小哥死前，生家就已經有遷居桃園的計畫，為了這生離，我們會常有突然而來的離愁。有一回，為了安慰我，小哥說：「不要愁。等我搬走了，什麼時候想人，我們只要去照鏡子，我可以看見你，你也可以看見我。」

小哥死後，無以索解的哀愁，使我在鏡子前或發傻，或流淚。一直到今天，向鏡盥洗，偶爾也會漠然地想，他要是在，也這麼老大了。

到了大約是我的四、五年級的時候，學校的黑松忽而遭到蟲害的猛烈的襲擊。每棵松樹下是黑壓壓的蟲屎。無數的毛毛蟲從樹枝上拉著蟲絲吊在風裡擺動。教室的窗子，課桌上到處是毛毛蟲。黑松樹逐漸禿了，而終於一棵棵枯死而後已。

小哥死後，變成一小盒白布包裹的骨灰，從台北回到了鶯歌，擺在生家的客廳裡。有一位級任的女老師，和另一位已經忘了擔任什麼課的女老師，經常會來家裡，坐在客廳裡陪著父母默默地流淚。如今想來，多半由於對雙生兒的特別的注意，即使在小哥死後，一直到畢業，鶯歌國小的老師們都對我愛護、關懷有加，至今難忘。實際上，鶯歌國小不僅僅是我啟蒙教育的母校，也是我生家和養家的父親們的母校。自小，我就時常聽說，家道貧寒的父親兄弟倆，帶著生米和醃蘿蔔從中庄迢迢徒步上學，把米交給校外人家煮成飯或粥，就著醃菜吃午飯。

後來，我決定以小哥的名字「映真」作為自己的筆名，固然是為了紀念我雙生的哥哥，其實怕也是為了紀念父子兩輩啟蒙的母校時代，或者也為了至今猶時常縈繞魂中的那一片美麗的黑松樹林。

哦哦，九十週年了嗎？懷念的母校！容許我為您獻上誠摯、良好的祝願……。

初刊一九九六年十二月二十五日鶯歌國小九十週年校慶特刊
收入二〇〇四年九月洪範書店《陳映真散文集1・父親》
本文按洪範版校訂

棄釣是反民族論必然的結論 1

七〇年代的保釣，是美國擅自將釣魚台的「行政權」私自授予日本所引起。因此日本只須消極接受飛來的利益，所以當時運動的矛頭較多地指向美帝國主義和「喪權辱國」、「軟弱無能」的國府當局。而在進一步研究美帝和國府之所以軟弱無能的結果，就發展為衝破冷戰意識形態禁區，要求對大陸革命進行再認識的運動，從而發展為重新修訂人生觀、世界觀的思想啟蒙運動，因此，七〇年保釣，比較集中在高校的教師、學生和知識分子。

今年的保釣，源於日本當局公開、積極、堅定地主張對釣魚台的主權。遭受了日本早自一九三一年至一九四五年十五年侵華戰爭不可言宣的慘禍，又因為戰後冷戰形勢而被迫「自動」放卻賠償、接受謝罪的中國人民，目前日本對中國領土放膽的主張，激起了他們的新仇舊恨。這大約是所以這次的保釣比較集中在上了年輩的市民，學園和知識分子的參與，截至目前，相對少些。

但兩次保釣運動，都有一個共同的民族立場：中國人、中國民族的立場。「釣魚台是中國固有的領土。我是中國人。日本帝國主義膽敢覬覦釣魚台，我就誓死抵抗，絕不讓馬關恥辱發生第二次！」這是七〇年保釣的邏輯，也是使今天全球華人為之沸揚的中心思想和感情。

但細看這次保釣風潮在台灣的投影，不能不看到七〇年保釣二十六年後的巨大變化。二十六年前，在冷戰下《舊金山和約》體系和《日台合約》的支撐下，蔣氏國府不能不為反共保台，迴避抗日保釣的民族大義，基本上和保釣民族運動站在對立面上，暴露了在扈從大國國益以自保政權下，國府民族主義的欺瞞性。今天，宣說從舊國府更新脫胎的李氏國府，在《舊金山和約》體系基本上崩潰、《日台和約》作廢條件下，也一樣地為了主張獨立於大陸中國的「台灣主權」，而刻意迴避中國民族主義，自然就更是同抗日保釣相對立了。而人們也就更容易明白，「獨台以保台」的今日國民黨，和「台獨以保台」的民進黨，在放棄中國人立場、拒絕中國民族認同，決不抗日以保釣的思想和行動上，何其相同乃爾了。

十月一日，某大報的「時論廣場」版上，就有一篇題為〈誰說台北沒有釣魚台政策？〉的台大某大教授的大論，無忌憚地發展了這一邏輯。大教授說，「台北的釣魚台政策」有兩條：一是「防止中國人民族主義在台灣蔓延」。因為「中國民族主義」會「模糊掉」「台北」(獨立乎中國)的「主權意識」。「台北」的外交部宣言「絕不與中共合作保釣」；國防部敢於公開說香港的保釣號出事，因其是懸掛五星旗，出人命活該，「愛莫能助」……這些都是為了「閃躲」中國人「民族主義」，「抗拒一個中國」。大教授說，因而「台灣保釣」應該「站在中國人以外的位置」，即非中國人的「位置」「來欣賞」，云云。

據大教授說，「台北」的另一條「釣魚台政策」，是要「醞釀北京與東京衝突升高」。蓋此「有利於」台灣「高層」「順勢獲得日美更大的信賴」，從而有利台灣「追求」「外於中國的國際地位」。而且，一旦大陸和日本為釣魚台火拚，相形之下，台灣就會顯得比大陸之抗日保釣「溫和」，從而換來「日本的讓步」，並且還能夠使台灣「藉此加入國際包圍北京」……並且「藉此放棄釣魚台」，「宣告」台北與「中國沒有重疊」！

放棄中國人、中國民族的立場，進一步站在帝國主義者立場，站在和中國人、中國民族對立的側面，還要唆使中日再戰……就得全盤改變帝國主義時代中一個被壓迫民族的歷史認識、記憶和立場。這必須不但將鴉片戰爭以降帝國主義對中國豆剖瓜分的悲慘與恥辱的歷史正當化，視作事不干己，而且也得把荷據台灣、列強將大陸連同台灣半殖民地化，以及日據台灣的時代裡台灣各族人民壯烈的民族解放的歷史，全盤加以否定、湮滅和變造。理由十分淺顯，十九世紀以來，兩岸各族人民反抗來自西方和東方帝國主義的根本動力無他，正是「台北」的精英和教授們急欲「防止」其「蔓延」、深怕其「模糊掉」「台北」的「主權意識」、必欲藉以「放棄釣魚台」、為「當局所痛恨」……的「中國民族主義」。

二十一世紀世界資本主義經濟的中心正向亞洲太平洋地區移轉。亞洲經濟的快速增長，正在明顯地增加亞洲的自信、自尊和對往日殖民者批判的態勢。中國大陸、馬來西亞、星加坡、韓國在近十年間表現出對自己的傳統、文化和歷史的驕傲，表現出敢於在廣泛的世界事務上對往時的掠奪者、支配者、頤指氣使者「說不」的自信和自尊。此次全球華人的保釣民族運動，雖不免複雜，但在港澳回歸的前景下，華人的中國歸屬感因而正在增加，是不爭的事實。而台灣主流精英們猶必欲扈從外國利益，必欲「東京」視自己為「盟友」，必欲脫中國和亞洲而安居殖民主義舊秩序，其前途和命運，怕是不問自明了。

約作於一九九六年
本文依據手稿校訂

1 本篇依據手稿校訂。稿面未標註寫作時間。文中提及寫作當時距一九七〇年保釣運動已二十六年，可知本文約作於一九九六年。

一九九七年五〇年代政治案件殉難者春季追悼大會祭文[1]

一九九七年二月二十一日，以台灣地區政治受難人互助會為主的五〇年代白色恐怖刑餘人和犧牲者家屬，以及來自日本、韓國，為了深刻究明戰後東亞冷戰結構下，美國勢力範圍內反共扈從國家、地區的國家機關發動的恐怖和暴力的歷史及其根源而聚集台北，召開「東亞冷戰與國家恐怖主義學術討論會」共五百餘位進步學者、社會運動家、知識分子和青年學生，敬備鮮花素果，肅立在民族烈士之靈前，心情激動著無限的哀思。

十九世紀，西方帝國主義擴張的狂瀾向東亞襲來。十九世紀末葉，日本帝國主義在甲午戰爭割併台灣。一九一〇年日帝進一步併吞朝鮮。日帝苛酷、恐怖的統治和掠奪，引發台灣人民和朝鮮人民的抗日民族解放鬥爭，付出了慘重的代價。

一九四五年，日本戰敗，日帝在台灣和朝鮮的殖民統治瓦解，而以美蘇對抗為中心的冷戰愈演愈烈。一九四七年支持國府腐敗統治對抗中國新民主主義革命的美國，漠然旁觀國民黨軍隊登陸台灣，屠殺兩萬名要求民主主義和地方自治的台灣人民。一九四八年，美國在朝鮮半島占領軍的軍政當局，夥同腐敗的李承晚當局，強行分裂韓半島，對南韓各地反美、反李、反民族分裂的南韓人民蜂起事件施加暴力恐怖鎮壓。造成八萬農民橫死的一九四八年四月三日濟州島農民起義事件，是其中典型的代表。一九五〇年韓戰爆發，在美國默許和軍事支持下，國府在台灣展開長達三年的反共恐怖肅清，刑殺四千人，約八千人遭到非法逮捕、審訊、拷問和投獄。

悲愴啊！正是您們，在一九五〇年到一九五三年間，以一生只能花開一次的青春，為了民族的解放，國家的自主，在這馬場町的凌晨，臥倒在露溼的刑場上。

然而，環顧戰後的東亞，在苦難的朝鮮半島上，先有一九四八年「四三事件」中美國、李承晚集團的殘酷屠殺，繼之有美國的支持下長期反共軍事法西斯統治。一九八〇年五月，在美國默許下，發生了韓國軍部血腥鎮壓光州愛國民主市民和學生的慘劇。在台灣，五〇年代白色恐怖統治，在反共軍事戒嚴體制下延長到八〇年代末。以台灣和三十八度線為界的中韓兩國民族分裂構造，在帝國主義勢力和韓台反民族勢力下不斷深化和持久化。

這恐怕是四十七年前，您們滿懷著民族解放的信念，高唱勝利的歌曲，呼喊翻造幸福、光明新世界的口號，在晨星閃爍、萬籟寂靜的馬場町凌晨慷慨就義時所始料不及的吧！

七〇年代，台韓兩地在反共獨裁下畸形的經濟發展，八〇年代後半，蘇聯和東歐的巨變，一時之間，資本主義、「議會民主」、永續不竭的繁榮、社會主義的終局……甚囂世上。韓台殖民地時代以來以血淚積蓄的民族解放的歷史和傳統，遭到湮滅、歪曲和恥笑。您們在戰後反美、反腐敗、捍衛民族統一和自主的鬥爭，遭到否定、被人遺忘。

一九九三年台北近郊六張犁公墓上發現了兩百枚您們被劊子手處決後草草掩埋的英塚。一座座猥小的墓石，耐受了四十多年的謊言、湮滅，這時發出了高亢、雄辯的控訴，令人敬畏地彰顯了歷史不可輕慢的、嚴厲的正義！

而今天，共同耐受東亞冷戰下國家暴力的摧殘，帶著民族分裂、同胞對峙、兄弟相殘的傷口的韓國朋友；對日本侵略罪責和附從美國霸權主義，淪為共犯的歷史深切反省的日本友人，以及對於日本施加在琉球人民的歷史性歧視，對於日本蓄意使琉球人民暴露在美國軍事基地所產生的暴力、種族和性別歧視，發出痛烈批判的琉球朋友，畢竟第一次形成了超民族、超邊境的團結，共同克服歷史認識上的意識倒錯，揭破東亞冷戰和國家恐怖主義的罪惡本質，追究美日霸權主義利用冷戰和民族分裂構造，騙取自己利益的卑劣行徑。

我們把這深具意義的團結，恭敬地獻上您們的靈前做這莊嚴的誓約：為了克服冷戰和國家暴力所造成個人和民族的被害，為了促進和鞏固朝鮮、日本和中國人民真實的友誼與和平，為了達成民族的團結與統一，為了粉碎日本對琉球人民的醜惡歧視與壓迫，為了把倒錯的意識重新顛倒過來，我們要更認真地思想、更深入的實踐，也要更緊密地團結。

安息吧，英魂！

馬場向晚，英靈逡巡，悵望雲天，哀哉尚饗！

台灣地區政治受難人互助會
白色恐怖受難者家屬
「東亞冷戰和國家恐怖主義學術研討會」執行委員會暨與會全體
一九九七年二月二十一日

本文依據打字稿校訂

---

1 本篇根據台灣地區政治受難人互助會工作人員許孟祥先生所提供之打字稿校訂。

時代呼喚著新的社會科學

一九九七年四月二十二日演講於中國社會科學院[1]

今天，站在中國社會科學最高本部的講壇上，我既感到極大的惶恐，也感到極大的光榮。

感到極大的惶恐，是因為我主要地只從事一點文學創作，在社會科學領域，從來不曾接受過嚴格、專業的訓練，更不曾從事過具體的研究工作。今天我站在這裡，有資格的問題，有條件的問題，我深深感到不配，因此覺得特別惶恐。

我感到極大的光榮，是因為中國社會科學院歷史悠久，集合了海內外中國數千最優秀，學術研究上貢獻卓著，不少人是聞名國際的社會科學大學者。在國家尚未統一的歷史時期，我能從台灣來北京獲頒這中國社會科學院的榮譽稱號，覺得特別激動，特別光榮和珍貴。

歷史地看來，中國的社會科學有一個偉大而光榮的歷史傳統，那就是科學地、懷有高度主體意識地、不斷提高了對中國社會和歷史本質的認識，善於結合中國的具體條件，堅持調查研究、實事求是地為中國的救亡、改造、建設和發展，做出大量重要的貢獻。

一九三〇年代初，接受新的社會科學只不過十來年的中國年輕的社會科學家、思想家、革命者和愛國的知識分子，在北伐革命失敗的餘痛中，展開了範圍廣闊，卓有理論深度和知識開創性的「中國社會史論爭」。

這個進行了長達五年多的學術論爭，討論了當時中國社會的性質，從而討論了相互的變革運動的本質、運動的力量分析和改造中國的前途等等，影響十分深遠。一直到一九八〇年代，南朝鮮社會科學界和社會運動界展開「韓國社會構成體論爭」時，中國三〇年代「社會史論爭」所留下的業績，仍為南朝鮮社會科學界所徵引。

三〇年代中國社會性質理論的探索和開發，結晶為中國社會半殖民地、半封建論這樣一個結論。從這個結論出發，一九三九年，毛澤東的《中國革命和中國共產黨》有系統地分析了中國社會發展階段，規定了中國社會「殖民地．半殖民地．半封建」性質，從而提出了相應的中國改造論，即中國革命是「新民主主義」性質的革命這樣一個重要結論。以中國「殖民地．半殖民地．半封建」社會論為基礎的中國新民主主義革命論，指導了一場推翻百年來帝國主義和買辦資本主義的壓迫、消滅數千年殘酷的封建統治的偉大革命，並取得了勝利。這標誌著中國社會科學巨大成就與貢獻。

新民主主義的改造論，包含著革命後中國經濟發展論的重要綱領。在帝國主義和封建主義長期摧殘和破壞的中國殖民地．半殖民地．半封建社會條件下，首先要透過新民主主義革命進行「新型的資產階級性質的改造」，徹底消滅帝國主義和封建主義對中國的支配，要求堅決地和帝國主義、封建主義的歷史徹底斷絕，從而在選擇以社會主義作為發展道路時，提出了「兩階段」建設的理論，即「新民主主義階段」和「社會主義階段」。在革命後中國社會經濟的發展問題上，認識到「資本主義過少而不是過多」，認識到帝國主義、封建主義殘留著影響，主張一種「新民主主義的國家經濟、私人資本主義經濟、合作經濟」共存，以「資本主義的某種發展」排除「外國帝國主義和本國封建主義的壓迫」，「一定要讓私人資本主義經濟在不能操縱國民生計範圍內獲得發展的便利」（毛澤東〈論聯合政府〉，一九三九）。從今天的眼光看來，中國的社會科學很早就有這樣的認識：在新民主主義階段，在以社會主義性質的國營經濟為主導力的條件下，主張包括私人資本主義在內的多種經濟並存互補，發展商品和市場經濟，提高生產力，進行工業化，達成大規模的現代化生產，促進生產的高度社會化，從而為過渡到社會主義經濟創造條件。

正是在新民主主義論的指導下，共和國建政以後，在實行土地改革、穩定政權，由國家掌握重要工礦企業、鐵路、銀行等國民經濟命脈、恢復和發展工業和農業生產、統一財政經濟、穩定市場、強化國家對私人資本主義工商業的管理等各方面，在短短的三、四年內，取得了卓著的成績，中國充滿了一股欣欣向榮的朝氣。

從工業化的世界史看來，在戰後東亞幾個工業化經濟中，中國的歷程，顯出其獨特性。台灣和韓國的工業化，基本上不曾清算過去殖民地・半封建的政治經濟的殘留，甚至為了冷戰和民族內戰的邏輯，韓、台當局甚至吸納殖民地時代親日派「精英」；並且在東西冷戰結構下，扈從美國的冷戰戰略利益，不惜在經濟、政治、外交、文化上形成新殖民主義的對美扈從，從而選擇了世界資本主義體系所允許的方針、性質的工業化，即所謂依附的、邊陲資本主義工業化。

相形之下，中國以新民主主義革命使新社會和舊社會斷裂，深信捨此構造性的變革，走社會主義之路，自力更生，就無法救中國於危亡而達富強的境地。因此，新民主主義經濟論，自然有鮮明的過渡論性質。充分認識到中國社會在半殖民地・半封建條件下的極度落後性，中國的社會科學清醒地在戰術上採取了在社會主義國營經濟為主的條件下適度包容商品經濟、市場經濟、多種經濟同時並存，以提高生產力，為向社會主義社會移行準備好條件，但又從來不曾忘懷要最終排除商品、市場和貨幣，以計畫經濟、供給經濟和舊社會、舊體制斷絕，走自己的路，快速向共產主義社會移行的理想。因此，一九五〇年代中期以後，中國社會科學在中國工業化、現代化問題上，呈現了這樣的矛盾和反覆，那就是要求穩定，要求處理好在社會主義條件下商品經濟與價值規律的矛盾統一的聯繫，要求較快、有效地把生產力提高，要求清醒地處理好個體經濟和公有經濟的矛盾；處理好農業、輕工業和重工業的關係，要求正確認識和處理人民內部矛盾和敵我矛盾；要求不搞「冒進」等等的思潮，和另外三種思潮，即批評並警惕保守右傾、批評「反冒進」，主張保持革命的理想性和純粹性，主張階級和階級鬥爭仍然存在於革命後社會，要求比較大膽地、比較快速地向共產主義社會移行等等的思潮之間的矛盾和反覆。一九五八年，「社會主義建設總路線」論提出，一直發展到著名一九六六年的「無產階級文化大革命」，莫不表現出一個長期深受帝國主義和封建主義的荼毒而瀕於危亡的民族，要堅決和舊社會、舊的壓迫機制斷絕，強烈要求自力更生，要求快速工業化和發展，以熱火朝天的意氣，早些建設好社會主義，從根本處改變祖國貧困落後的面貌的這麼一個悲壯、淒絕的思想和實踐。

歷史地觀察，從一九五八年開始直到一九七八年的一段徹底(radical)革命論的曲折，是難於避免的。在世界社會主義運動史內部，至少自《共產主義宣言》以降，存在著無產階級取得政權以後，如何以無產階級國家政權的力量，破除資產階級的生產方式和生產關係，從而建設共產主義的強烈的呼召。這種呼召深遠地影響了聯共，也影響戰後東歐社會主義國家，當然也影響中國的社會科學。此外，五〇年代波匈兩國的騷動，以美國霸權主義為首的世界資本主義體系的反華圍堵下，存在著帝國主義再次向中國發動戰爭的陰影，這些都增加了純化階級隊伍，快速建設社會主義，發展生產，完成工業化的深刻焦慮。

國外進步學界中，對文革時代關於社會主義社會中存在階級和階級鬥爭的理論，對於中國文革時期獨特的醫療和教育的思想與實踐；對於運動中廣泛農民在政治和生產中實行的民眾的民主主義；對於黨和國家可能滋生的腐化、變質、官僚主義的自覺的批評和鬥爭仍保留肯定的評價。但文革所犯的錯誤，所帶來的巨大的人的和物的損害，也至極明顯。

一九七九年末開始，中國宣布了「開放．改革」的方針。一九八七年的「社會主義初階段論」，直接喝破了二十世紀社會主義變革背後社會基礎條件的薄弱性問題。從極端落後的半殖民地．半封建社會的遺骸上，飛越市場經濟階段，而衝向社會主義的中國社會，從五〇年代生產手段私有制之社會主義改造開始，一直到至今百餘年後基本達成社會主義現代化的階段，被規定成「社會主義初期階段」，以完成別的社會在資本制生產下完成的工業化和生產的商品化和社會化、補足資本主義的功課。

就這樣，更早於蘇聯，中國開始了從嚴格的統制計畫經濟朝向自由的市場經濟轉換的世紀性大實驗。八〇年代末以迄九〇年代初蘇聯、東歐的崩解，和中國經濟快速、旺盛，卻至今尚不能完全知其所以然的發展，形成了強烈對比，而引起世界工業化歷史學者的注目。

一九八八年，南朝鮮籍的社會科學家金永鎬寫了一本書，叫《東亞工業化和世界資本主義》，提出了在二十世紀中後開始的「第四代工業化」的世界經濟動向的概念，涉及的國家（地區）包括「非歐洲後發展地區、台灣、南朝鮮和中國大陸等」。

他從工業化的世界史，看到迄今為止四個世代的工業化浪潮。每一個「世代」的工業化，都帶來世界性需求市場新的擴大、供給能力的新擴張，帶動了新一波動態性經濟發展的可能性。而一旦新世代的工業化運動停止了，就會導致世界經濟的大停滯和大後退，導致大範圍的不景氣或戰爭。

「工業化的世代」論，是依不同的歷史時代、不同的歷史、國際和內部社會諸條件的變化，看出不同工業化機制和模式的理論，從而整理出多幾個基準，以甄別不同世代的工業化的性質。

首先是從工業化過程中資產階級革命、工業化和帝國主義化三者間的關聯和結合去分析。第一代工業化，是十八世紀末十九世紀初開始工業化的英國，在先進行資產階級市民革命，並且在新興市民的秩序中完成工業化改造。而作為工業化的結果，向帝國主義轉化的這麼一種古典的模式。第二代工業化涉及受到英國工業化波及影響的德、法和美國，時在十九世紀中葉。它們在不同形式的資產階級革命之後，工業化和帝國主義對外擴張同時並舉，帝國主義成為工業化重要的推動機器。第三代工業化，指的是十九世紀末到二十世紀初義大利、舊俄、日本的工業化。它們是先進行由國家主導的工業化的同時伴隨帝國主義擴張，在工業化進行過程中，發生並不徹底的資產階級革命。

歷史地看來，經由這三代工業化運動達成現代化、工業化的國家，都帝國主義化，而完成了資本主義世界體系。在這三代工業化過程中未能完成工業化的國家，便淪為半殖民地或殖民地。而所謂第四代工業化國家（地區），是在二十世紀後半，從殖民地、半殖民地狀態中取得獨立，致力於工業化的「新興工業化經濟體」，包括台灣、南朝鮮、東盟各國、拉美的墨西哥、巴西、社會主義國家的中國和南斯拉夫等。除了社會主義型國家，其他國家或地區，基本上是在帝國主義世界體系下的工業化，在依附型經濟發展中，進行不徹底、不成熟的資產階級革命。

其次，從各世代各國各地區工業化過程中擔負工業化任務的主導力量來分析。第一代工業化的英國，是由完成了資產階級革命的英國資產階級，以新興、先進的民間資本主義企業（中小企業為主）承擔工業化的主體角色。在第二代工業化中，正如我們在法國、德國歷史所見，在民間資本主義企業還沒有條件登場情況下，先出現了銀行，並且在這長期使用銀行的支援下，使私人企業登上工業化主導的地位。第三代工業化各國如日本在資產階級不夠成熟、力量較小的條件下，基本上由國家政權扮演了主導、促成工業化的角色。至於第四代工業化各國各地區，因為受盡殖民主義的摧殘，在世界帝國主義體系基本完成條件下，資產階級薄弱之極，工業化的任務乃由國家和帝國主義外來資本和若干民間中小企業來承擔。

「工業化的世代論」還有「在世界體系中的定位」、「國際分工型態」和「長波局面」等三個分析基準，因為時間關係，略而不論。

金永鎬的「工業化的古代論」，有很大的挑戰性。

第一，在帝國主義世界體系基本上完成；當「第三代」工業化使日本作為最後一個資本主義工業化和帝國主義化國家登場，歷史進入二十世紀後一直到七〇年代出現所謂「新興工業化經濟體」之前，就不曾出現過任何新的、取得工業化成功的國家。因此，不少激進的社會科學家認為，在已發達國家和不發達國家間支配和被支配的結構性關係下，存在著永不可逾越的鴻溝。不發達國家向工業化轉化是絕望的——除非首先進行革命的斷絕，改變殖民地・半殖民地結構，求民族和政治的解放，自力更生，選擇不同形式的工業化策略，才有可能達成。

當然，不論是依附理論，是資本主義世界體系論，都在七〇年代後做了一些修正，承認在一定條件下，有「依附下的發展」的可能性；「中心」、「半邊陲」和「邊陲」三個領域間，在一定條件下，也有上升和下沉運動的可能性。但是，以一些前殖民地・半殖民地在二十世紀後半的工業化，帶動世界資本主義「第四代」經濟開展為特點的「第四代工業化論」，根本上肯定了在帝國主義體系下的前殖民地・半殖民地向工業化社會移行的可能性，既引起爭論，又點燃希望。

第二，「第四代工業化論」把台灣、南朝鮮和中國列為推動世界工業化歷史上「第四代」工業化國家和地區。雖然金永鎬以台、韓工業化的分析和比較為立論的主要內容，對開放改革後中國工業化歷程著墨極少，卻反而留下討論中國的社會主義型工業化的廣闊理論空間，對中國社會科學有所啟發，也有所挑戰。

例如，在關於資產階級革命、工業化和帝國主義化在工業化過程中的聯繫問題上，中國和台灣地區、南朝鮮一樣，是在帝國主義時代下，在遭受殖民地·半殖民地統治破壞後的工業化。但台灣地區和南朝鮮，是在依附美國霸權下進行邊陲資本主義的工業化，並且在工業化中呈現「不徹底的資產階級革命」。中國則進行了近三十年的，由中國工農階級團結小資產階級領導的、資產階級性質的新民主主義革命，從五〇年代展開了新民主主義的、獨立自主的工業化。一九八〇年以後，中國轉換政策，從計畫經濟向市場經濟換軌，呈現持續性高成長的勢頭。雖然同屬「第四代」的工業化，「四小龍」的依附的、邊陲的工業化，和中國的模式成為對比。

其次，從工業化的承擔者來分析，台灣地區和南朝鮮是國家或政權、外來資本和民間企業。在中國，是國家、鄉鎮企業、外資和民間企業。不過，進一步分析，台灣的政權和南朝鮮的國家，是經受殖民地摧殘，在戰後冷戰結構下由美國帝國主義人工扶植的，對內表現高度相對自主性的反共波拿帕政權和國家，而在中國，則是中國工農、小資產階級經歷漫長的革命鬥爭奪取並組織的、政治上高度獨立的國家。在外資問題上，五〇年代的美援、六〇年代的借款和外來投資對台、韓工業化起到很大的作用。而由於中國國家在政治、外交上高度的獨立性，截至目前為止，中國的外來投資和外債一方面有相對性增加，一方面離操縱中國政治經濟的程度還十分遙遠。民間資本主義企業在推動韓台工業化過程中的作用，是顯而易見的。眾所周知，韓國相對來說是大型獨占企業起作用，台灣則由大量中小企業推動加工出口的發展。而中國，在所有制上是集體所有的「鄉鎮企業」在推動出口、提高生產力、增進國民生產上，做出了顯著貢獻，是中國社會主義進程中出現的新生事物，很值得加以研究。此外，中國私人資本主義經濟的相對快速增長，引起廣泛注目，但它在整個國民經濟中所占的比重，還是比較小的。總的看來，國家在對內、對外兩方面強大的存在，並主要地以這國家去推動工業現代化，應該是中國工業化的特點了。

這兩年來，在東京的大書店、在香港機場的書報攤子，時常會看到把中國說成「下一個世界超強」的書。這些書中，自然不乏煽動新的黃禍論、對中國的強國化表示懷疑、嘲諷的反面作品，當然也不少認真看待中國工業化趨勢的作品。然而，總地來說，從社會科學的角度分析的作品，在我貧乏的讀書範圍內，還不曾見過。

然而在現實上，中國的經濟呈現著一種不完全知其所以的迅猛的發展。眾所周知，能在朝夕動盪不居、變化萬端、競爭激烈而殘酷的國內和世界市場中全身走過，達成工業化，是一條十分險峻的道路。多少國家失敗了，國債高築，經濟凋敝，貧困和不發展更加嚴重。改革開放以來，中國以蹲點實驗和實用主義的方法，由下而上，由點而面地爭取了許多改革政策的勝利，並以此大有別於蘇聯、東歐的由上而下，全面資本主義市場化的改革，導致中國的成功與東歐失敗之間的強烈對比。但從長遠看，像中國這麼大的國家，進行著從嚴格、大規模計畫經濟向自由的市場商品經濟移行這樣堪稱史無前例、高度艱險、複雜的工程，如果社會科學沒有很快地趕上來，構策理論和知識體系，指引大的方向，照顧每一個環節，是非常危險的情況。

台灣和南朝鮮的工業化過程中，那些滿懷發展意識的官僚、學者、專家，固然做了貢獻，但私人資本主義大小企業中的資本家、管理者為了自己的利潤所做的計畫與決策、外資在經濟政策制定過程中的介入，都起到一定作用。但在中國，相對來說，強大的國家在推動改革、推動工業化過程中，擔負著比較獨當一面的責任。具體地說，中共廣泛、龐大的各級領導和幹部體系，其中自然包括一個很大的學者、專家隊伍，在實際上承擔著中國當代工業化的艱巨任務。

曾幾何時，中國已經踏上了「百年不遇」的工業化機會。這突如其來的命運，正在為中國呼喚著新的社會科學，既能深入掌握東亞經濟發展大潮的外部的、歷史的特質，又善於總結中國工業化歷史的若干經驗與特點，以便武裝身繫改革成敗的廣泛的幹部體系，以豐富、先進的知識、技術規畫中國前去的方向。

其次，如果世界工業化歷史果真已經開啟了一個「第四代工業化」的新時代，中國工業化的道路，固然和香港、台灣兩個「小龍」的發展互相呼應，但又在工業化的性質和歷程上與這兩個

「小龍」不同。十二億人民的中國果真達成了工業化，何止是中國的大事，也是世界頭等大事，勢必在世界經濟、政治和文化各方面產生重大的影響。

但是，東亞大國中國的工業化，是否只能是過去第一代、第二代、第三代工業化的重複，把世界四分之三的人口推下貧困、飢餓、疾病、文盲的深淵；以環境生態系統的崩潰、內戰、文化、精神傳統的破壞、人和物的商品化為代價的工業化，還是珍惜這樣一個機會，使東亞大國中國的工業化，走一條新的、不同道路，吸收和涵受東亞豐厚的文明，反省和承繼中國和亞洲民族解放和社會主義運動遺產，也就是批判世界資本主義和帝國主義現代化的、亞洲民眾獨自的現代化運動中的遺產，從而發展人與自然共生的、永續發展的工業化。前面說過，在東亞工業化的過程中，中國自始就走了一條不同的道路，一條和帝國主義、殖民主義絕決，為民族和人的解放，選擇了社會的構造變革和自力更生的道路。而中國社會科學，正是為這一條道路服務而誕生和發展的。探索一條新的、人民的工業化道路，因此就成了時代向中國社會科學嚴肅的召喚。六〇年代以來，批判的發展社會學理論有長足的進步。其中，拉美、印度、南朝鮮和日本的學者，有不少做出了重要貢獻，打破了西歐、白人獨擅的局面。經在東亞工業化論的領域取得新民主主義理論和實踐的勝利的中國社會科學，在東亞跨世紀的發展過程中，自然不該長期停留在實驗論和實用論的地步，恐怕應該一方面回溯中國革命的原點和原理，一方面批判地反省四十多年來思想和實踐的經驗，參照世界工業化歷史的框架，為殖民地·半殖民地向著現代工業化移行的理論建構，做出應有的貢獻。

最後，為了良好地，從基本解決發展與人的關係和發展與正義的關係，時代也在召喚著新的社會科學。

受拉美學者研究業績的影響，金永鎬指出「新興工業化經濟體」的工業化，是由國家、跨國資本、私人大企業主導的工業化，因而形成國家、跨國資本和國內大資產階級間的同盟，即統治的「三邊同盟」，這個階級同盟利用國際冷戰和反共「國家安全」體制，進行法西斯獨裁統治，排除廣泛的直接生產者階級，達成資本快速的積累，成為所謂「獨裁下經濟發展」的內容。「四小龍」工業化的過程，於是產生了工人、農民、都市「非正式部門」即城市窮人的「被統治的三邊」，而呈現構造上的矛盾。

中國的工業化過程中，宣稱代表中國工農階級的國家，不能想像也產生排除民眾的、新的「統治的三邊階級同盟」。

但是相對來說，中國的勞動僱傭化正在迅速發展。農民的階級分化也在顯著發展。人、物、技術和知識的商品化，也在急速增長。市場經濟和商品經濟對上層建築，正在產生巨大的衝擊。金錢成為衡量人的價值的唯一尺度。政治紀律崩潰，在精神、文化、意識形態領域中正在產生明顯的、資本的野蠻化作用。憂心的人們指出，醫療制度、教育制度甚至發生比過去倒退的現象。

人的真實的解放，人的充分的發展，人的終極性自由，一向是我們中國社會科學在它誕生和發展過程中所懷抱的「終極的關懷」。如果中國的社會科學不能對世界性核武戰爭的威脅、生態環境體系的崩壞閉上眼睛；不能坐視民族對立、社會不公、南北的兩極分化帶來人類最終的破滅；不能不理會社會的弱小者在工業化的大義名分下被當作廢品、不合格品橫遭棄置和欺凌，就理當把長期以來革命論和建設論、計畫論和市場論、斷裂論和連續論的矛盾反覆統一起來，建設我們新的、回應了時代召喚的社會科學。

初刊一九九七年八月《海峽評論》第八〇期

1　本篇為作者一九九七年四月二十二日於「中國社科院授予榮譽高級研究員儀式」上的講演稿。

暗夜中的掌燈者[1]

早在一九四六年，姚一葦先生帶著家眷東渡台灣。他也許只想懷璧隱晦，在台灣平靜地生活，度過一生。然而，經受不住文學、藝術和戲劇對他的召喚，在台灣戰後交織著冷戰和內戰的荒蕪的歲月裡，歷史終竟讓姚一葦先生成了在暗夜裡掌燈、讓荒原綻開點點鮮花、讓沉寂的曠野傳出音樂的人。

對於我們在六〇年代開始文學創作的一代人；對於我們這一代作家在六〇年代寫成的作品，姚一葦先生的存在，是極為重要的。

六〇年代初，姚先生和當時《筆匯》的朋友相約，定期在姚公館相聚，挑選我們的一篇作品，由他評析，然後把這評析筆記成文章發表。我自己擔任過幾次筆記的工作，因此有這鮮明的記憶和印象：姚先生總是一再強調，他是以與對待「文學世界中一切古典作品」同樣嚴肅的方法和態度，面對我們這些當時才二十來歲的青年的創作。

在那個時代，不論是古板的國粹派，或是滿腦子只認西洋文學才是文學的教授先生，大抵都不認為台灣有什麼文學。依據尉天驄兄四月三十日刊在《中央副刊》悼念姚先生的一篇感人的文章裡說，在接觸《筆匯》之前，即使姚先生也懷疑當時的台灣有什麼文學。然而一旦讀到年輕一代人的文學，他不但立刻承認了這些文學儼然的存在，還肅然以對。對於姚先生，文學藝術只有高下好壞，不存在年輩、畛域、土洋、族群的條件。

姚一葦先生接掌《現代文學》的編務之後，從一九六三年開始一直到我入獄的一九六八年間寫的十幾篇小說，每一篇都是姚先生拉的稿，而且每一寫成，都先經由姚先生閱讀和批評。由於他讀作品和評作品，總是那麼深入和認真，讓人自然地覺得姚先生所評析的作品被客體化了，成為我和姚先生之外的第三者，從而點點滴滴地鋪開了對於作品的理性的認識。

幾次到興隆路上姚先生公館，看見樓下書房的門口掛著藍底白字的布簾，印有魯迅手跡著名的兩句詩：「橫眉冷對千夫指，俯首甘為孺子牛」。姚先生有很強的原則性和自尊心。姚先生有脾氣，愛憎很強。但對於創作、對於好的創作者、好的創作品，卻有一份超越年輩、不問教養背景的、由衷的悅服、喜愛和維護。他對才華、對有才華的人總是熱情對待，珍愛有加。姚先生總是真誠地把年輕作家擺在和已有定評的中外大作家等身高的地位對待，並且真摯地愛護和獎掖後進，卻從來不曾為自己拉幫結派。

在六〇年代初登文壇的我們這一代作家，如今也是六十上下初老的人了。到這時，回想當年守在我們身邊的姚老師，心中充滿了激動和感謝。

在那個時代，我們這些二十幾歲的作家，和當時以「中國文藝協會」為中心的主流文壇兩不相涉。那時也沒有大報社的巨額年度小說獎金；寫了整整一個六〇年代的小說，我就沒有領過一毛錢稿費，腦袋裡也從來沒動過寫小說換錢的念頭，更不必說到想要把自己的作品集結成書出版。

這漫長的六〇年代，政治上是嚴酷的，思想上僵硬封閉，知識上狹隘膚淺。在這國際冷戰和中國內戰的雙重構造下的精神的荒原裡，姚先生對於文學、藝術和戲劇的近乎宗教的、純粹的信仰，不但使他能懷璧而隱，又能使他帶著一代年輕的藝術家，悠遊在審美世界，讓各個懷有不同才華的作家不因時代的悶局而窒息，從而勝過了一時代的荒廢和恐懼，欣然成長和茁壯，在六〇年代留下重要的、喜人的文學作品。

當然，姚先生對文學藝術的專念，又絕不是逃避亂世的手段。他相信文學藝術是文學藝術家的人格的顯示。偉大、崇高的文學藝術作品，表現偉大崇高的人格。他認為一個藝術家必須相信人，關懷人類的命運，對人類有真誠的信守。在這個意義上，文學藝術是人類在精神、文化上最崇高的成就之一，是人類文明的瑰寶和驕傲。在三〇年代成長，懷璧東渡的知識分子姚一葦先生，能隱乎亂世而不屈，在沒有學院、機關、派閥支持下，獨自走出一片朗朗的天地，依仗的恐怕就是他對於文學藝術深厚的人文主義精神的真誠而純粹的信仰吧。

距離在《筆匯》、《現代文學》、《文學季刊》和《文季》這幾個重要的文學刊物，和姚一葦先生結緣，受到他熱情的鼓勵和認真嚴肅的教育，已經三、四十年了。在六〇年代登場的台灣作家中，除了不佞以外，白先勇、黃春明、王禎和、施叔青和七等生……早都已卓然成家。就我個人而言，驀然回首，竟無法想像沒有姚一葦先生的六〇年代，心中充滿著對於教育、理解和熱情地維護了整整一代台灣文學的姚一葦先生的感謝和懷念。

想到姚一葦先生以他對文學和藝術的人文主義，竟而在那暗夜中掌了燈，讓荒蕪開花、讓沉寂傳出樂音，又有什麼憂傷和眼淚不受姚一葦先生一生美好的勞動所撫慰。

初刊一九九七年六月《聯合文學》第十三卷第八期、總一五二期

收入一九九八年十一月書林出版公司《暗夜中的掌燈者：姚一葦先生的人生與戲劇》（陳映真編）

1 本篇刊載於《聯合文學》「暗夜中的掌燈者：姚一葦專輯」。

一個「私的歷史」之紀錄和隨想[1]

牯嶺街

一九六〇年，我二十三歲，當時還是「淡江英專」的二年級生，剛剛從淡水校本部轉到台北市博愛路地方法院的台北城區部上課。

二十三歲前後的身心，本該是充滿著青春期的不安和騷動。但當時我的青春的焦躁，卻被另一種更大的騷動所淹沒：思想的騷動和焦慮，幾至食不知味。

從前幾年開始，初則在廈門街，尤其是牯嶺街的舊書店裡，找大陸三〇年代的小說，耽讀竟日。及至這一類小說舊本的來源有時而窮，書店的主人開始神色詭秘地向我推薦左翼社會科學的書。而從艾思奇的《大眾哲學》為起點，命運在一個以馬克思體系為大罪惡、大異端的社會，把一個文學青年推向通往馬克思主義的知識世界，孤單地、亢奮地而又恐懼地面對新思想所帶來的騷動和蛻變，並且決定性地轉變了後半生的我的軌道。

那時的牯嶺街，安靜而紊亂。但櫛比鱗次的舊書店，在一種獨有的零亂和幽暗中，其所散發的某種深邃的文化和思想的氣息，竟是今日充斥著庸俗舊書的舊書店所沒有的。在狹小的書店中，堆滿了舊書和舊雜誌，只留下小小的走道。來找書的人和書店的主人大約都默不作聲。找不到書的人，默默地走了；找到書的人和書店的主人討價還價時也盡可能地壓低聲音，而終於成交之後，也是那麼沉默地離去。

在艾森豪威爾總統來台灣訪問受到熱烈歡迎的冷戰高峰期，在一九五三年基本上在台北馬場町刑場殘酷肅清了中共地下黨時代的台北市一條破舊的舊書店街，我竟陸陸續續讓自己秘藏的書架上增添了《政治經濟學教程》、《聯共黨史》、莫斯科外語出版社《馬列選集》第一冊（英文）和斯諾《中國的紅星》（中譯《西行漫記》）……，一九六八年被捕拷訊時，這些書本的來源引起思想偵警最密切的注意。即便只是「牯嶺街的舊書店」這麼模糊的供狀，在那孤獨的拷問室中，不覺對那些其實目的只在多賺一些錢的，從來不知其姓名的書店主人，感到無可奈何的歉意。

明星咖啡

一九九七年六月

也是在這一九六〇年，因為前一年在文學同人雜誌《筆匯》發表了處女作〈麵攤〉，在主編尉天驄兄的友情、催稿和鼓勵下，一口氣發表了從〈我的弟弟康雄〉以迄〈祖父與傘〉六篇短篇小說。如果思想的激進化像烈陽的炙烤，文學創作所開啟的審美和友情的沃野，就像及時的甘霖，使審美的心靈加添了思維和向度，使思想的心智有了比較豐潤的審美的土壤。

從一九六〇年到自改制後的淡江文理學院畢業的一九六二年，我先後寄居在台北圓環附近和市郊的永和一個小學的宿舍。這幾年間，把利用課餘的時間在寄居的斗室做好的小說，送出去排字後，《筆匯》的同仁都會在台北武昌街的「明星」西點咖啡「坐班」，等著校稿、送稿和聯繫。這以後畢業、當兵，到同安街強恕中學教英文，到淡水一家外商藥廠上班，每年都發表三、四篇小說，也都在公餘和文友在「明星」咖啡泡著。對於手頭拮据，只叫一份飲料就竟日占據一張檯子，還要伙計朋友頻頻添白開水的吾輩文學青年始終是毫無慍色的店主人，今日思之，仍然還有一份很想道一聲謝謝的心情。

雷震民主論的預言

六〇年代台北的政治是沉鬱的。中共在台地下組織的掃蕩，雖然在一九五三年因組織的瓦解和加碼擴大的逮捕而告一時的結束，但政治恐怖的波紋，幾乎無年無之地、在或公開或秘密的「匪諜」案偵破消息下餘波蕩漾。一九六〇年九月分，當時台灣民主化運動的中心雷震突然被捕。他的雜誌《自由中國》被迫停刊，成為台北街頭巷議的焦點。那時我也是每逢月初必到台北市的書攤買《自由中國》的讀者。一個總的感想，是雷案讓我記起來在舊書店買的小冊子上讀過謝雪紅大約在一九四七、四八年，迭次呼籲台灣人民「反蔣也要反美」。而《自由中國》的思想是典型的反蔣不反美主義，而且毋寧是以美為師，以美為友，以美為依恃。《自由中國》的民主論，似乎可以概括為「為了更好、更有效地反共，必須民主，而民主又須以美為師」。被判處十年徒刑的雷震，在一九六八年我入獄時尚在獄中，七一年他出獄時距我在一九七五年出獄還有四年。事後知道，雷先生被釋不久，上書蔣介石，力諫台灣獨立，民主改革，以利長治久安。「反蔣(反獨裁)而不反美」的台灣戰後民主主義，不但和其他第三世界戰後「反美、反獨裁」的民主主義大異其趣，而其分裂論的發展歸趨，雷震半生的思想和實踐，成了發人深省的預言。

但雷震被捕後，和雷震共同奮鬥的知識分子、政治家，在當時極端苛酷的政治條件下，籍貫不分本省外省，公開出面承擔言責，呼籲營救，仗義在法庭為辯護律師。這種風格在青年期的我的心中，留下了很深的印象，至今難忘。八〇年代，我讀到當時美國藍欽大使主張台灣的反共穩定遠比民主化重要的談話材料，想到台灣一直不曾就美國是促進民主化的友人，抑或制壓民主化的共犯這個問題上弄個明白，不覺愕然了。

一九六四年九月，報上登出彭明敏、謝聰敏和魏廷朝被捕的消息，對我的震動也是比較大的。原因是：（一）由於一位共同的日籍朋友，我在當時不久之前才認識謝、魏，彼此不曾深談，卻相約另日約敘，不料不到一星期就赫然在報上看到他們被捕的消息。認識的人活生生的從你的周邊「被捕」的體驗，無論如何是頭一遭，心神震動，當時一個人在台大校園徘徊了很久。（二）我早先已從日本友人處看過史明的《四百年史》（日文），和在日本發行的台獨出版品，理論知識上嫌其粗疏，實踐上批評他們在「安全」的境外「革命」。但彭案使我知道台獨已在台灣知識界、在台灣內部行動，已非境外空論所能同日而語，後來我們的讀書小圈走向幼稚形式的組織和實踐，受到彭案「實踐」的壓力，不能不說是因素之一。

爭論的季節

一九六二年二月，以《文星》雜誌為中心的「中西文化論戰」成為六〇年代初台北文化界的焦點。這早在「五四」運動中爭論過，其中的一系在毛澤東的「新民主主義論」及其實踐中做出了結論的老問題，卻因為一九四九年後兩岸政治、思想、文化的封斷，不能不以較小、較淺的規模重複一次。同年五月，由一篇外國在台學生大談「人情味與公德心」的淺小文章，竟然也引起以精英學府台灣大學為中心，由國民黨青年救國團領導的「學生自覺運動」，理論知識水平，遠遠在我偷讀的禁書最通俗的水平以下。完全沒能料到的是，這個運動的一部分，發展為一種右翼的保皇改革運動，一大票人在一九六九年抓進軍法看守所。後來固然大率釋放，但幾個「案首」竟因政治上極其幼稚的案情，也被判處無期徒刑！

文學上的豐收

一九六〇年代是台灣戰後成長的第一代作家出台的重要的十年。創刊於五〇年代末的《筆匯》在一九六一年底休刊。黃春明、七等生、雷驤和我自己是在這塊園地上栽培的。記得是《筆匯》停刊後的一九六二年，我才開始在於一九六〇年秋天創刊的《現代文學》上寫稿。一九六四年，《台灣文藝》和《笠》分別在春、夏間創刊。為了給自己苦心創辦的《台灣文藝》拉稿，記得是一九六六年的一個秋天，吳濁流先生突然造訪我在板橋四川路賃居的住所，對我說了一些溫暖的、鼓勵的話，至今記憶猶新。

一九六五年，以邱剛健為中心，朋友們搞了一個《劇場》雜誌。後來也知道，這個雜誌對年輕的文化界也有過一些影響力。我在雜誌上翻譯過一些電影論，寫過一些評論吧。另外有一本《歐洲雜誌》，聽說是一群旅歐的學者回來辦的，也比較引起讀者的關心。一九六六年，尉天驄又出來主持《文季》編務，基本上又把過去《筆匯》和《現代文學》上的一部分作家團結在一起了。而我們碰頭、聯繫的地方，依舊是武昌街那家老字號，「明星」咖啡。其實，「明星」的咖啡和火腿蛋炒飯沒什麼，反正坐下來總得叫喝的，中午了，總得吃飯。明星真正好的，尤其是在當時，是它的西點。可惜價錢對我們來說太貴了，很難很難得才會吃那麼一次。

冷戰年代的意識形態：現代主義文藝

在極端反共，思想禁忌充斥的六〇年代，台灣文化和思想的乖訛和荒廢，最生動地表現在中西文化論戰、瘋狂的「梁祝熱」和大專學生如火如荼的「自覺運動」同時在一九六二年、六三年連續並存的這個現象上。中西文化論戰談的是中西文化的比較、中國的選擇，甚至是中國該往何處去的問題，而香港黃梅調電影《梁山伯與祝英台》歷數年不衰的熱潮，女主角凌波訪台時，全台北市為之沸騰，萬人空巷，名流教授發言，給予高度評價，卻從未曾看見過有社會科學深度的分析。大專生的「自覺運動」，揭發了冷戰戒嚴體制的思想禁錮如何造成了一代精英學生的幼稚化。於是從美國新聞處進口的「現代主義」文藝思潮，既能逃避嚴苛的現實生活，又找到了沒有政治危險性的、嚮慕「個性」、「獨創」和「自由」的口號，而在具體政治上又附和主張文藝的「純粹性」，反對「文藝為政治服務」的要求，而逐漸菌殖，形成一代顯學。「現代詩」、「現代畫」、「現代音樂」在反共戒嚴的環境下，蔚為冷戰年代台北獨特的文藝霸權。在記憶中，一九六四年三月由藍星詩社和現代文學社舉辦的「現代詩朗誦會」；一九六八年三月「五月畫會」的畫展，都曾引起當時台北文藝、文化圈不小的騷動。

瞭望

對於白色的、荒蕪的文化台北，孤獨地隔著一片海峽，偷偷地向西瞭望的我的六〇年代，也充滿著思想的翻騰。

一九六三年三月，各報頭版頭條刊出了中共和蘇共之間爆發了劇烈的理論鬥爭，一往一覆，是為著名的「九評」。把這艱深的理論鬥爭，透過電台一日數次雙方全文播放，訴諸全民的中共對理論問題的態度，使我頗為震動和畏服。很長一段時間，我躲在大棉被裡收聽短波，重重複複地聽完了中蘇共針鋒相對的大塊論文。

一九六六年八月，大陸「無產階級文化大革命」登場，形勢在快速而又複雜地演變，卻沒有任何客觀的資訊和研究幫助人們去理解這史無前例的事態的真相。而我也自然地只能從「九評」的一點知識去理解文革的波紋，相信那是一場工農階級為自己打造一個階級的、公社式的國家政權；一場文化革命，也是心靈的革命，一個新的人類在中華大地的地平線上誕生……。一九六八年，我正是帶了文革的亢奮，在板橋寓所被捕，一路上看著車窗外的街景，被送進台北市警總保安處隱秘的偵訊機關。

戰後台灣文化的特點，是相應於政治、經濟、軍事、外交對美從屬化的文化、思想的對美從屬。一九六六年以後，透過媒體、唱片等渠道，美國的反戰運動、民謠復興運動，以及稍前的「嬉皮」文化和思想運動，流入台灣。但由於嚴酷而根深蒂固的控制和冷戰意識形態，六〇年代末美國激進主義思潮和運動，對台灣文化知識界基本上沒有產生影響。例如，全世界批判的學者和學生反對美國侵越戰爭時，台灣依舊充斥著支持美國「為了保衛自由民主的越南」而戰的言論。反種族歧視，校園言論解放，左翼學運……，基本上都沒有在台北引起一絲一毫的回應，只有「民謠復興」運動中一些反戰歌曲，在較小的圈圈中流行過一陣——而且也真只是「流行」一陣罷了，卻從不曾深入到反美、反帝的意識性的變革。而美國六〇年代末的反省運動和激進運動如何影響了一部分去北美洲的港台留學生，形成保釣愛國運動的左翼，把運動帶到認同運動和統一運動，並且在七〇年代影響了「現代詩論戰」和「鄉土文化論戰」，則是一九六八年我入獄中和釋放後的事了。

東本願寺・台北

一九六八年，我三十一歲，命運以惡戲的嘲弄對待了我。起先，彷彿是一切幸運突然造訪。我就職的外國公司決定培育我去接一個主管的位置；而美國愛荷華大學的國際寫作坊正式向我發來了邀請函。我全心準備放棄前者，接受後者，從此轉軌到學問和創作的生涯時，一個初夏的早上，我被幾條大漢從板橋文化路上的寓所帶走。

我被帶往台北六張犁一個秘密的偵訊機關，隨即開始了兩星期左右密集的疲勞審問。我但覺窗外不知所止地由明而暗，又由暗而明。但至今深深地留在記憶中的，是每至天明，掛在院子裡十幾籠由幾個老兵班長豢養的畫眉鳥，就會極其昂奮聒噪地啁鳴不已。在偵訊的間隙中，我傾聽著鳥聲，雖然不過百來公尺之外，但覺遙不可及，恍若陰陽相隔，已成絕路。

我時常想，倘若人死而有知，那種陰陽睽隔，不相企及的絕望和寂寞，一定與一個完全失去自由的人的感受相若吧。當特務把你押上轎車後座，左右都坐著兩個彪形大漢，車子在紅塵市集中走過，一切看來與平常無異。但你卻知道你和車外的市街已是絕然相隔的兩個世界了。從六張犁被送往舊東本願寺（今台北市西門町獅子林）收押，也是同樣的感覺。

日本的佛教東本願寺一派，在日本的侵略擴張的歷史中，曾經扮演過為侵略政策服務，在殖民地宣傳屈從日本天皇國家的教義。到了戰爭末期，台北的東本願寺就成了日本憲兵隊的拘留偵訊機關。光復後，國民黨也延用為門衛森嚴的特務機關。對於當時的台北市民，這幾乎是人盡皆知的。記得曾經路過時，我曾偷偷對著東本願寺的高牆吐口水，卻怎麼也沒想到有一天自己被神不知鬼不覺地押在裡頭。

我的押房靠近西門町鬧區，每天入夜，我在一個人的押房裡，聽著牆外夜市的吵雜的市聲，深更方息。街上閃爍生姿的霓虹燈打在押房骯髒的灰牆上明滅著。被國家權力剝奪了一切自由的人和外面的世界，雖近在咫尺，卻隔著彷佛生死兩界那樣無法相通的限界。往時書本上談到的國家政權的強制和暴力，至此才有生動的、實際的體會。

早早在一九六八年，我就結束了我在台北的六〇年代。當我要離開舊東本願寺時，工人開始拆除我們所囚居的日本式押房。那是以成人的拳頭粗的方形木材欄杆隔起來的囚房。由於年月久遠，木質被多少絕望的囚人摩挲得發出烏亮光澤。囚人逐房被移送出去，工人在人去的囚房中撬取鐵釘，拆除牢固的木柵欄，發出震耳欲裂的聲音。我成了最後一批離開東本願寺看守所的政治犯，生動地感受到戰後冷戰和內戰構造下的「國家」暴力，和戰前日帝殖民權力的暴力間相承相繼的歷史秘密。

感謝你，命運

和其他第三世界比較起來，六〇年代的台北，基本上沒有馬克思主義，沒有左派游擊隊，沒有學生上街高喊叫喊：「美國佬滾出去！」沒有人發動示威遊行反對美國干涉越南的戰爭，沒有韓國學生那種反對獨裁，要求「自主化和平統一」的戰鬥口號，沒有奮不顧身地反對屈辱性的《日韓和平條約》，沒有像金芝河那樣剛烈地反對獨裁、反對帝國主義，對韓民族懷抱高度驕傲感的詩人……。

然而，感謝上蒼，台灣戰後第一代文學家在這一個十年裡，寫下了他們重要的作品，使這荒廢、白癡化的十年畢竟也開了簇簇傲視了政治上極端的、非理的審美的花朵。

而且，作為卑小的個人，我也不禁要對命運獻上一份的感謝。感謝無數偶然的際遇，使我經歷了和同時代的任何人都不同的思想的、歷史的和審美的歷程。

初刊一九九七年六月十九、二十日《中國時報・人間副刊》第二十七版
收入一九九七年七月台北市政府新聞處《台北記憶》
本文按《台北記憶》版校訂

1 本篇初刊《中國時報・人間副刊》「台北記憶」專輯。初刊版有若干文字錯誤，本文以《台北記憶》書版校訂。

洶湧的孤獨

敬悼姚一葦先生

1

認識姚一葦先生，是在一九六〇年。推算起來，那一年先生方值三十八歲的盛年，我則是二十三歲的大學生。

中學時代的學長，也是當時文學同人刊物《筆匯》的主人尉天驄兄帶我去永和竹林路先生家的情景，至今記憶猶新。前此，在天驄兄的慫恿下，初寫了兩篇小說，刊在《筆匯》上，據說很引起先生的注意。當時半是鬧嬉，半是漠然地寫了發表的小說，竟而受到先生親切而又嚴肅的對待，覺得十分詫訝。先生在竹林路上那一幢如今早已拆建成樓房的日式宿舍裡對我說過的話，今日已完全不能記憶。但還記得一個總的印象：「寫小說不是鬧著好玩，要認真對待！」

三十年前結成忘年交

那時候，沒有大報的文學獎；從來也沒想過能把稿子投到林海音先生主編的《聯合副刊》；和以當時的「中國寫作協會」為中心的台灣主流文壇拉著不啻天壤的距離；想也不曾想過把做成的小說拿去什麼地方換成稿費，做夢也不曾夢想能成名成家，卻開始在天驄兄的催促下，在先生的關懷下，寫了一篇又一篇短篇，在《筆匯》上發表。

大學畢業，當完兵，帶著養家的寡母和妹妹，在板橋租了房子，開始教書維生的日子，已是一九六三年。安頓在板橋市四川路上的家，和先生在板橋台灣銀行的辦公室，只相距不到十來分鐘徒步的距離。應該說是從這時開始，我把每篇做好的小說先送到板橋台銀辦公室去給先生，恭請評教。也就是在這段時間，在先生的允許下，到板橋藝專去旁聽先生戲劇理論的課程，風雨無阻，不曾缺課，從此開始了和先生深厚的情誼。

剛剛寫好一篇小說，帶著難掩的喜悅和得意，把原稿送到辦公室給先生。

「這次，寫了多少字？」

先生接過原稿，隨意翻動著。他的眼睛，因著一種對創作品的喜悅，睜得更大一些，帶著稱許的笑意這樣問我。

「三萬多字吧。」

「寫得順手嗎？」

「嗯。」

「順手就不錯。」

「……」

「寫得怎麼樣，自己覺得？」

我搖了搖頭。「不知道呢。」我說。先生於是把原稿擺在桌上，說他一定會「仔仔細細地看」。約好了下次見面的時間，我離開先生忙碌的辦公室，早在六十年代初，先生一再強調他以對待中外文學古典級作品同樣的方法和態度，閱讀和批評時僅二十多歲的我們這一代作家的作品，其鼓勵和教育上的影響，十分深遠。

然而，通常總是當天晚上，我就開始覺得懊惱。覺得小說沒做好，發現小說的這裡和那裡沒有寫得更好一些。到了第二天，就覺得已經送到先生手上的小說，簡直幼稚可笑，少有是處，覺得很難為情了。

殷切提攜後進

下一個約見，多半是約在先生家裡。由於總是在彼此下班，或者星期六、星期天的下午，也多半不免叨擾一餐飯。然而隨著約見時日的臨近，不安和懊惱之情也愈甚。像是一場固定的儀式那樣，在用過飯後，我們坐在那一間日式房屋的客廳裡，他開始細細地評說在他手上的我的小說。

「你寫了一篇好小說。」

並不多的幾次，先生這樣開始他的評說。至今我還記得他交織著喜悅和嚴肅的，睜大著眼睛的、瘦削的臉龐。逐漸地，我覺得那使我數日來懊惱、羞赧不已的作品，逐漸形成了先生和我以外的第三者，由先生點點滴滴地增進我對於這客體化的作品的理性的認識。

在政治上極端苛嚴、思想上極端僵直、知識上極端封閉的六十年代，成長於狂飆的三十年代，而後東渡台灣的先生，兀自堅定地對文學和藝術持守著類若對宗教的不移的信仰，並且像一個盡責的掌燈人那樣，用他手中的火苗，一盞盞點亮了他身邊包括我在內的幾個年輕作家手上的創造的燭火。黃春明、白先勇、王禎和和施叔青的個別作品，都曾受到先生仔細的品評。回想起來，在六十年代開始寫出比較重要作品的吾輩一代作家，在那苛酷寒冷的永夜，捧著先生為我們點燃的創造的喜悅和爛漫，頑強地留下了不少喜人的作品，並且由這些作品而具體勝過了一個時代的寒冷、恐懼和令人窒息的苦悶。

悒鬱時代中的思想交流

一九六五年以後，先生從經由他的手發表於他主持編務的《現代文學》的我的作品，看出了我內心和思想上沉悒的絕望和某種苦痛。也是在竹林路的客廳裡，先生平靜地談到了他少年遍讀和細讀魯迅的歷程。在那即使親若師生之間魯迅依然是嚴峻的政治禁忌的時代，我也第一次向他吐露了我自己所受到的魯迅深遠的影響。先生向我描述了魯迅葬禮的莊嚴隆重，告訴我他畢生以魯迅告誡自己的兒子「不做空頭的文學家」自惕。先生談到魯迅的晚年不能不擱置創作走向實踐的時代的宿命。「但即使把作品當成武器，創作也是最有力、影響最長久的武器。」

我激動著，卻沉默不能言。在那荒蕪的歲月，這樣的對話，已經是安全的極限。魯迅把我們更加親近地拉到一起了。在仍然不能暢所欲言的對話中，我聽懂先生不曾明說的語言，而先生也了解我不曾道出的思想和身處的困境。

「我看，寫小說，」先生平靜地說：「你的一生，最其重要的，莫過於此。」

「……」

「我知道，這些話，你怕很難聽得進去了。」先生微笑著說，「但是你要寫。你要寫，才對。」

回想起來，先生可謂苦口婆心了。而即使在這麼體己的談話中，我也不能把自己當時的思想、行動和處境向先生打開的那一份深沉的孤單，至今記憶猶鮮。然而，當時先生怕也有更多更直接的，可以「搶救」他眼前的我的話，無法向我和盤托出罷。

像一個初學騎單車的小孩在下坡道上讓自己眼睜睜連車撞上道旁的電線桿那樣，一九六八年夏天，我被捕入獄。

一九六九年，我在囹圄中讀到先生的劇本《紅鼻子》。有誰能比一個突然被捕、被拷訊、被投獄而失去同一切正常生活的自由聯繫的人，更能理解先生所寫的、被不可抗的原因而和外面的生活斷絕關係的世界呢？我逐字讀著劇本，彷彿感覺到先生竟穿過眾神袖手的獄牆，如同往時在先生家的客廳那樣，向我傳來諄諄然、藹藹然的安慰和鼓勵，使我不能不面壁屏息，抑制滿眶的熱淚。

對時局與政治戒慎恐懼

一九七五年被釋放回家不久，以許南村的筆名發表自我剖評的〈試論陳映真〉。先生讀後，說「讀了文章，才知道老天終竟沒有讓他們把你毀了」。我驀然想起幾個或在獄中被逼發瘋，或在出獄後因極度恐懼而驚惶喪志的人，體會到曾經在一九五一年遭錯捕入獄，歷半年後得脫虎口的先生對我的最深的牽掛，受到很大的感動。

如同一些和政權站得比較遠，又親身經歷和目睹過國家暴力的一代懷璧東渡來台的大陸知識分子一樣，先生對時局和政治保持著十分敏銳的戒慎和防衛意識。一九八七年以後，時局改觀，先生開始對自己的思想和感情講得比較多一些。

在我入獄之後，大陸「文革」正是熱火朝天的一九六九年，先生受邀赴美，參加了愛荷華大學「國際寫作坊」長達半年的修業。對於自一九四九年起就斷絕了對中國大陸的一切認識的渠道，而想對文革中國的實相[2]一明就裡的焦慮，使先生一旦踏上美國，就立刻搜讀一切有關大陸的書籍刊物，耽讀竟日，不能釋卷。在興隆路上先生的溫暖的客廳中，他回憶著那一段激動的時光。

「有一些認識的朋友革命了，他們熱情洋溢地弄書刊來讓我讀，使我想起四十年代廈門大學的時代。」先生說。

然而是疑慮而不是狂信在他天生理性的腦海裡擴大。「這個人引一段馬列毛的這一部分攻擊另一個人；另一個人也引用馬列毛的另外一部分鬥爭這個人。」先生說，「除了僵直的術語和口號，看不見活生生的道理。」在「四人幫」如日中天的時候，先生獨對「四人幫」的文膽姚文元粗暴的文章起了忍不住的反感。早在一九七〇年，先生於是對文革中國前去的道路，起了深沉的憂慮。而早就在初中時代就熟讀了艾思奇的《大眾哲學》的先生，自然容易撥開辭語的迷障，直接探求真義時，揭破極「左」思想的虛構。

作品隱含三十年代社會主義理想

一九九〇年後，先生和一切認真思考的知識分子一樣，蘇聯和東歐驟然的崩頽，對先生的思維產生了不小的衝擊。熟讀中外文學戲劇經典作品的先生，對於傑出的文學藝術家對資本制生產的野蠻化作用，尤其是對於人的戕害所做的控訴，知之極稔。然而，從三十年代走來的先生，眼見二十世紀社會主義思想、運動和體制的終結，不論如何總是很大的寂寞吧。

然而，在先生的戲劇創作和學術理論中，卻從來沒有絲毫中國三十年代的、馬克思主義的即使最稀薄的影子，而表現出力求嚴謹、理性的、學院的、正統主義的基調。細心的學生，也許只能在先生的論文和戲劇作品不時流露的、對於理想、愛、崇高、寬容、正義……的不可假借的信念，尋找到先生和三十年代的歷史相互聯繫的線索。

去年十一月，我喪失了一位能理解我、並且長年以他迫切的祈禱為我憂心、和長年支撐了我的精神需要的、可敬的父親。

現在，我又失去了一位從我的青年時代就不避禍變，以不輕易示人的先生的另一面，安撫了我焦躁的思想，理解我的微不足道的作品的師長和朋友。而蹉跎半生，驀然驚覺自己竟也是六十初老的人，遺世孤獨之感，在送別先生之時，竟洶湧而來……。

初刊一九九七年六月二十三、二十四日《聯合報．副刊》第四十一版
另載一九九七年八月《台港與海外華文文學研究》（南京）第三期
收入一九九八年十一月書林出版公司《暗夜中的掌燈者：姚一葦先生的人生與戲劇》（陳映真主編），二〇〇四年九月洪範書店《陳映真散文集1．父親》

1 本文根據初刊本校訂。文內小標題均為初刊本所有，洪範版無。
2 「文革中國的實相」，洪範版作「文革中的實相」。

「一個半世紀的滄桑：香港歷史照片展」活動說明[1]

由台北人間出版社和台灣社會科學研究會主辦，由誠品書店台北敦南店協辦，並由勞動人權基金會、財團法人國家文化藝術基金會、上海匯豐銀行等贊助的「一個半世紀的滄桑：香港歷史照片展」，即將在今年六月廿七日至七月六日間，假台北市誠品敦南店Ｂ２藝文空間震撼展出。

據主辦單位指出，此次在香港、日本、大陸蒐集了自十九世紀四〇年代鴉片戰爭以來，至今日香港迎向回歸的百五十餘年間珍貴歷史照片四百餘幅，再精選其中三百二十張，分成十個構成部分，首度在台展出。

第一部分「香港的前史」，說明在英據港前，香港絕不是「無主荒村」。考古人類學的發掘說明早在六千年前香港地區已有文明蹤跡，而古漢墓的發現，說明漢代的疆土已及於香港。新界「五大宗族」的開拓，說明宋元以後漢人社會經濟體制在此地早已完備。

第二部分「鴉片戰爭與香港的割占」，說明在一八四二年以迄一八九八年間，英帝如何以武力外交的威逼，分別以《南京條約》、《北京條約》、《拓展香港界址專條》三個不平等條約，先後割占和「租借」了今日香港地區，使中國淪為「半殖民地．半封建」社會，遭世界列強豆剖瓜分，幾至亡國。

第三部分是「殖民地自由貿易港的形成」，介紹十八世紀最後二、三十年間的變化。英帝割據九龍後，英國商業資本逐漸發展，洋商洋行群集林立，依恃殖民地權力授予的特權，大肆積累財富的過程中，也促進華人買辦階級和華人紳商階級的興起，成為殖民地本地精英階級。當然，大量貧困農民從中國內地湧向香港，淪落社會低層，甚至被轉販北美洲和大洋洲淪為半奴隸的苦力階層。

第四個部分是「現代中國對香港的召喚」。中國在帝國主義的侵辱中被強迫推向世界的現代。革命、反帝、反封建、抗日救亡的風潮，寫滿了二十世紀頭三十年中國現代史的篇章。而香港，和台灣一樣，是以中國的一個肢體，在不平等條約下被帝國主義從中國割占出去——而不若其他殖民地之全國、全民的淪亡，因此有深長濃郁的祖國之思。

因此，二十世紀初辛亥革命、一九二五年反英抗暴的「省港大罷工」、一九三七年以後中國全面抗日戰爭，都牽動著殖民地香港人民憂國愛國的熱血。這個部分，就是以數十幀珍貴歷史照片說明這一段歷史。

第五個部分名為「三年零八個月的夢魘」，描寫一九四一年十二月到一九四五年八月間，日本帝國主義打敗港英、軍事統治香港「三年零八個月」的經過。我們找到了出乎意料之多的照片，表現日本進占香港、港英敗降、日本軍事恐怖統治、日本敗降，港英重返香港和「東江縱隊」下「港九大隊」英勇游擊抵抗的歷程。

第六個部分是「迎向戰後工業化：香港的五〇—六〇年代」。在這個部分裡，我們介紹了香港如何利用因中共建政而大量流入的內地移民超廉價勞力和逃亡來港的資本，越過「進口替代」階段而直接進入「加工出口」工業化，使貿易經濟向工業化經濟轉變。此外，我們也找到了珍貴照片，介紹一九六七年大陸文革向香港擴大，引發「反英抗暴」運動，以及嚴重的住房、飲水問題及公共房屋的建設等等。

第七個部分是「亞洲四小龍的鰲首」，介紹香港在七〇年代經濟的騰飛，如何利用自日本進口生產財和半成品，以廉價勞力加工製造、向美國輸出這麼一個「三角貿易」，取得飛躍性發展。我們也介紹了成功的廉政建設和公共住房建設的成果。

第八個部分是「香港的擴大和再發展」，說明中共在一九七九年十一屆三中全會中「開放改革」政策的出台，使香港因緣際會，一方面得以將過剩資本向深圳及珠江三角洲擴張，一方面引來大量的中資和外資，生產成本降低，國際競爭力增強，使香港資本主義更上層樓。在這部分，我們也介紹了一九八九年天安門事件與香港的牽連。

第九個部分是「香港問題解決的歷程」，介紹了自巴黎和會以來中國政府解決香港問題、收回香港的努力與挫折的「前史」，接著介紹了一九八四年《中英聯合聲明》的簽署、中共回收香港的基本方針政策的形成，以及在港英的阻撓中力爭平穩過渡，順利選出首屆香港特區政府行政長官董建華的歷程。

此外，主辦單位也策畫了幾場文化活動，計有台北電影圖書館館長黃建業主持主講「香港電影春秋」；台灣著名女作家施叔青演講「是什麼牽動著我去寫香港的故事？」；作家陳映真和台灣社會科學研究會會長曾健民對談「從台灣的角度看香港歷史」，以及立法委員朱高正、經濟學家吳福成共同主講「香港的政治和經濟的展望」。

香港和台灣向來關係密切。每年有大量的台灣人士到香港觀光、旅遊和採購，但對於香港的歷史、經濟、社會、政治和文化，卻一直比較缺少理性的研究和認識。主辦單位期待這次的展出與活動，是進一步理性認識香港的開端。

約作於一九九七年六月

本文依據手稿校訂

1 本文按手稿校訂，稿面無標題，篇題為編輯所加。稿面未標註寫作時間，據文中關於「一個半世紀的滄桑：香港歷史照片展」之介紹，寫作時間應在一九九七年六月。本篇（含）以下八篇文章，為陳映真配合「香港歷史照片展」所做之系列解說，故依作者講述的歷史脈絡定序，而與《中國時報》、《聯合報》的刊載時序略有出入。

貿易和鴉片貿易

一個半世紀的滄桑：香港圖片歷史系列（一）[1]

由人間出版社、台灣社會科學研究會聯合主辦的「香港一五五年歷史照片展」今日起在台北市誠品書店敦南店地下二樓展出。著名作家陳映真結合照片撰寫之文章將陸續於聯副刊出。（編者）

在一個貶抑和嘲笑民族主義成為主流思想的時代，民族主義曾幾何時成了愚昧、落後、失敗的代名詞。帝國主義和殖民主義的「文明化」作用受到最大限度的評價和肯定。殖民主義有利、有益、有進步性之論，逐漸囂乎塵世上。

於是乎而有此一說：鴉片戰爭，起因於進步、開化的西方要求中國開放港口進行貿易（國際貿易何等現代化、何等互利共榮），而愚昧無知的中國非但峻拒，而且毀壞人家的商品，破壞文明世界公認之平等、自由、正當的貿易。這種文野的矛盾，引起了戰爭。但這一仗，終究為中國打開了通往世界的現代之門……。

但人們還是不禁竊竊疑問，做買賣是供需兩願的事，那洋人怎地磨磨蹭蹭，開著炮艇，非跟你做生意不可？而強做生意之餘，還開仗打人，割地賠款、搶掠燒殺……。

在十八世紀末的英國，機械化較大規模的生產方式，逐步取代原有的手工業生產方式，英國資本主義快速發展。到了一八二五年，在英國發生了第一次資本主義經濟的危機，生產過剩，工廠倒閉，工人失業。英國資本主義面臨了為其過剩的產品尋找更大市場、使資本恢復活潑的循環運動的壓力，來擺脫當前嚴重的經濟危機。對外擴張、割占別人的領土，強人開港，傾銷其工業產品，這時成了統治著英國的資產階級不移的意志和不泯的熱情。

鴉片戰前幾個世紀來，廣州一直是中國開向東南亞、印度和阿拉伯諸國的窗口。十六世紀，中國准許葡萄牙在澳門設立一個貿易殖民地後，廣州也成了中國對歐貿易的窗口。因此，到了一八三〇年代，廣州已是當時中國唯一對外開放的國際港埠，在交易季節，外商雲集可來中國推銷棉和毛紡製品和西洋手工製品，購買中國的茶葉、綢緞和瓷器等。

在經由廣州的相對平等的國際貿易中，中國很長一段時期是個出超國。首先是西方資產階級對中國質優的茶葉、綢緞等有巨大的需求，相對地，中國市場對西方毛紡、棉紡製品缺少積極的胃納，原因是農業和手工業緊密結合的中國自然經濟、自給自足，加上經濟、財政上的貧困，更無餘力購買舶來布帛。長年積累的結果，大量的白銀從西方流向中國而竟不是相反。

為打破現狀，擴大對華輸出，英國和西方資產階級急迫地需要迫使中國多開貿易港埠，擴大「自由貿易」，多次派使節前來交涉，皆為中國所峻拒。

另一方面，英美商人早在十八世紀就對中國輸出產於印度和中東的鴉片。作為藥用之鴉片，在中國又稱「洋藥」，初時對中國年輸出量不過每年兩百箱。由於鴉片的毒癮性，加上中國貴族豪紳階級生活腐敗虛無，鴉片吸食者不但在中國上流社會快速擴大，也在平民百姓中蔓延。

一七七三年，英屬印度政府確立了向中國以非法方式（走私）大量輸出鴉片的政策。一八〇〇年，中國年輸入鴉片數量已達兩千箱之多。

英國東印度公司、英國政府和販賣鴉片的英國貿易商在龐大的暴利下連成一氣，對中國展開強力而不道德的、非法的「鴉片貿易」。鴉片貿易越來越嚴重地影響了中國的國計民生，造成了成千上萬的、終生萬劫不復、傾家蕩產、損身害魄的鴉片毒癮者。但鴉片貿易卻「造就」了今日仍然威名遠播之類如「怡和」集團這樣的英國資本集團，培養了富有的英國商人階級。其中兼任英國上院下院的議員，公開為鴉片貿易辯護，煽動對華發動鴉片戰爭。

一八三四年，在英國新興資產階級的強大壓力下，英國政府「放棄」了東印公司對製造和販售鴉片的獨占權，而將之開放。形勢要求進一步擴大對華鴉片貿易，而中英貿易優劣之勢逆轉，大量白銀開始向外流失，幾至動搖國家財政根本的地步。

鴉片貿易，由於它以走私這個不法的形式進行，久之形成一個腐敗不法的網絡。英國鴉片販子以賄賂、營私的方式以毒癮和金錢深入滲透到清王朝的核心，終至造成在禁煙問題上「緩禁」派與「嚴禁」派的激烈而深刻的矛盾。以民族英雄林則徐為首的嚴禁派深受掣肘，終至在抵抗鴉片戰爭的鬥爭中全面敗北，中華民族第一次遭逢割地賠款的奇恥大辱。

初刊一九九七年六月二十七日《聯合報・副刊》第四十一版

1　本篇為「一個半世紀的滄桑：香港圖片歷史系列」文章。此系列四篇刊於《聯合報・副刊》，本文為其中首篇。

殖民地香港華人的沉浮

一個半世紀的滄桑：香港圖片歷史系列（二）[1]

早在一八四一年，英國就宣布香港為自由貿易港。但在現實上，一直要等到一八六〇年英國併取九龍半島，據有了今日著名的維多利亞港，香港才整備了世界貿易樞紐的地位，殖民地商業資本急速發展，在港口、港市地區，以英商為中心的國際貿易商行蝟集，一時十九世紀西方商行、商館、宅邸和倉儲建築櫛比林立，改變了傳統中國漁農村社的面貌。

除了新界仍然保持農業經濟基地的地位，為港九長期供應大米蔬菜之外，港九兩地在英國統治下快速、全面都市化，華人傳統土地資本失用武之地。

相對於十九世紀末葉大陸內地受到列強侵凌，豆剖瓜分，殖民地香港相對的「安定」，引來大量內地以廣州人、客家人和閩南人為主的移民。這些移民中勤勞秀異者，在港市香港不能像在其他移居地那樣購併土地當地主，便因應殖民地獨特條件，有的在洋商洋行裡當買辦和文員，有的從商為華人市場供應南北百貨，更多手工業者自製自賣，積累財富，逐漸在香港形成華人紳商階級。

這些華人紳商階級固然唯利是圖，但自然地習染了一定的國際視野，在某種程度上，擔任了東方傳統和西歐技術接枝的工作。

正是這些粗備現代視界的華人紳商，早在一八六九年開始慈善醫療工作，至一八七二年，建立了著名的東華醫院，從事醫療、救濟、教育的工作。一八七〇年。這些富裕紳商建立「東華義莊」，從事社會福利、慈善工作。此外，一八九六年，在港英國精英階層和華人紳商階層共同設「保良局」，從事治安、救濟工作，促進殖民地社會秩序的穩定和團結。凡此，都顯示，在十九世紀末，殖民地香港已有新血華人紳商登台，取得一定的社會地位。

事實上，從事商貿、船東、代理商、買辦、文員而經濟富裕的在港華人，雖在政治、社會上受歧視，地位卻無法被忽視。據一八八四年統計，因擁有財產而必須納稅的英國人八三二人，華人六四七人。高納稅前十七人皆為華人，英國大貿易商「怡和洋行」列第十八個高納稅者。

統治手腕靈巧的英國人開始吸收這些華人紳商的精英，委以相當的社會地位。受過西方法學教育的伍才（廷芳）在一八八〇年被任命為立法局議員。平生出力提倡西方醫學和現代化教育的何啟，也當了二十五年的立法局議員。因經商累致巨富的何東，甚至被敕封為爵士，並破格允許在只准白人統治階級居住的山頂區，擁有豪奢的宅邸。

然而一般而言，廣大的在港華人生活十分艱苦而貧困。他們大都是不堪列強在內地造成的社會動亂，流亡南來的貧困農民。在香港，他們住在類如太平山一帶貧民區，從事黃包車伕、小手工業者、苦力、挑伕、僕役、理髮匠、漁農勞動者的工作。港英當局對華人採取絕對的、徹底的種族隔離政策。華人即使是財富足以驕人的紳商，不但不准住「山頂」白人華邸區，就是香港中部大多數住宅區也不准住，而遭受白人的侮辱，是日常茶飯之事，到處可以看到白人用傘柄和枴杖當街毆打華人苦力。一八八〇年英國駐港部隊指揮官艾．多諾班上校寫道：「在視覺上、聽覺上和嗅覺上，歐洲人無法接受中國人為鄰居。」種族歧視的惡意，躍然紙上。

一八九四年的冬天，在貧困華人移民蝟居的太平山地區，爆發了一場大瘟疫，在生活條件十分落後的十五萬華人貧困勞動者社區中，造成兩千六百多人死亡。而一八八二年到一八九二年間，香港的貧民窟數次發生鼠疫，合計死了兩千五百多人。死者也大都是香港社會下層的華人。瘟疫的恐怖，增加了白人對貧困華人的偏見和歧視。

華人在香港社會中地位低下，固然是作為白人殖民香港的華人的宿命，但一八七〇年以前幾十年間，香港也是白人販運中國苦力——從內地湧入香港的破產農民——到北美和澳洲的轉繼站。成千上萬的華工，以半奴隸的身分，由白人經手，從香港送到北美和澳洲鋪鐵路、開礦山，不少人慘死異域。生活在這個悲慘事實中顧盼自雄的英國殖民階級，對華人有刻骨的鄙視，無寧是「理所當然」的。

從這個陰慘的歷史去看一百五十五年後香港的回歸，就能體會出深長的歷史意義。十九世紀的華人紳商階級，成了二十世紀六、七〇年代興起的「華資」——在地華人資本的先行者，他們甚至有能力購併英資而壯大，業種包括了航運、金融、貿易、倉儲、地產、造船、旅遊，總資本僅次於受到權力的特權撐持的英資。

八〇年代以後從大陸南來的資本——一般稱為「中資」的集團資本，業種也很廣泛，包括了金融、百貨、土建、地產、航空、船運和倉儲。

傳統「華資」加上中資和東南亞來港的華人資本，華人資本在香港早已占領導地位。七〇年代以後成長的香港中產階級新世代的登場，今昔相比，變化就不啻天壤了。

初刊一九九七年七月一日《中國時報·人間副刊》第二十七版

1 本篇為「一個半世紀的滄桑：香港圖片歷史系列」文章。此系列三篇刊於《中國時報·人間副刊》「半唐番的香港—香港九七專輯」，本文為中時人間系列之首篇；專輯編案：

香港，如同尤利西斯，歷經一百五十六年的滄桑浮游，就在九七年的今天（七月一日）走上歸程。然而，對於東方明珠的未來，目前卻有種種迥異的解讀：有人雀躍萬端，認為這齣殖民史的戲碼終於可以打上完美句點；有人懷憂喪志，慨歎黃昏將至，明天是否還有太陽是一個大問號；另有人著眼於主體性的確立，圖繪出香港都會文明的鬼斧神工，未來將是更璀璨、亮麗。

但不論是九七大限，還是回歸故國，背後所牽扯的殖民／被殖民、東方／西方、自由／極權等糾葛，都令人體會到，這不是道是非題，也不是簡單的選擇題，而是沒有標準答案，必須長期作答的申論題。更重要的，不僅香港人要認真作答，所有華人，甚至所有國家都不能缺考。

本刊今日起推出「半唐番的香港—香港九七專輯」，邀請數名長期觀察香港演變的作者撰文，從各個角度剖析香港未來，希望能激盪出更多的思考空間。

祖鄉的召喚

一個半世紀的滄桑：香港圖片歷史系列(三)[1]

十九世紀世界進入帝國主義的時代，全世界幾近百分之七十的民族和國家淪為殖民地。古老龐大的中國，雖被列強瓜分，但畢竟沒有像朝鮮、安南、印度和亞非拉各國各民族那樣，淪為完全的殖民地，讓人派官僚、派軍隊來統治。「半殖民地・半封建」的中國，威海衛、上海、台灣、香港、澳門被列強或割占、或租借，但母體中國卻仍保持著岌岌可危、殘破的、形式的主權。

因此，從台灣、從香港看，港台都是作為中國母體的一個肢體被割占出去，而依然遙望著被半殖民地化了的、殘破的祖國。在帝國主義下亡了國，被完全殖民地化的印度、朝鮮的反帝運，以獨立復國為目標。殖民地台灣和香港的抗日和反英抗暴，基本上以回歸祖國為基本傾向。祖鄉的治亂、興衰和福禍，莫不牽動著殖民地台港志士和廣泛人民的思想與實踐。

辛亥革命、五四運動、北伐革命、抗日戰爭甚至國共鬥爭，都深刻地影響著台灣的志士仁人，不少西渡大陸，以實踐參與革命和運動。看香港的歷史也是一樣的。

中國第一個資產階級民主革命運動的先行者孫中山先生，早年在香港接受西式現代化教育的啟蒙，眼見香港的「現代化」和經濟上巨大變化，激發了他革命以改革的職志。孫中山先生在香港糾合同志，設立革命機關興中會總部，並且由在香港同情、支持革命的華人為革命運動多次籌措巨額資金。中山先生反清以建民國的民主革命運動，香港是十分重要的基地之一。這如果缺少殖民地香港同胞熱切期盼復興祖國，寄託香港的解放於中國的改造和變革的愛國主義思想和實踐，就完全沒有可能。

另外一個例子是一九二五年到一九二六年的「省港大罷工」。

一九二四年，國民黨第一次全國代表大會在廣州召開，通過了聯俄容共和前進的政治社會經濟新綱領，把國民革命運動推向一個新的高潮。改組後的國民黨領導下的工人和農民運動有了新的發展，逐步向著反帝民族運動發展，要求廢除不平等條約，反對軍閥，要求民主。一九二五年，國民革命的偉大領導核心中山先生逝世，廣泛國民念及中山先生崇高宏偉的未竟遺志，進一步推動改造中國的社會運動，青島和上海紡織工人發動維護自己合理政治、經濟權利的罷工。一九二五年五月，上海租界中日本資本暴力鎮壓罷工，造成死傷，上海學生和租界中帝國主義勢力發生對立衝突，終至爆發了五卅慘案，全國譁然，各地工人罷工擴大，支援上海的鬥爭。

在支援上海工人反對帝國主義運動的罷工中，一九二五年六月十九日點燃的廣州—香港大罷工，在規模上、影響上都是最大的一次。

罷工首先從香港幾個行業工人開始。繼之，廣州沙面租界工人罷工。六月二十三日，英帝國主義開槍殺害沙面租界對面沙基的遊行群眾，造成五十人死亡的慘劇，是為「沙基慘案」。消息傳來，香港工人和市民震怒，罷工工人增至二十五萬人，罷工繼續了十六個月，船員、學生、酒店服務員、港灣碼頭工人、司機……紛紛離開崗位，香港的正常經濟活動停頓，港市幾為死城。

罷工提出了這些要求：

八小時勞動；禁止童工勞動；制止港英警察對工人市民濫施暴力；廢止種族隔離政策；降低房租百分之二十五；在香港行政評議會中增加工人代表席位，等等。

工人騷動在次年平息。但香港的華人社會中，除了紳商階級的「保良局」和「東華義莊」和以祖籍地為中心的華人商會，至此各業種工人工會組織也登上了社會舞台，一個關心中國民族和階級命運的香港工人階級，在省港大罷工中宣告其誕生。

一九三七年，日本向中國發動全面侵略的戰爭，點燃了擴及全中國的抗日救亡戰爭。內地中國的抗戰，也牽動了香港同胞愛國抗敵的熱潮。在敵人的炮火下，上海電影工業停頓，香港的電影廠立刻起來，和南來的導演、演員合作，拍出了激勵民族抗日戰爭的愛國主義影片。在香港知識分子、文化人、市民和群眾的支援下，香港成了內地抗日運動的外聯站。宋慶齡領導的「保衛中國同盟」就設其機關於香港，在香港社會的支援下，為內地抗戰徵集各種有利抗日戰爭的條件，負起為抗戰對外宣傳、聯絡的重大任務。事實上，在抗戰期間，國共兩黨都在香港的地下展開各種活動。一九四一到一九四五年日本占領香港期間，廣東「東江縱隊」領導的在港「港九大隊」，在英軍敗降，日本軍事統治香港條件下，在香港展開游擊戰鬥、情報蒐集，救援被俘英軍、打擊日本占領軍的鬥爭。但是，沒有全香港同胞支援內地抗日戰爭的政治和經濟、社會的全面擁護和支持，日占期間的地下抗日運動就完全不可能。

一九六七年香港版的文革即「反英抗暴」運動，甚至一九八九年香港支持六四天安門事件的市民運動，以及九〇年代全市為賑濟大陸天然災害的募款運動，都是殖民地香港同胞不自外於內地祖鄉的福禍榮辱的表現。

初刊一九九七年七月三日《聯合報・副刊》第四十一版

1 本篇為「一個半世紀的滄桑：香港圖片歷史系列」文章。此系列四篇刊於《聯合報・副刊》，本文為其中第二篇。

日軍占領下的香港：「三年零八個月」的夢魘

一個半世紀的滄桑：香港圖片歷史系列（四）[1]

一九四一年十二月初，日本軍隊開始侵襲九龍啟德機場。新界、九龍相繼陷日。十二月十八日，在凶猛的炮火掩護下，日軍自香港北角、鰂魚涌和筲箕灣登陸。英國當局以香港殖民地離歐洲遙遠，不易固守，自始無力守之圖，所以守備十分單薄。後來雖有力戰固守之心，無奈戰力懸殊，港英守軍多次零星抵抗，終無法根本扭轉敗勢。及二十二日金馬侖山陷敵，英軍敗勢已定。十二月二十五日聖誕節，在港英軍全面停止抵抗，港督楊慕琦宣布無條件投降，日本占有香港地區全地。

十二月初日軍攻新界、九龍，所到之處，姦淫擄掠，無所不為。而日軍攻港前，在港日本商人及日籍居民社區，早有間諜埋伏，所以不及一個月，香港淪陷。英國守軍計死亡近兩千人，輕重傷一千三百多人。在戰爭中死亡平民絕大多數是香港華人，約四千餘人，被俘英軍（其中大半為加拿大、印度調來守軍）近一萬人。英軍俘虜集中在九龍集中營，英人及西人平民則被關在赤柱的集中營。集中營的遭遇是重勞動、飢餓、疾病、死亡和虐待。

大量的中外劫後報告證實，日本軍管下的香港，充滿了日軍暴行。集體屠殺、對婦女的強暴、恐怖，與二戰中其他日本侵占地無異。而日本軍隊中一部分朝鮮籍、台灣籍下層士兵，狐假虎威，加害於香港居民，殘暴冷酷，不讓日軍。這一頁悲痛的歷史，值得深刻反省。

一九四一年十二月二十六日，香港日本軍部成立「民政廳」，下設總務、民政、經濟、司法等部門，施行軍事統治，由軍部總攬香港的軍政大權。

一九四三年，日本宣布香港為其占領地，設日本在港總督府，任磯谷廉介陸軍中將為總督，正式將香港併為殖民地，其地位若台灣和朝鮮。

在軍人總督及戰爭體制下，日本在港施行戰時下軍事支配，行統制經濟和財政金融、清理戶籍、強化控制。在港日本憲兵隊、警察、特務、黑社會成為日本恐怖治港的銳利工具。另一方面，為減輕香港的經濟負擔，強迫居民「歸鄉」，以暴力強迫將五十萬華人驅出香港家園，遣返內地原籍，造成一股向內地顛躓狂奔的難民潮，遍地哀鴻，造成無數的人倫慘劇。

而日本占領香港的三年零八個月中，香港的貿易、經濟陷於停頓，日本軍部並大肆搜刮和劫掠戰略物資，如汽車、古董、藥品等運回日本，香港幾成荒市。

一九三七年七七事變以後，國共雙方都有人駐港，組織港澳同胞支援內地抗日戰爭。廣州陷日之後，中共廖承志開始籌畫在東江地區組織抗日游擊戰線，受到香港人民熱烈支持。一九四一年十二月香港陷敵後，東江游擊組織成立了總隊部。一九四三年，總隊易名「東江縱隊」，並在港九地區成立下屬的「港九大隊」，在英人敗降的港九依靠廣泛港九人民進抗日鬥爭。

在敵占下的香港，「港九大隊」給予敵人極大的困擾。由於日軍在遼闊內地蹂躪祖鄉，占領香港後又百般對華人屠殺淫虐，港人仇恨日本統治至深。再由於中英有同盟抗日的關係，日占下港人抗日，也往往表現為對另一個外國統治者——英方的救援和團結。而在英人敗北空虛的香港，東江縱隊港九大隊的鬥爭，成了香港人民抵抗侵略的唯一武裝力量和精神支柱。

二戰結束前夕，中華民國政府及輿論力主戰後香港回歸中國，初時美國也支持這一立場。但因英國堅決反對，美國讓步，終於決定戰後仍由英帝繼續占有香港。

在受降問題上，由於香港屬於由蔣委員長領導的中國戰區統帥部，理當由統帥部派員受降。但侮慢的英國以其對港主權之主張，強要英方派員受降。爭執的結果，蔣不能不讓步，決定由中英兩國授權英方在港接受日軍投降。中英在受降問題上的爭執，使受降禮延遲到一九四五年九月十六日。

在港審訊日本戰犯的工作從四六年進行到四七年，將二一一個軍職戰犯和五個文職平民戰犯送上了死刑場。

在英美聯手杯葛下，中國被拒絕在戰後收回香港。英帝國主義雖在二次戰後大量喪失殖民地，卻獨獨保有了香港。

一九四六年，曾經被日本監禁設立台灣的俘虜集中營的原港督楊慕琦「勝利」地回港擔任總督。從此，香港又繼續成為英國殖民地，迎向戰後時代的巨大變化。

初刊一九九七年七月二日《中國時報．人間副刊》第二十七版

1　本篇為「一個半世紀的滄桑：香港圖片歷史系列」文章。此系列三篇刊於《中國時報．人間副刊》，本文為其中第二篇。

香港的腐敗和廉政

一個半世紀的滄桑：香港圖片歷史系列（五）[1]

一般總是說殖民者先進國官僚如何清廉正直。但在事實上，沒有比這種謊言更為荒腔走板。日據時代台灣小說經常描寫日本警察的腐敗和威暴。至於英國對香港的殖民統治，更是一部腐敗和醜聞的集大成。

從一八四五年到一八五五年間，殖民地香港就醜聞頻傳。法務長官被輿論攻擊為「品性卑劣」；註冊局長被控與海盜勾結營私；警察廳長被控接受娼寮的賄賂；行政長官被控貪汙；總督接受市場商販的孝敬……。

這種腐敗曾以提高待遇、派任訓練有素的官吏來殖民地履任而得以緩和一時。但在港西歐商人間，腐敗仍是家常事。一九三八年，港英空軍司令派金斯姘淫劉姓中國女性，合作套取建設防空洞的巨額不法利益。案件爆發後造成主任建築師及一位工程師畏罪自殺，而派金斯卻逍遙法外。

一直到最近，香港警察系統仍為涉嫌腐敗的傳聞所困。香港警察上層官員，幾乎一律為英國人士。他們是在英殖民地巴勒斯坦、塞浦路斯、東非紛紛在戰後獨立而失業的警察，在二次大戰後逐漸來到香港的。他們在賭場、走私、毒品輸送和其他不法掠奪中累致巨萬。一八九八年，香港警察有一半以上因涉及不法而遭到解僱。一九五二年，有四個歐洲人警察副總監因腐敗被捕投獄。一九六六年，港英警方承認黑社會「三合會」在警界中滲透情況嚴峻、警察腐敗嚴重存在。一九七〇年代，香港警界腐敗的紀事開始在香港和倫敦的媒體上傳布。而港英警部麥克里南與某一華人男性間的同性戀醜聞事件，也是在這時爆發。

七〇年代最聳人聽聞的醜聞，莫若港英警視廳總監彼德・葛柏案。這位曾經獲頒「英殖民地警察獎章」的高階警官，不但收取賄賂，甚至參加某種鬼靈崇拜的秘密社團並逍遙法外。香港當局成功地將葛柏引渡返港，交廉政專員公署調查審判，於一九七五年被判四年徒刑。

一九七四年，專為摘發腐敗的「廉政專員公署」宣告成立，第一任長官為約・布連達加斯。他曾在過去英殖民地的巴勒斯坦、黃金海岸、埃及、肯亞、塞浦路斯等地摘奸發伏，經驗豐富，廉政專員公署確實辦了一些要案、大案，博得市民的擁護。

但儘管如此，據說零碎、小的腐敗之風仍不能絕。考駕駛執照、排隊等分配公共住房，占一個較好的地點擺攤子……，免不了有人來要一些「規費」。但據說比起亞洲其他地方，香港官、商、公安的腐敗和醜聞，算是少了很多。九七過渡之後，如果香港的官箴比殖民地時代敗壞，不但中國人沒了顏面，亞洲也隨之臉上無光。

初刊一九九七年七月四日《聯合報・副刊》第四十一版

1 本篇為「一個半世紀的滄桑：香港圖片歷史系列」文章。此系列四篇刊於《聯合報・副刊》，本文為其中第三篇。

香港的文化大革命

一個半世紀的滄桑：香港圖片歷史系列（六）[1]

即使在極「左」的文革時期，對待香港，中共還是堅持保持現狀長期利用的政策，堅持解決香港問題要登高望遠，要耐心等待最合適的時機，找到最恰當的方法時，才收回香港。

一九四九年大陸政權易幟，大量反共難民湧入香港，使香港大量增加了超廉價的勞動力。在難民中，也有早一、兩年就帶著資本和設備逃亡來港的資本家，其中上海紡織資本就是一個例子。而由於香港崇尚自由貿易，就沒有像台灣的戰後那樣，搞貿易保護下的「進口替代」工業化，而直接利用內地南來的勞動力和資本，很早就開始走向勞力密集加工出口的工業化道路。一九四〇年代港英宣布香港為自由貿易轉口港之後，香港資本主義的性質，基本上是商業性和金融性為主。但五〇年代以降，由於加工出口輕工產業的展開，香港開始有了生產性的產業資本，有重要的社會經濟意義。

但是香港資本的初期積累是殘酷的。來港「避秦」的內地難民越多，過剩勞力越眾，勞力商品化也越甚。超時間勞動，工資低賤，僱用童工，苛役女工的問題十分嚴重，情況直如英國文學家狄更斯描寫英國資本初期積累時代的血汗工廠。尤其諷刺的是，香港避共華資剝削同是避難南來的華人勞動之苛烈，竟而到了引起英國下院的譴責。當然，這也不是什麼英國殖民者比我們心慈手軟，主要還是香港英資華資的分工不同。英資挾其總督府權力，獨占金融、公用事業、貿易。對於掠取勞力密集勞動，興趣缺缺。

五、六〇年代的香港勞力密集工業，初時生產手電筒，繼之生產塑膠花。在香港之前，義大利的勞力密集輕工部門是世界塑膠花的大供應商。但香港的超廉勞動打垮了義大利，一時間，香港血汗工廠出品的塑膠花以「香港花」(Hong Kong Flower)之名，傳遍寰宇。

一九六七年五月，香港新蒲崗一家生產「香港花」的工廠女工，因不堪資方過酷的榨取，進行罷工。一九二五年省港大罷工以後，香港就一直存在著工會和工人為自己合法權益鬥爭的傳統。新蒲崗的罷工，其實是五、六〇年代並不陌生的、小型的、經濟性勞資爭議事件的一件，但事態卻快速向港九全面擴大，形成「反英抗暴」的風潮。

「反英抗暴」事件的擴大，可以指出幾個原因。

首先當然是存在於二十世紀六〇年代末葉的，資本初期積累期的殘酷剝削。這種苛烈剝削存在於陰暗滯悶的無數中小型工廠，存在於貧民窟木屋區的窄小的「家庭」，也存在於香港下層社會的「蜑民」船家中，積蓄著廣泛的痛苦和民怨，無怪乎星火燎原，一觸即發。

其次港英警察的暴力鎮壓。英國本土下院反對香港血汗工廠的苛酷剝削是一回事，港英當局對血汗工廠的工資奴隸，態度立場上還是維護資本的。英國下院從此也從不曾支持過血汗工廠的女工，從來不曾要港英當局逼使廠方改善工人的非人待遇。不論台灣或香港，殖民統治的共同毒瘤是腐敗和暴力的警察統治。新蒲崗那一家塑膠花工廠女工罷工後，港英警察如臨大敵，對工人施加暴力的、殘酷的打壓。用台灣的說法，是「先鎮後暴」。而工人群眾的「以暴還暴」，實際上是赤手空拳，肉身上陣，少數人用木棍石頭。而警方則出以國家暴力機關所具備的全套裝備：警棒、瓦斯槍、囚車、鐐銬、拷問和囚室監獄伺候。被毆打、煙嗆、逮捕、拷打之餘，工人和市民搞了一點「街頭游擊」，製造少量拆解鞭炮做成的粗糙的爆破物，夾雜在外型相同的假炸彈，在工廠門口、大街上擺開「波羅陣」……，而工人的這些反抗，只有使警察暴力更為興奮，使公安暴力升級。

第三，才是前此一年在大陸點燃的「無產階級文化大革命」思潮和運動的影響。工人學習《毛語錄》，用語錄上反帝、反資口號，蒐集和佩戴毛主席像章，在集會中揮舞紅小書，在工廠、大街上甚至港督府牆外貼批判大字報。一九二五年省港大罷工留下的左翼工會傳統參加和組織了運動。在港中共系報章雜誌少不得也鼓勵宣傳,「推波助瀾」。

但從性質上說,大陸的運動和新蒲崗工潮,有一些性質上的差別。文革是「社會主義社會中的繼續革命」,是要清除革命後社會依然存在的「封、資、修」,是對共產黨自身腐敗、脫離群眾、官僚主義的自我批判。新蒲崗的工潮,是反對資本在殖民地資本主義條件下對工人進行苛酷剝削的鬥爭。但後者受到前者熱火朝天的革命氣氛、思想和行動所影響,以香港社會和內地社會間緊密的社會、歷史與政治聯繫看,是十分自然而合理的。相反,倘若新蒲崗工潮,在那個特殊背景下,絲毫不受大陸文革風潮影響,不高舉毛主席、不戴毛像章,反而才是無從理解的怪事。

在港英警察的暴力鎮壓下,前後約莫有五千人被捕,在港英公安暴力下受到非法拷訊、毆打、非法監禁。有人在暴力下喪失了寶貴的生命,有人因此失業,有人被開革,還白白斷送了退休金。和五〇年代麥卡錫的白色恐怖一樣,一些正直而富有正義感、愛國心、抱著理想的人,在事件平息後,在一個反共保守的社會中,信譽遭到質疑,戴著「左仔」的帽子,過著半輩子「不合時宜」的生活。

當然,這牽涉到中共的對港政策。

即使在極「左」的文革時期,對待香港,中共還是堅持保持現狀長期利用的政策,堅持解決香港問題要登高望遠，要耐心等待最合適的時機，找到最恰當的方法時，才收回香港。

在這個政策下，中共對從新蒲崗工潮擴大的反英抗暴運動主張節制，主張適可而止，不支持鬧成條件不足的革命。狡慧的港英先是觀望，等到摸清了中共不介入、不鼓動、不支持之後，放手抓人、放手拷問投獄。香港殖民地艱苦積累的反帝民族解放運動的傳統和實力，在現實政治下吃了暗虧，遭到相當沉重的、難以癒合的挫傷。

一直到今天，港英帝國主義降旗回到遙遠的三島，台面上意氣風發的，無論如何還是現代的紳商階級。即使是反共親西方的「民主派」，也還博得西方和香港本地右派的喝采。而一九六七年抱著火熱的正義感、義無反顧地投入反殖民陣制、反階級壓迫的鬥爭的一代，看來七月一日香港的回歸，還並不是他們平反和解放的時代。

初刊一九九七年七月五日《中國時報・人間副刊》第二十七版

1 本篇為「一個半世紀的滄桑：香港圖片歷史系列」文章。此系列三篇刊於《中國時報・人間副刊》，本文為其中第三篇。

香港的擴大和再發展

一個半世紀的滄桑：香港圖片歷史系列（七）1

面對今年七月一日香港再隸中華，常常會聽到這樣的說法：如果四九年後香港被中共收回統治，就沒有今日繁華的香港。把發展的香港同中共政策對立起來看，多少也不免有一點殖民統治有利論或有益論的味道。

但客觀的事實並不如形式邏輯那樣簡單。

一九四九年中共建政，一方面宣布不承認帝國主義強加於中國的、割占香港的三個不平等條約，計畫要在「條件成熟時、通過適當方式解決香港問題」，最終收回香港。但在這以前，「暫時維持」英占香港的「現狀」。

然而，這「暫時維持」不是袖手任之，而是積極地在對香港供水，供應日常生鮮副食上「維持」香港同胞和人民生活的正常進行。甚至在一九六七年「反英抗暴」的風潮中；在八九年六四事件在香港引起空前的對內地政治的反感與批評時，也不曾貿然中斷。

飲水、生鮮副食不受阻難的順暢供應，是戰後香港社會穩定和經濟發展絕不可少的條件。而現實上，一個穩定、發展的香港，對不同歷史時期中國內地的貿易、國際交流、物資技術的獲得，為帝國主義圍堵大陸解套；現實上也做出了十分重要的貢獻。中共一九四九年以來「保持香港特殊地位，為我所用」這個政策堅定不移的實踐，可以說明把香港的穩定和發展與中共歷來政策對立起來的看法，在客觀上並不正確。

一九七九年中共十一屆三中全會，提出了「開放改革」這個影響深遠的政策。根據這個全新的、劃時代的方針，廣州、深圳、東莞和珠江三角洲的其他地方對外開放。香港苦於工資日昂、地價飛漲的加工出口產業資本，受到大陸超廉工資、廠地和優惠待遇的誘引，大量移入內地。今天，在此一地區的「港資」、港中「合資」企業多達十幾萬家，僱用了近六百萬內地工人。

這種重大變化的第一個鮮明的結果，是東莞、深圳和新廣州的崛起，在農村野地上興起了現代化工業新市，大樓櫛比林立。廣州也面貌一新，經濟發展迅猛，面貌一新。

香港的變化更是驚人。香港產業資本在內地設廠，每年因廉價工資而節省下來的工資高達近二五〇〇億港幣，大大降低了成本，也大大增強了國際貿易戰場上的競爭力，從而保證了豐厚的利潤率，促成香港資本主義快速而巨大的積累。

香港產業資本的內移，使香港獲致廣大的生產基地。從五〇年代到七〇年代發展起來的加工出口產業資本，現在有了一個遼闊的後方，如虎添翼。在經濟上，香港已不再只是香港島、九龍半島和新界的地區。今天，人們必須學習去認識一個大的香港，即包括了珠江三角洲的香港——特別在今年七月一日之後是如此。

擴大以後的香港，生產部門向內地移動和擴大，使香港越來越成為一個亞太地區消費、營運、資訊、轉運和金融的中心，一個第三產業部門高度發展的地區。

這就是在世界——包括韓國、台灣在內的經濟發展呈現普遍的成長趨緩的八〇年代（有些國家只能達成每年一％的成長率），獨獨香港還能輕易取得年成長率七·一％的佳績；一九九二年，香港的「國民生產毛額」高達人均一六〇〇〇美元，趕上了英國的原因所在。

此外，內地的開放改革為香港經濟帶來沸騰的增長氣勢，招來更多的資本。八〇年代以後，首先就沖來了內地各省市、各集團企業的資本。台灣、東南亞華人資本蜂擁而來。謀定而動的國際跨國資本穩定進入了香港。事實十分明顯，沒有內地的政策轉換，沒有內地的經濟、財政、政治的堅定而有效的支持，香港八〇年代以後在其他「亞洲小龍」陷入成長遲滯，慢性不景氣時，獨有香港火紅的經濟發展，就絕無可能。

中國內地的開放改革，香港資本向珠江三角洲浸透，更多外資向香港湧入，帶來香港經濟不可阻擋的、生猛的發展。如果沒有這個生猛的發展和發展勢頭，香港就絕對禁不起一九八四年《中英聯合聲明》斷定香港在一九九七年七月返還社會主義的中國所產生的衝擊。《聯合聲明》甫一公布，確實帶來不小的震動。中產階級中優有儲蓄的人向外移民，想方設法搞到外國籍身分，資本和財富外流，幾至爭先恐後。香港在歷史上是難民／移民所構成的社會，對於政治、社會、戰爭的劇變，有過人的敏銳。

然而香港頂住了一九八四年的《聯合聲明》，頂住了一九八九年北京六四事件，頂住了這兩、三年來港英突然從《聯合聲明》既有立場倒退，在過渡前夕，蓄意動搖和阻難香港平穩、和平返還中國的大小挑戰。箇中原因固多，但最重要的一條，毫無疑問，是香港經濟有若沸鼎的發展形勢。沒有香港的經濟發展，香港的穩定回歸歷程，從八四年開始，勢必情況百出。而十幾年來香港經濟的進一步發展，離開內地的改革開放，離開香港經濟體的擴大，離開香港作為亞太航運、營運和金融中心地位的進一步強化，是無法想像的。

然而「發展」的背面，當然也存在著不能忽視的問題。既是資本制生產，就不能擺脫貧富不均，社會正義不彰，週期性危機和向資本、技術密集型產業轉型的怠惰等問題。

但中外學者指出，香港的回歸，其實還帶來了另一個機會，即如能藉此將中國的科技力量、充裕廉價的勞動和土地資源和香港豐沛的資本、靈活的資訊、圓熟的管理結合起來，香港將一如一九八〇年初那樣面對一個全新的發展機遇，進一步躍升，成為世界級的經濟勢力，為內地和香港雙方帶來難以估計的政治和經濟的利益。而香港資本主義內包的種種矛盾，也得以在經濟進一步擴大中，獲得緩解與解決的機會。當然，根本之圖，還是在香港和中國內地今後經濟發展中，如何不只重複向來資本制發展的故技，而能吸收中國以至亞洲獨自的文化傳統和民族解放運動的遺產，探索一條亞洲的、民眾的、另類的發展道路。

初刊一九九七年七月五日《聯合報・副刊》第四十一版

1　本篇為「一個半世紀的滄桑：香港圖片歷史系列」文章。此系列四篇刊於《聯合報・副刊》，本文為其中第四篇。

從台灣看香港歷史

陳映真・曾健民對談 1

陳映真：我說明一下座談會的主要內容。我們想從台灣歷史的角度來看香港的歷史。實際上，台灣這麼長一段時間，大家比較熟悉的是美國，甚至連日本也不太熟悉。我們常去香港買東西，旅遊，吃美食，可是對香港歷史，社會各方面歷程所知也不多。台灣這麼多學者，但對香港做過比較專門的研究很少，包括台上我們這兩個人。一年多來，我們為了要準備展出，臨時抱佛腳看了一些資料，現在用兩人對談的方式，把我們所得非常膚淺的體會與大家分享。

曾健民先生是一位傑出的牙醫大夫，他業餘之間對社會科學做過大量的研究和學習，今天他擔任一個名為台灣社會科學研究會會長的職務，一直主持著人數不多的研究小組。

今天有這個機會從台灣去看香港歷史，並舉辦這個對談我們相當高興。我們先就港台歷史的社會發展和個別相關問題做一個半鐘頭的對談，希望留下半小時給在座的各位發問，提出的問題我們不一定都能回應，但是每一個發問，都是對我們的鞭策和促使我們進一步思考。

一、中國現代史中的港台殖民與回歸

陳映真：首先，提到港台大家都會想到一個共通點，它們都曾經是殖民地，但是時間有長有短。從歷史來看，香港比台灣早五十年殖民地化，它是一八四〇年打仗，一八四二年訂約割讓；台灣是一八九五年，相差五十年。香港的非殖民地化也比台灣晚了五十年，我們是一九四五年，從《開羅宣言》到《波茨坦宣言》，形式上解除了台灣殖民地化的處境；可是香港在前幾天才正式結束殖民地的歷史，它的殖民地歷程有一百五十年，台灣是五十年，兩地都有很長的殖民地經驗。因此，我們第一個主題，就港、台兩殖民地體制交換意見。以我個人的體會，在三〇年代中國有一個流行的說法：中國的社會的性質，是一個半殖民地半封建的社會。

我們談談半殖民地和殖民地的差別是什麼。韓國殖民地化是全民族，整個國家的淪亡的殖民地化。中國半殖民地化是有些地方被列強割據成列強勢力範圍，沒有設總督，沒有派軍隊、員警、官僚統治，比如山東之於德國，福建之於日本等。另一些地方是租借地，比如說像上海、天津以不幸的不平等條約租借，在此，它們有一定的勢力機構，中國主權不及於這些地方，還有，像台、港這樣完全被割讓出去的殖民地。所以港、台的殖民地化，從中國歷史，現代史觀點來看，是中國社會淪為半殖民地的情況下，被分割成列強的勢力範圍、租借地、割讓地歷史的一部分。從台灣香港的角度來看，它變成了一個殖民地；但從中國的角度看，他是中國半殖民化的歷史現象；時間或長或短，香港是一百五十年，台灣是五十年。十九世紀帝國主義東來，最早的不平等條約是鴉片戰爭後的《南京條約》，我們失去了香港；幾乎是中國的最後一個不平等條約——《馬關條約》，台灣被割讓出去。這種情況，台灣和香港有共同的地方。另一方面，半殖民地體制下的殖民地或租借地經過歷史發展得到了解放。

比方說，蘇聯革命後放棄了帝俄時代對中國的不平等條約。

第二次世界大戰以後，我們很多的被租借地、殖民地和勢力範圍也收回了。第三階段是八〇年代的《中英聯合宣言》以後，指向香港非殖民地化的過程，花了十三年的時間才把香港和平回歸中國。

台灣的非殖民地化是從一九四五年第二次世界大戰後，日本戰敗，日本勢力退出，台灣才非殖民地化。可是當時英國是同盟國也就是戰勝國，他堅持不放棄香港。蔣介石先生曾向美國總統要求第二次世界大戰後，要回香港，邱吉爾抵死不從，再加以國共內戰關係，蔣也放棄了。這樣從歷史上看，兩地有異同之處。

總而言之，港、台殖民地化共同之處是十九世紀帝國主義東來對中國豆剖、宰割，把中國半殖民地化歷史的一部分，當時的滿清政府，你說他不獨立，但政府還在，只是一個殘破而且岌岌可危的主權。你說他完全獨立，但國將不國，幾乎不成一個國家，被列強瓜分成好幾個勢力範圍、租借地、割讓地。那港、台就在列強侵略浪潮裡被割讓了。這方面兩地相同。

台灣是經過第二次世界大戰才脫離殖民地地位回歸中國，但香港在第二次大戰中沒能解決，那是我們「偉大的盟國——英、美」，不願意把香港歸還中國，即使我們是戰勝國，英國還是回到香港升上它的米字旗，直到一九八〇年才解決。至於冷戰時候兩地的變化，下面會談到。這是我對港、台兩殖民地的一點體會。

接下請曾先生就這議題發表看法。

曾健民：各位晚安，我是台灣社會科學研究會會長曾健民。就如陳先生所說，我是業餘程度，可能不比在座各位知道的多。一年多以來為了這次活動，跟陳先生和研究會的同仁對這個問題惡補了一段時間，有一點心得跟各位報告一下。

首先，回應陳先生所談的殖民地問題。實際上，今年的香港回歸是中國半殖民地歷史的最終解決，大概也是二十世紀最後一件世界大事。在台灣的我們，對香港的回歸，至少大部分人是帶著複雜的心情；而且可以說是陷入無奈甚至是失去焦點的狀況，尤其是政府的對應更是空洞焦慮，毫無焦點。雖然香港跟我們關係相當密切，比如說香港是兩岸貿易仲介點和轉運口，從六〇年代，我們也熟悉香港的大眾文化，武打片、小說、電影各種香港進來的大眾文化。每年台灣經過香港的人有幾百萬；但是在台灣的我們，由於各種原因，認為香港只是一個轉口的地方，或者是東方明珠甚至於是紅色香江。在這名詞後面，面對香港的回歸呈現了一個非常負面，很複雜的心情。在此情況下，我們對香港失去了一種視野，就是失去人家所謂的主體性認識，主體性認識應是有很清楚的視野，而不是像這樣失去焦點的狀況。今天辦此活動也是為了把這事情講清楚，大家冷靜下來，客觀地透過真正知識的學習來了解香港。到了七月一號，我們可用幾個名詞來包括香港的回歸。第一：殖民地回歸。第二：一國兩制。第三：港人治港。這三個詞大概就可以包括今天或未來香港所有的問題，雖然很簡單的幾個字，但是後面包含了很複雜，深刻的政治知識。

陳先生剛才所說的大概就是第一個名詞的範疇；六月三十號的二十四點，英國米字旗降下，中國五星旗升上去，也就是殖民地回歸問題，這是一個簡單又明顯的事實。很奇怪，台灣的大部分人卻一直不願面對香港的殖民地事實。既然是「殖民地回歸」就包含兩層意義，第一香港的殖民地歷史，第二個是香港的殖民地回歸；香港為什麼不像其它殖民地一樣殖民獨立而是殖民地回歸？我們必須要深刻認識這意義。

第一香港的確曾是殖民地，但卻是一個特殊的殖民地。是一百五十年前，在中國第一個不平等條約——《南京條約》——被割讓出去的。說到香港殖民地回歸就讓我們想起台灣的歷史。

五十二年前，台灣也曾經過五十一年的日本殖民地統治後回歸祖國中國，那時候同樣不是台灣獨立，而是台灣光復，回歸祖國！

台灣從殖民地化到殖民地解放回歸的歷史只有五十一年，香港卻有一百五十二年。這兩地曾經同樣是殖民地，但是它們跟世界上其他殖民地有根本的不同之處。

一般而言，殖民地是整個民族的淪亡，殖民地解放就應該是民族獨立；那為何這兩地是以回歸祖國的方式結束殖民？這就是兩殖民地的特殊之處。然而，雖然是特殊的殖民地，但既然是殖民地就有殖民地的一般特質；它的主權是屬於宗主國，它的統治都是為了宗主國的利益，這就是一般殖民地的意義。

至於其特殊性，在香港、台灣殖民地是中國在一系列不平等條約所割讓出去的兩部分。香港和台灣，在中國積弱不振的情況下被分割，它雖然有一個宗主國，但它還有一個祖國，這就是它與其他殖民地最大的不同。兩地淪為殖民地，殖民地化過程，以及殖民地回歸，就是祖國(不管是滿清政府、北洋政府、中華民國政府、中華人民共和國)和宗主國之間力量對比之下所構成的殖民地歷史；「回歸」是它們的特殊性和必定的歸結。這雖有一點理論、抽象，但不講清楚，下面就很難明確講殖民地回歸的意義。

另一個問題是，港台雖同樣是從中國割讓出去的殖民地，同樣是殖民地回歸，但它們卻有相當不同的歷史過程。因為不一樣的宗主國，不一樣的殖民統治方式，就有不同的歷程，具體的情況有時間再談。

二、港台殖民地化過程的異同

陳映真：我想曾先生說得很好，我們有共同的意見。台灣香港過去還未被殖民地化以前，是中國的一個肢體部分，港台本來不是一個獨立的社會、民族。而安南、朝鮮則不同，它們被殖民以前，是一個主權獨立的民族國家，非殖民地化殖民解放後，安南、朝鮮就恢復成主權獨立的國家，其殖民地鬥爭絕大部分就是民族解放跟獨立的鬥爭。港台有一個特色，它不是一個自主獨立的社會，而是在中國半殖民地化過程被割讓的土地；從台灣的角度看，它是被殖民地化了，但從中國的角度來說，它是中國半殖民地化歷史被割成勢力範圍、租界地，還有另外有兩個地方被割讓出去當殖民地的問題。所以港台的殖民解放是回歸不是獨立，這當然是港、台殖民地體制一個很大的特色。

接下來，我們來談港台殖民地化過程有何異同之處。但由於時間相當有限，我們估計連結論大概有六個到七個大題，所以每個大題目，我們只有十幾分鐘的時間，為了讓聽眾也能參與我們的討論，我們講話要保持在十分鐘內。這是我先就關於港台兩地殖民地化歷史過程相異之處的簡單說明。

曾健民：關於兩地殖民化過程，首先要談到鴉片戰爭、甲午戰爭、三個不平等條約，這是殖民地化的開始。其次，要談到殖民地體制，所謂殖民地體制就是宗主國在殖民地所實施的體制，兩個地方有何不同？

剛才我提過，台灣受到的日本殖民的統治，還有香港受到的英國殖民的統治，歷史過程絕對是不同的。其不同主要取決於哪裡？第一個：地理政治學（地政學），反正地理位置在哪個地方，就構成一定的政治經濟狀態，譬如香港就剛好在珠江口，當然就扮演了英國對香港殖民的最主要的目的。就像英國占領香港當初，英政府寫一封信給第一位總督：「香港是一個不是殖民地的殖民地。」怎麼說？殖民香港的主要目的是維持軍事、外交，主要是對中國的軍事、外交和商貿的目的，這是它殖民香港主要的目的。

第二個取決於香港本地的資源。香港本是一個荒島，漁村只有五千的人口，不是一個掠奪的物件，只是一個跳板。一直到一九五〇年為止，一百年間實際上維持轉口貿易的功能，因為要維持殖民地體制的治安，它就有一定的殖民地法政的政權。

至於台灣就不同，日本占據台灣以前，台灣就有三百萬的人口，而且有相當發達的商品性農業和貿易。日本這個宗主國，當時只是一個早熟的帝國主義國家，其工業還沒有充分發展，本身資本主義還在初期早熟的階段，只不過利用軍事力量打敗了中國取得殖民地。所以，他殖民台灣的目的，主要是要掠奪台灣的農業經濟資源；一九三七年之前主要掠奪台灣的糖和米（蓬萊米），這是兩個大宗。農業資源的掠奪是主要目的，因此是掠奪性殖民；所以殖民地統治採取極度的高壓獨裁，而且對台灣進行嚴密的政治經濟和社會的控制，那跟香港的殖民地統治有極端的不同。接下來，請陳先生講。

陳映真：我完全同意曾先生的分析。我再補充幾點。第一點是統治技術上的問題。日本要拿台灣前，經過戰爭後簽訂不平等條約，訂完約之後再派兵登陸，完成了所謂的合法占領的手續。英國占取香港有點不同，他是先登陸而後打仗，再逼迫清王朝簽訂不平等條約，讓它們的占領「合法化」。兩個地方比較起來，英國不管是拿香港也好，九龍半島也好，新界也好，都是如此；是先占領後打仗的，再完成法律手續。這是一個比較有趣的對比。

前面，曾先生說過日本人來台灣以前，台灣是一個非常成熟的中國大陸社會的延長體；大陸有什麼，台灣就有什麼。大陸的土地所有制，地主佃農關係這種非常成熟的封建社會制度，在日本來之前台灣已經存在。而香港除了新界以外，九龍半島，香港島基本上是一個小小的漁村，有漁民在那裡討生活，漁民有個避風港和可以出海打魚的地方。可是只有新界跟台灣比較一樣，就像這次的展覽所介紹的那樣，新界從宋朝以來，就有很多大家族在那生活。換句話說，這些家族在那裡耕耘和收穫，地主佃農關係完全跟中國大陸一樣，這樣一個社會跟台灣很相像。這種比較成熟的規範社會抵抗殖民就比較強。比方說：從早期香港殖民地化過程裡面，可發現香港抵抗運動並不強；台灣就不一樣，一八九五年到一九一五年連續不斷的抵抗，不論怎麼殺戮，台灣的農民前仆後繼，百折不撓的武裝抵抗。台灣人說：「竹篙兜菜刀」（台語發音），這是當時農民最現代的武器。這樣的武裝鬥爭將近二十年，一九二〇年以後，我們有非武裝抗日一直到一九三七年，台灣人抗日從沒間斷過，有過好幾次壯烈的抵抗。至於香港，一般來說看不到這樣激烈的抵抗；從社會的分析來說，當時香港島和九龍半島基本上沒什麼居民，但是，英國攻打香港的時候，新界在對抗英帝國主義時曾打了一個有名的勝仗，三元里的鬥爭，那硬是打了一場漂亮的戰。台灣打了好幾個勝仗，對英、法都有打過勝仗，可是清朝顢頇無能，把一場明明打勝的仗抹煞了。清朝分為兩派，一派是主戰派，另一派是主和派，這兩派分別是主張積極堅持抵抗到底和覺得香港和台灣是彈丸之地不如就割讓給他們求個平安，就在這樣朝廷鬥爭下台灣被犧牲了。這是兩個地方不同和相同之處。

第三個比較也很有意義——族群的問題。當然我不太認同台灣有三個族群這種說法，說一個是少數民族，一個是講福佬話的族群，一個是講客家話的族群，這種分法我不贊成。總的來說，香港有三種語言，一種是廣東話，就是我們到香港去聽不懂，講不通的話；另外一種跟台灣完全一樣是客家話，客家話是香港很重要的一種語言；第三種很出乎我們意料之外的就是福佬話，我們的閩南語。

香港移民中最多的是與香港最接近的地區——廣府也就是廣州，廣州人，另外就是客家人、閩南人。我在查資料時，知道了福佬人只是一個說法，鶴佬人是一種，還有一種是學佬人。香港語言系統裡有兩個，一個是客家語系，一個是福佬語系，絕大部分是漢語的語系。香港有無少數民族嗎？有一個少數民族叫蜑家，是船民，這個民族是百越族的一個系統，自古以來就生活在船上，據說只有買東西才上岸，結婚和生小孩都在船上，他們的社會地位比較低，受到漢族歧視，可以說是賤民。

另外一個，曾先生講得很好，香港在殖民地化後成為英國資產階級的經濟思想、自由競爭實驗的地方，以一個彈丸之地完全充分實現自由經濟理論的一個地方。原本，自由競爭理論只能放在理論領域，變成一個大的範圍的實施是行不通的，但在香港它是真真確確地實現了。它是靠自由的商貿來維持香港的經濟，香港的統治當局也透過自由商貿來取得利益。因此香港的經濟在第二次世界大戰以前主要是商人資本和商業資本；它以對世界和中國貿易的商業資本、金融資本以及作為香港政府的公用事業，作為主要的經濟構成。台灣就不同，台灣一開始就進行殖民地式資本主義化的改造，進行農業資本主義改造，特別是糖業，日本治台又稱為糖業資本主義。世界的殖民地歷史，糖曾是一個很重要的原料，一個很重要的產業；日本占領出產糖的台灣使日本在世界帝國主義中，擠得一席之地，對日本貢獻很大。

一個是商業資本為主，一個是產業資本為主。自由港的原則是自由競爭，所以英國對香港很難用殖民地的歧視完全加以控制。英國在香港作為一個統治者，它占盡優勢，譬如金融資本，商業資本以及國家公用事業的獨占。同時，華人在自由港裡也得以發展，比如說：南北商貿，南北貨和南北行，因為華人需要中國人特殊吃的、用的東西，有人就把香港的東西運到內地，也有人把內地的東西運到香港供應華人，這叫作南北行。另外一個是中國傳統的錢莊、傳統金融。錢莊不斷的發展使得在港的華人發展成現代化的金融資本。另外一個是買辦，因為香港是帝國主義的殖民地，洋人和洋行充斥。因為洋人不一定會講中國話，但是為了要訂契約，做買賣和翻譯，就有了一些中國人幫他們做事，幫他們做事之餘也學會做生意，譬如說，有一個很有名的中美混血的大商人——何東。何東是買辦出身的一個大商人。

在殖民地體制下，原本土著是不用想分到一杯羹的，香港由於自由港的特色，被欺壓、受到歧視的華人逐漸地發展成了華人資本——華資。它的原始形態是南北行，錢莊和買辦，逐漸到了五、六〇年代從事紡織和加工出口業，到了七、八〇年代就跟英國人對抗，甚至買英國人產業，成為香港資本主義裡的華資，是一個非常重要的支柱。這個跟台灣的殖民地體制不太一樣，台灣資本家被排斥在糖業資本以外，你只能持股不能管理，而且入股有一定的比例，台灣人不能搞現代化產業，也不能開公司，後來被局限在土地資本，只能當地主。後來中日戰爭，台灣資本被壓得死死的，戰時台灣資本被壓到最低。這種情況，台人的資本在殖民地時期無法發展，跟香港比較起來，華資因為自由港的特色，華人資本有成長的空間，我覺得這是兩個殖民地非常有趣的一個不同的地方。

最後我講一點是有關殖民體制的結束。第二次世界大戰日本人垮了，日本帝國主義垮了，整個日本帝國垮了，所有日本的殖民地包括在亞洲或其他南洋等地，各個殖民地完全瓦解，日本就縮回他的日本島國。但由於冷戰的關係，美國把他保住了，今天他很神氣。英國就不一樣了，戰時日本摧枯拉朽，不用半天整個英國殖民政府就垮了，港督被抓起來，英國人被抓起來；白種英國人中看不中用，在華人的眼裡是個很大的教訓，原來白種人不優秀，亞洲人同樣把你打得死死的，這個是很重要歷史教訓。可是由於國際關係和剛剛所提的地緣政治的關係，冷戰跟國共內戰的關係，英國雖然很快地被日本打垮了，他還是大搖大擺在戰後占領香港，這是兩個地方很有趣的差別。

如果曾先生沒有再補充的話，我們下面稍微用一點時間來談談港、台兩地移民社會的異同。

三、港台移民社會的異同

曾健民：我還是有一點補充，對不起。

關於日本人在台灣的殖民體制問題，我剛才只講到前半段。在一九三七年之前，基本上日本是對台灣進行物資的掠奪。一九三七年盧溝橋事變和侵華戰爭以後，在實行皇民化、南進基地化和工業化這三化政策後，就把台灣當作人力資源的供應地，掠奪台灣人力，最後的結果是台灣有二十萬人被日本軍國主義送往戰場，有三萬多台灣籍日本兵喪生異國，不是為了自己的國家，不是為了自己的民族而喪生，這一點是我們必須認識到的。前半段日本對台灣的殖民是物質的掠奪，後來是人力和心靈的改造和掠奪，譬如皇民化運動的心靈掠奪，這種掠奪在世界殖民地史上也是少有的。他們採用皇民化的同化政策，而且在經濟上把台灣編組到大日本帝國經濟圈裡。當時台灣對外貿易就是對日本本國滿洲和朝鮮的貿易，然而隨著日本的戰敗，整個大日本帝國的崩潰，也就是大日本帝國經濟圈的崩潰，台灣的殖民地經濟也在戰後整個崩潰，從那天起，日本殖民者留給台灣的是一個殘破的社會；不只是物質的殘破而且是心靈的殘破。這是光復後的一個起點，也是我一直想要跟大家報告的，這是第一點。

再來，陳先生已經進入第三個議題，就是所謂香港社會是什麼社會的議題？這問題是我剛才講的三個名詞裡面的「一國兩制」和「港人治港」的重要基礎。

剛才陳先生談到有關香港轉口貿易時期形成了華資——華商資本，然後變成紡織資本。他這樣講法有對的地方也有不對的地方。實際上香港的人口是進進出出的，它一直隨著中國近代歷史的變化而變化。香港從五千多人的小漁村發展變成今天六百多萬人的一個資本主義社會，這之間，平地起高樓，不是從天而降的，而是有它的歷史過程。我們現在認識的香港主要是五〇年代以後發展出來的香港，因此香港的社會可分為兩個大的時期，以一九五〇年韓戰、冷戰作一個分水嶺。這之前，經過轉口貿易而產生的華人資本，就是現在香港人所講的世家資本，一直發展到今天，但不是主流；真正的主流是因為內戰的關係而從中國南逃的資本，這是一個主要的港資。六〇年代又有一批新興的資本家產生，那是隨著中國的文化大革命，英國人對香港沒信心，很多都撤離，房地產因而暴跌，在那時候以房地產買賣興起的資本就是新興資本，譬如說李嘉誠集團。在香港的華資由三個部分構成，其中一個是世家資本，五〇年代之前的轉口貿易時期開旅館、南北行和外貿賺得的錢所形成的資本。一個社會的構成當然是包括人口的構成，尤其對香港社會的了解必須要先了解在哪個時期，有哪些人在中國現代史的變動中逃到香港，慢慢形成了香港的社會，這是人口的構成方面。人口的變動構成也是經濟發展的構成。

陳映真：曾先生做了一個很重要的補充。關於香港的回歸還有台灣殖民地的歷史一直存在一個說法，所謂「殖民有理」論。它說：這樣的彈丸之島沒有英國人統治哪有今天。這說法就是說殖民地是好的，經過殖民地才能現代化。這種論調特別是日本殖民者和某些白種人很喜歡講。有些日本人來到台灣受到很好的款待，回去就吹牛：你看我們在台灣的殖民地制度是很成功的，有些台灣人看到我們還唱我們都不好意思唱的日本國歌、日本軍歌，唱得我們怪不好意思，可是心裡面是很高興，這說明台灣人不但不恨我們而且還歌頌我們呢。像這種似是而非的說法，等一下不知道有沒有時間來討論，可是在討論香港和台灣的殖民地化和非殖民地化問題時，這是一個非常重要的課題。

曾先生剛剛做了一個很重要的補充：日本人走了留下的是一個殘破的台灣，這跟一般說法不太一樣。許多人說：「若不是日本人在這裡鋪路造橋，哪有今天的經濟發展」，這是說台灣今天所有一切經濟發展基礎是日本給我們的，不是國民黨。因為討厭國民黨所以就把功勞歸給日本而不是國民黨。這個在經濟史觀點來說是完全錯誤的，我也不是說國民黨有多大的貢獻，可是以台灣經濟史的觀點來看，毫無疑問，台灣真正的工業化和產業化是光復以後，你討厭也好，喜歡也罷，這是個事實；但這不等於國民黨在道德和政治上是好的，這樣就扯得太遠了。

其次，我剛剛希望在很短的時間談談港台兩個移民社會簡單的比較。當然港台兩個社會的最大的共同點就是所謂的移民社會。可是有個不同的地方是香港的移民有好幾波，而且是不斷的在移民，一直到今天還在移民，有的人出去了有的人進來了。大陸現在有很多人蠢蠢欲動想要來香港淘金，有些賺飽的人覺得香港不太安穩就跑到外面去，一直到現在都進進出出。這裡就有兩個很大的差別，英國殖民地基本上沒有絕對地或作為政策地禁止內地的人向香港移民；可是日本統治台灣殖民地基本上對內地的人（中國大陸人）向台灣移民採取禁止的政策，所以我們最大的移民不是在日據時代，而是在滿清時代，為了生活一波波的人從內地跑到台灣來。台灣從日本殖民後當然有個別的移民來到台灣，比如說：有個別的福州人來台灣做廚師、來做理髮師、來做裁縫，可是沒有大批移民進來，這是兩個地方很大的不同之處。所以剛剛說的在一九五〇年以前香港的移民，基本上是逃避戰亂或者是尋求機會而來；這是一個很諷刺的一件事情，就是香港殖民地化有主了，讓英國人管了，社會相對是穩定了，那麼整個中國還在被帝國主義豆剖瓜分。被殖民的香港，實施的是種族隔離政策，白種人和中國人不能住在一起，中國人有一段時間的地位甚至比印度人還低。儘管如此，香港由於是自由港的關係，華人當中比較勤勞的人或者像世族從內地遷到香港，有機會做生意，利用香港的自由港的商機而發跡的華資，就是今天的華資的濫觴，這是毫無疑問的。

五〇年代以後大量的難民為了逃避共產黨跑到香港，富有人家包括上海幫和山東幫的紡織資本也跑到香港，一直不斷的移民構成香港的社會動力。這等一下我們會說明。

台灣的移民第一個是清朝時期來的，第二個是一九四九年國民黨的黨政軍百萬人跑到台灣來。移民構成的比較，我剛剛講過就不再重複。台灣的移民大概漢族系有兩種語系，香港移民有三種語系；香港如果找對地方，還有可以自由地用閩南語交談的地方，並不都是完全聽不懂的廣東話。另外一個比較有趣的現象，台灣人是不甘願的，特別是台獨的朋友，他們覺得中國如果是台灣的母親，那也是無情無義的母親，譬如說有很長的一段時間清政府禁止渡海來台，把我們弄得妻離子散。可是我們不要忘記香港的歷史同樣有內遷的歷史，那個比台灣更慘烈。清朝政府不准許內地的人渡海到台灣來，是怕台灣變成反清復明的基地，給清朝找麻煩，所以禁止人口到台灣。在大陸生活困難的人或者要依靠親友來台灣做羅漢腳，從事勞動，尋求生活不能來如此而已。可是內遷是把這一帶的人強迫遷回內地，就好像堅壁清野把香港變成一個不毛之地，連房子和事業都不能要了，遷徙的過程中發生了非常多的悲劇。可是香港人今天大概很少人會說自己對中國沒有感情，是因為我們歷史上有一個內遷；這也是移民史上兩方類似的地方，可是反應不同。

在移民社會性質上大體是相同的。從封建社會進入半封建社會，台灣也是一樣。台灣在日本人還沒來以前，就已經因為不平等條約而成為貿易港口的地方，有相當發達的商人資本、商業資本主義。賣糖，當然是黑糖也有部分提煉成白糖，加上樟腦和茶葉這三種商品透過英商的資本，透過行商和買辦銷行全世界。有人說台灣的文明開化是日本來了以後才開始，這些都不是正確的知識。日本人還沒來之前，我們對外貿易甚至有直接輪船對外國貿易，這跟香港的商人資本主義時代是有點類似的地方。港、台兩地移民社會的異同大概就是這幾點，曾先生是否有要補充。

曾健民：講到台灣在日本占領之前，十九世紀五〇年代到十九世紀的末期，因為列強五口通商，開放通商也帶動商品性農業經濟。一八五〇年之前，台灣的貿易主要是對岸的貿易。一八五〇年之後才有所謂的洋行，就是「媽振館」(merchant)。媽振館這個洋行的出現，台灣開始有大量對外國的貿易，糖、樟腦和茶葉是大宗。實際上，那時候的台灣跟現在一樣是出超的，但是在貿易收支上並沒有產生很大的黑字，最主要的是輸出糖，樟腦和茶葉，但輸入的大宗是鴉片。這一點很意外的跟英國人以鴉片貿易賺取中國大量的白銀、黃金是同樣的，這一點也是歷史上的一場巧合。日本占領的時候才開始把販賣鴉片的權利收歸為日本的台灣總督府，就是變成殖民者專賣，從鴉片專賣抽取重稅。鴉片在日本殖民時期大量生產，而且侵華戰爭時，鴉片是當作一個戰略性的戰爭武器。這問題，如果對台灣史有興趣的人可以研究，在日據時期，日本總督府專賣的鴉片的用途，尤其在戰爭時的去處；可以深深地挖掘下去。

再來談談香港移民社會的形成，主要以一九五〇年為一個分水嶺，之前和之後是兩個截然不同的形態。一九五〇年之前，香港的經濟扮演包括英國為主列強對中國轉口貿易的一個窗口，同時也是中國對世界貿易的一個窗口，這就是它的經濟基礎。移民社會形成方面，一九四九年之前經過了幾個大的變動，到了一九四九年已經發展成一百八十萬人口的地方。為什麼要以一九五〇年為一個界線？因為韓戰爆發。韓戰爆發、東亞冷戰對中國大陸的圍堵政策這樣一個大的局勢之下，對中國禁運，禁運讓香港經濟一落千丈。因為它本來主要的經濟力量就是對中國的貿易，跟中國貿易斷絕以後，香港的經濟當然衰退。但天無絕人之路，在國共內戰這段期間就有很多南逃的資本，主要是紡織資本，還有很多本來美國要援助中華民國的物資都停留在香港，並沒有進到中國大陸也沒有運到台灣，這也是日後發展的主要物質基礎。那時候中華民國對外面採購的主要是機器設備、原料，也都停留在香港。同時，南逃的人力也就是技術力。南逃的機器、技術、資本，這就構成了五〇年代以後，香港以製造業、加工出口業等製造業為基礎的經濟發展的出發點。我們今天所看到的香港，主要是在五〇代開始的。

四、冷戰下的港台

陳映真：我再補充一下。香港的這個資本主義社會的意識形態在五〇年代對台灣起很大的影響。出乎一般人意料之外，我們總覺得香港沒什麼文化，還能怎樣影響台灣。其實不然，一九五〇年剛剛戰後，香港的文學，小說、書、出版物對台灣的影響很大，特別是美國為了圍堵中國，以香港為基地，作為對亞洲和華語世界反共文化宣傳的一個基地。我們小時候都看過《今日世界》，這是香港很有名的友聯出版社所出，它專門出版一些反共的書籍，這種書很適合台灣使用，所以在台灣也風行一時，這個以後再來說。

台灣在一九五〇年後，或者一九四九年來台灣的大部分人口是所謂的「避秦」的人口，是反共的人口。所以港、台社會的發展，特別是五〇年代在人口學方面，在社會意識形態上受到國際冷戰和國共內戰影響很大。

接下來我們來談談冷戰對港、台的關係。香港在一九五〇年以後就變成了西方特別是美國圍堵中共，對中國的一個情報和間諜活動中心，反共文化思想前進的一個基地。例如美國CIA主持的諜報工作，一直到今天，美國在香港的大使館特別神秘，樓特別高也特別酷，進出也不曉得裡面搞什麼玩意，有一點像我們在好萊塢反共電影裡蘇聯大使館的味道。支持華語人口反共的文人，特別是反共政治家，當然包括所謂的第三勢力，也是在CIA的支援下以香港為基地在那裡發展，辦幾個刊物。我想鄭樹森先生這幾天在《聯合報・副刊》裡面講得挺詳細的，這是香港的狀況，它主要是文化、意識形態反共、反對中國的一個重要基地。

我們不要忘記，台灣更加直接地成為美國圍堵中國的軍事基地。一直到一九七九年台灣和美國斷交以前，台灣一直在《台美協防條約》底下，台灣有美軍協防司令部，美國的軍事力量滲透到中華民國國軍的每個部門。冷戰時期，台灣變成反對中國共產黨的情報和軍事活動中心，比如說有名的西方公司以金門為基地，還有U2飛機偵查大陸都是在台灣的空軍基地。總而言之，台灣在一九四五年理論上已經結束殖民地的地位，可是在某一個意義上它開始（有了）新殖民地的某些因素。在這樣情況下，一個舊殖民地香港，一個新殖民地台灣在戰後五〇年代以後的反共，圍堵中共的世界總體戰略擔任相同又不相同的任務，這是第一點。第二點，我覺得不同的地方是香港雖然是非常反共的地方，可是基本上香港還准許左派存在，共產黨作為一個地下黨的形式還可以在香港活動，雖然它受到很大的限制。一些左派的文人、出版社，甚至我們後來要講的中資，中國內部來香港的資本、百貨公司在香港有很多。雖然它是在美國控制很嚴苛的一個反共基地，可是另一方面，它也存在著中共的勢力，雖然勢力不大。一直到七〇年代，文化大革命結束後勢力才慢慢衰弱下來。可是台灣就不一樣了，台灣在一九四九年後在美國默許下展開白色恐怖，全部殲滅中共在台灣地下組織的人員，思想、哲學、社會科學、審美、文學藝術全部乾乾淨淨，這是跟香港相當不一樣的地方。

另外一個有趣的對比，在殖民體制下，香港的精英階級跟馬來西亞、新加坡一樣，受到英國殖民體制的影響都是留英系統占比較大的比例。他們的精英連講英文都是倫敦腔的英文，拿的學位也都是英國的學位。我們台灣的精英更加厲害，那全都是美國製造的PhD、Master，講的英文也都是KK音標的英文，講的英文也像美國，香港是連英文都像英國，所以兩地的精英階級一個是受到美國影響，另一個是受到英國影響，這是一個很有趣的情況。

我要再重複一下剛剛的話。中國大陸的影響在香港一直是存在的，從商品一直到機關，新華社、出版社等等。雖然這些人他們採取比較守勢的存在，非常難以發展，甚至在一九六七年的反英抗暴鬥爭裡面也是被打得糊里糊塗的，受到很大的打擊。台灣的左派，我不是說左派了不起，而是說在亞洲前殖民地、殖民地戰後，左翼曾是一個很重要的傳統，馬克思主義的學術，社會科學、思想、文學藝術是一個非常重要的傳統。可是台灣很早就把這個傳統斷絕了，在香港也不怎麼活躍；相對的，馬來西亞的左翼就比較活躍，李光耀先生出手整頓以前的新加坡左翼，其實也是馬來西亞的系統。亞非拉地區的文學家、社會科學家、哲學家左翼的傳統都還有，一直到今天還起到相當重要的作用。可是台灣從一九四九年到一九五〇年初期大整肅，槍斃了三千到四千人，讓將近一萬人去坐牢。這樣一個大的整肅，使台灣左翼傳統完全被消滅。日據時期以來，民族解放鬥爭的左翼傳統是儼然存在的，這個存在一直到美國冷戰體制跟中國國共內戰的內戰體制兩個體制的結合之下，這個重要的傳統完全被泯除了，所以台灣的知識分子，PhD、Master固然多，但是本地的知識生產力比較不夠。香港似乎也是這樣，雖然它們教授的待遇可能是全世界最好的，可是似乎在思想和學術各方面的貢獻不是太大，跟它的待遇比起來好像有點不對稱的味道。另外一個相同的地方是兩個社會都是極端反共的社會，這個反共不是政府強迫人民反共而是打從心裡反共。為什麼？因為是社會階級基本的轉變。一九四九年中國的革命使得跟革命不相容的人大量地跑到香港，成為香港的主要人口。今天從香港的和全中國的階級分析來說，他們是同一個歷史的產物。台灣也是一樣，五〇年東渡的人口當中比較大部分也是屬於中國革命所清洗出來的人口，這個情況是很相像的。總而言之，從冷戰結構跟國共內戰雙重結構看來，香港和台灣基本上有共同的特色。

當然，同中有異，他們之間還是有一些相異的地方。

曾健民：剛才陳先生針對現在台港兩方的文化層次跟意識形態問題進行了解說。

如果我們把它的視野擴大一點就會發現到，第二次世界大戰後發生一個很大的變化。就世界的體系來看，戰前以英國為主的世界霸權已經移轉到美國，也就是美國取代英國成為世界霸權。在這樣的情況下，美國的冷戰體制，英國是配合的，等於是同盟國。同盟國有它相同的利益也有不同的利益，但是在具體的香港來看，香港是英國統治的殖民地，所以美國的勢力是沒辦法深入進去的。在台灣就不一樣，主要是以國民黨為主的內戰體制，反共體制、反共復國體制跟美國所謂東亞大半月形對中國圍堵的體制在台灣結合，這就造就了一個極度集權的國家，就是大家所熟悉的十年以前權傾一時的國民黨威權體制。這是兩邊不一樣的地方。

而英國在香港維持的殖民地體制跟一百五十年前基本是一樣的；就是它只要獨占政治經濟的上層部分還有維持英國式的法制，不管在經濟生活上，文化生活上對香港社會採取一種積極不干涉的態度。在文化生活上，它是採取一種只要不過火就好的態度，因為四九年以後南逃的一、二百萬人口都是「避秦」的人。實際上，香港的政治論述和文化論述主要不是針對殖民體制而是圍繞著中國歷史、中國的現狀和中國的政治在討論的。譬如說：政治上的論述分為左派、右派還有反共也反蔣的第三勢力，第三勢力是美國支持的，就是陳先生說到一些中間偏右的知識分子。可是不管如何，香港的主流政治文化議題還是圍繞著中國的議題。

香港的文化構成很奇特，它還留有很濃厚的中國傳統文化的基底。另外還有一點很重要，它又是高度發展的資本主義社會，所以產生了一種所謂大都會、大眾文化的東西。實際上，港、台之間的文化交流，首先在五〇年代只是反共文學的交流，因為在那時候國民黨禁止大眾文化的東西，大眾文化是反反共的，這對反共沒有幫助，所以沒辦法進來。六〇年代左右有一些香港僑生來台就學，如果跟我同樣年紀的人大概都知道，當時僑生代表一種先進的、現代的形象，穿著香港衫，花襯衫和馬靴，像這種西方大眾文化形象跟台灣文化開始有了交流，那時香港的電影大眾文化大量流入台灣。現在台灣雖然解嚴了，實際上我們跟香港的文化交流是入超的；說交流是好聽，我們除了鄧麗君以外，幾乎很少有東西在香港流行，反而香港的文化一直源源地對台灣入超。為什麼會這樣？這是因為台灣沒有文化創造力，這當然有很多說法，政治的反共意識形態可能是台灣五十年文化創作的一大障礙。至於在經濟的發展上港台也不同，英國對香港採取一種自由競爭的市場體制，政府對經濟面是積極不干涉的態度。台灣的經濟發展是採取一種計畫經濟跟自由經濟的混合經濟，也就是由一個集權國家主導下的經濟發展，譬如現在兩岸經濟要戒急用忍，什麼叫戒急用忍，就是干涉經濟生活、經濟運作，到現在還是這樣的狀態。

台灣的經濟體跟香港的經濟體有什麼不同，這也是判斷七月一日以後中共對香港的一國兩制、港人治港、高度自治會不會付諸實現的一個判斷基準；如果沒有一個這樣的基本認識，只是感情用事，用意識形態絕對沒辦法清楚判斷香港的將來；對香港將來的判斷，只有從了解香港的經濟、香港的資本主義體制、香港的利益，就是以現實利益的觀點來觀察，才能比較客觀的預測。

五、港台資本主義發展比較

陳映真：看來我們的情況有點超過時間。時間相當有限。在這有限的時間裡我們要討論兩個問題。港、台兩地資本主義發展的比較，這當然是比較有趣的話題，這個話題本身就可以開一個學期的課，當然沒辦法在十分鐘裡說得清楚。不過我們抓緊時間，簡略地講一下我們的觀點。另外簡單說一下我們各自的結論，我想就應該把時間讓給觀眾了。

港、台兩地資本主義發展的歷程，我想把二十世紀以前的略而不論。剛剛曾先生說了很多，我是支持的，主要的原因取決於英國治理香港的經濟政策是所謂的自由競爭，以比較小的規模徹底地執行了這個政策，因而它作為自由港就一定不能管制。所以五〇年代我們台灣為了要積累資本，為了要取得缺少的外匯就必須搞進口替代。什麼叫進口替代？我們需要一些紡織品就到國外買，因為我們自己的紡織品很薄弱沒有力量而到國外買紡織來用，這個就需要外匯，可是台灣戰後外匯非常短缺，就用一個方法，我們從外面進口機器、紡紗自己來紡織，紡織成成品後就禁止別人的紡織品進口，否則別人以更便宜的價格來競爭，我們的工業就會受到傷害，所以進口替代一定和關稅保護互相聯繫在一起。香港作為自由港當然不能採取這樣的策略，這是第一點。

第二點曾先生剛剛講過，五〇年有巨大的變化，大量的人跑到香港，絕大部分的人生活非常艱難，你們在這次照片展覽裡面看到很多人住在貧民窟的木屋裡面生活，這個從資本家冷酷的眼睛看起來，它是一個很便宜的勞動力，極為廉價的勞動力，所以它有大量的，全世界最便宜的勞動力。另外一方面有勞動力，沒有資本也不行，剛剛曾先生說過的「避秦」的資本、美援的資本以及中途要進中國因中國在革命而停留香港的資本。勞動力和資本結合起來，一拍即合，這是香港經濟發展史上一個非常重要的轉捩點。我們可以說，在五〇年以前香港的經濟主要是透過商人資本或者商業資本主義在支撐，主要作為自由轉口貿易的一個經濟體制在運作；五〇年以後正式產生industry就是產業，產業資本在香港開始發跡，從四小龍歷史來說，它是最早搞加工出口的一個基地，這比韓國都早，比台灣更早，這是它一個很大不同的地方。

台灣到六〇年代才開始發展加工出口的產業，香港從五〇年代就開始，但共同在七〇年代達到高峰，這是第一個不同。第二個不同是台灣是個移入式的state，一個國家，雖然在外交上很少人承認它是個國家，可是從政治經濟學來說，它是個state，這個國家跟四小龍一樣，經濟發展是由國家所主導的。為什麼呢？因為這些社會由於過去的殖民地、半殖民地的歷史，沒有充分成長的資產階級，沒有辦法由一個本地資產階級領導一個產業化的運動，然後建設自己的國家。所以韓國也好、台灣也好、新加坡也好都有一個相當獨裁，強而有力，超然各階層的國家政權在那推動經濟發展。香港有點不同，它不是一個state，它是大英帝國的一個殖民地。在這個殖民地港督府的指導下，由於它是個自由經濟，所以也不強勢；可是不要誤會，世界上沒有絕對自由放任的政治，港督還是利用香港總督府的權力讓英國的資本占盡獨占的利益，這是殖民地合理的情況。同樣的，也沒有禁運，阻礙其他國家的資本發展，否則這個自由港就沒辦法運作，這是一個很大的不同。

台灣在美帝國主義支持跟控制下，進行資本體系下所允許的工業化，這工業化主要的目的是要顯現資本主義的優越性，圍堵中國大陸，所以世界資本主義體系讓出一定的利益，讓台灣進行經濟發展。台灣是個典型的、集權的專制下的經濟發展，跟韓國完全一樣，像全斗煥、朴正熙那是用拳頭來進行資本積累。香港就有所不同，這個有所不同也不是香港政府積極不干預的完全放任，它是放任和獨占結合的東西，這是第二點所要講的。

第三點，進入八〇年代有巨大的變化，也許曾先生可以補充。一九七六年文革結束，一九七九年第十一屆三中全會，一九七九年中國整個制度大轉換，這個轉換之大是任何一個反共的劇作家都沒辦法想像的。中國搞了改革開放政策，香港完全得了先機。七〇年代累積過剩的香港資本就得以向中國內地去擴張，所以今天香港島的概念已經不是香港島、九龍島跟新界，它如果作為一個經濟體，當然包括東莞、廣州在裡面，這樣它的資本就有巨大的發展。什麼巨大的發展？七〇年代香港的工資高漲，地價更是漲，在這樣的情況下，它得到大陸內地的資源。大陸的地價便宜、廠房便宜、勞動力便宜，所以在四小龍中，它的國際競爭力陡增，像一鍋煮開的水，沸沸揚揚，這是一個很大的變化。再說由於中共政策的變化，中國走向改革開放的道路，所以大量的中資，除了傳統中資以外，中共的金融資本、集團資本也跑到香港，香港的資本不但沒有跑掉，反而多了從中國來投資的大資本。現在中資、華資、英資已經鼎足而三。這樣的情況下，國際的資本如日本、美國也來了，所以香港不發達也難。反觀台灣，由於意識形態的關係、政治上的顧慮、民族統獨的問題，就採取了一種非經濟手段來阻止台灣資本的擴張；台灣資本面臨如八〇年初期香港一樣的問題，可是台灣就沒辦法自由的、順暢的到中國發展。實際上，經濟有經濟的原則，戒急用忍只是說說，資本有資本的邏輯，台灣資本還是往中國跑，戒急用忍是不可能完全阻擋的。從經濟學上來說經濟，還是經濟，不是意識形態。這三點我覺得是台灣資本主義跟香港資本主義的異同。講到這裡，以下請曾先生來補充。

曾健民：因為時間有限，我就把以下的補充當作結論。

所謂一國兩制五十年不變，不變的是什麼東西？資本主義體制。主角是誰？絕對不是一般的人，而是資本家。香港現在的行政長官是董建華，他應該也是採取一個商人政府的治理，主要在保護資本的利益。那麼香港的資本構成有哪些？如果以國籍來分，就是我們所謂的港資、中資、英資。港資就利用中國的改革開放，取得了一個廣大的腹地，然後有一個飛躍的成長，同時，中資也會漸漸地取代了英資。再過來談到英資，英資沒有大家想像的那麼小，它在香港還是維持很大的分量。其餘，就由東南亞資本、台資、美資所構成。

以下簡單地跟大家報告我這幾天整理報紙、雜誌報導所得的認識，大概有兩個結論。英國雖然交出了主權跟治權，但是英國的資本利益還是巨大的存在，怎麼存在？我們從幾方面來看：英國的控股公司或上市公司占有香港股票的主要成分，據統計大概有九千億美元，或許這個數字不必然準確，因為這是看報導得來的，總之就是英資仍占有很大的比例，這是第一點。第二點是英國的營建公司還有顧問公司已經取得香港的大型基礎建設契約，比如說新機場的建設。契約的金額約有一千七百億美元，這是很巨大的數字，加起來英國在香港的利益就將近一兆美元。除了這個還有，英國、中國之間的貿易一半以上是透過香港，英國在香港的公司大概有一千家，代理公司大概有兩千家。

那麼中資在香港的分量如何？現在有一千八百家的中國企業在香港有據點，上市公司約有八十八家，中資在香港股市所占的比例大概是十分之一，香港四分之一的存款是由中資銀行所掌握，保險業大概有百分之二十的保險費收入由中資管理；還有其它方面，譬如運輸、建築等。中國近幾年來，外來資本的投資總額大概有八百億美元，其中有六成來自香港。所以維持香港資本主義的繁榮對中國資本的投資也有很大的利益。香港的資本是多樣性而且互相滲透、持股、融合的，這連港、英政府也無法確切掌握。

英國的政治勢力撤退後，英國的資本沒有撤退，但是英國政治勢力撤退後接手的是誰，當然就是美國；如果從資本上來說，美國在香港的直接投資大概有一百四十億美元，而美國在香港的公司大概有一千家，裡面有三分之一是設在香港的亞洲headquarter，這是經濟上的關係。還有一點，美國在香港領事館有一千個工作人員，也就是說美國在全世界沒有如此龐大的領事館，它僅次於中國在香港的辦事處和英國領事館。美國與中國之間有一個協議：美國軍艦每年可以有八十艘停泊香港。總而言之，香港回歸後，在政治上、戰略上、經濟上兩邊的代表人應該是中國和美國；現在開始，大概是美國跟香港、中國之間以香港為一個issue的歷史，一個多事之秋！這是我的結論。謝謝。

陳映真：誠如曾先生所說的七月一號後，就要面臨一個極為重大的改變。像所有的殖民地一樣，殖民者離開以後，它留下的一定是深厚的經濟聯繫，即使香港也不例外。不過香港的非殖民地化跟英國其他地方非殖民地化有很大的不同。香港非殖民地化的過程，中國採取一個比較主動的立場，原來柴契爾夫人看準了中國經過長期文革的衰落，就將了中國一軍。為什麼呢？就是只剩下十幾年新界的租借就要結束，殖民地的土地，英國是用批租的方式，一次批租往往就是五十年，所以接著要批的租約就成了問題。柴契爾夫人就要中國乾脆把香港殖民地的租約延長，要不然就還給你，因為她覺得中國大概沒有力氣來接受殖民地的歸還，實際上，中國也真的是焦頭爛額。經過一九八〇年幾次的談判，中國採取主動的立場，完全按照中國的步驟、程序，而不是像過去英國(放棄)殖民地的過程和方法來交涉。當然英國還是留下很大的影響，可是總的來說，從今而後英衰中長的局面是不可避免，所以除了在地的華資以外，中資，東南亞的僑資綜合來看，將來有很大的機會。華資在香港可能還是占比較主要的地位，這是第一點。

第二點：一般而言，非殖民地化總是要殺幾個人，要清算一些漢奸和過去跟英國人合作的人，或是把殖民者打出去。台灣光復後就是如此，以前當日本員警的沒地方躲，日本人要被潑大便，這種是免不了的。可是我們所看到的香港非殖民地化是相當溫柔的，而且沒有很激烈的清算，這當然可以歌頌，這可說是中、英雙方運用一些智慧維持一個這樣的局面。可是從歷史來看，一些殖民地時代殘留的問題，也不能裝作沒看見。所以香港非殖民地化後，有很多的問題留待以後用比較特殊的方法加以處理，比方說殖民地時代政治問題、社會問題、思想、學術、文化等問題，怎麼擺脫？現在有一種很流行的說法就是後殖民，一些後殖民的問題要如何處理。不能說一國兩制、港人治港、和平過渡就算了，這就需要香港的知識分子，台灣的知識分子，再擴而言之就是全中國的知識分子，要去面對的一個具有現實性且尖銳的後殖民問題。

六、對「殖民地文明開化論」的批判

陳映真：我再用三分鐘的時間來談一下剛剛沒談到的問題。就是：殖民地是好的、有利的，殖民地是帶來文明與開化的，這樣的說法。今天無法加以申論，不過我用很簡單的幾句話來提出問題，以後有機會我們再來交換意見。

一種是說，殖民地固然殺人，中國人還不是殺來殺去，甚至中國人殺中國人比洋人殺中國人還狠，所以殖民地殺人不算什麼，比中國人自相殘殺還文明。這是一個匪夷所思的說法。基本上，每個國家都有階級的問題。比方說資本對於勞動的一種鎮壓、有形無形的殘害，這是一個民族裡，一個階級對其他階級的一種鎮壓、壓迫。殖民主義那就是一個民族對另外一個民族不分階級的一種壓迫，性質上不能同日而語，不能以這個來使殖民統治正當化。殖民統治不光是所謂物質、財富增長，何況不一定增長，而是深刻的對於一個人的人格很大的歧視，香港的殖民地化也一樣。香港基本上是採取種族隔離政策，華人的地位甚至低於印度人，不能住在一定的地區也不能進出一定的場合。翻翻香港的歷史，中國人被排斥在很多場合外，理由是因為中國人太卑賤、下等、不衛生，對於這種說法，現在也很流行。

第二個是說殖民地時代很清廉的問題。這一期的香港《明報》有一篇文章，我看了都很訝異。到了一九九〇年，對英國統治下貪汙的問題，還有百分之三、四十的香港人都認為香港的法制跟貪汙的情況非常嚴重。我們一般有這樣的印象，認為一九七四年的廉政公署成立後，香港就是一個非常廉潔的社會。台灣人也常常說日本時代很清廉，路不拾遺，日本人多麼有紀律，這都是謊言。殖民主義與腐敗是與生俱來的，是一個銅板的兩面。為什麼？民族壓迫、人格壓迫，英國在香港貪汙的歷史是史不絕書，今天沒有時間跟大家細講。

另外，有一種說法是說：沒有洋人就沒有經濟發展。這有兩個方面：一個是說洋人沒來以前我們是沒有經濟的。我們剛剛講過，日本人還沒來之前，台灣的國際貿易已經很發達了。從國際貿易的歷史來看，五口通商後，台灣的商業資本就有一定的發展，怎麼會沒有經濟呢？日本殖民下，那當然是在殖民地體制下的發展；戰後有其一定的特殊性，也就是所謂的國際冷戰和國共內戰以及美國霸權要圍堵中國的一個巧合情況下，美國、日本、四小龍三角貿易之間的一個特殊例子。如果殖民地一定帶來經濟發展，為何不看看今天的非洲，非洲的殖民地歷史比台灣長，它應該比台灣更發達吧。除了非洲以外，東南亞也是長期的殖民地化，為什麼這些國家長期把它們的婦女送到國外當幫傭來換取外匯？甚至更悲慘的像泰國用婦女的身體來作為外匯的來源。如果說殖民地是文明開化和經濟發展的源頭，請問還有許多比台灣、香港更古老的殖民地，為什麼它們的經濟發展只有更加的貧窮、國債高築、民生凋敝、國將不國。現在我們一般人就不想看非洲的影像，起先會同情，現在看到就討厭，那種樣子看了就殺風景，不是嗎？像這樣悲慘的殖民歷史遺留，不能完全要殖民主義負責任，可是殖民主義對這個民族、社會資源的傷害要負很大的責任。

另外是自由民主的說法，好像說香港回歸後就沒有民主自由了。老實說，中國改革開放以前，香港哪有民主自由。幾個中國人被選到立法局當議員，那只是個點綴，比台灣更為形式化。殖民地下在香港的中國人被殖民者汙蔑，哪有什麼人權。可是有人說英國人走了什麼人權、民主自由都完了，言外之意是洋人來了以後，中國人就有了自由民主與法治。法治是所有歌頌殖民地的人都要提的，什麼日本人給台灣帶來法治精神，英國人給香港法治。我看過一個電視節目，它提到很多在英國時代當過法官的人說：同樣的案子，英國人只要判刑幾個月，中國人可以長達十五年，這是殖民體制必然的現象。殖民對人類文明開化有用論，這是需要仔細分析的；馬克思說過帝國主義帶來新的生產方式，有它一定政治經濟學上進步的一面，特別是相對於過去封建時代，這是從生產方式方面來說，可是二十世紀後的殖民地化就不一樣，我們對殖民主義和資本主義的文明開化的作用，就應該做更進一步的科學分析。時間也很快，我們應該再給曾先生三分鐘的時間。

七、問與答（聽眾即席提問）

曾健民：該講的，陳先生大概都講過了。我們就開放時間給大家，我們已經超過預定時間，大家可能都很累，再以二十分鐘大家來自由交談，如果想提早離開的朋友，請便。如果想發問的朋友請舉手，不要客氣。

聽眾一：我想請教陳先生一個問題。在六月下旬，有一位學者在報上發表文章說：中共口口聲聲不承認不平等條約，可是在跟英國談判香港問題的時候，最後還是選擇在一九九七年七月一號收回香港。他認為中共這樣的動作，事實上等於是承認不平等條約的合法性，所以他認為中共是自打嘴巴。不知您對這種的說法有何看法？

陳映真：不承認不平等條約當然不只是中共如此。一九一九年，北洋政府在巴黎和會提出要求廢止不平等條約，要求歸還新界，人家不理。一九二四年，孫中山先生廣東政府也要求廢止。一九四三年，蔣介石先生也要求廢止。香港回歸的光榮不該只歸於中共，雖然中共在一九八〇年以後的談判居功厥偉，可是這份勝利和榮耀應該屬於全體長期以來反對帝國主義，反對殖民政府的人民和歷屆政府所有，這是第一點。第二點：政治這東西是非常現實的東西。中共在一九四九年，如果我沒記錯的話，它第一個不承認不平等條約。你說按照三個不平等條約割讓香港，我們就不承認這些條約，所以在一九七九年，它在聯合國要求把香港從聯合國的紀錄裡面的殖民地劃掉。為什麼？一個人民的中國還有殖民地，對它來說是個奇恥大辱，可是下面它有一句話：「在適當時期，以適當的方式收回香港。」，就像它對台灣一樣，恐怕派幾個軍隊，打幾個飛彈也可以拿回去。可是政治上的顧慮不比拿一個地產，這房子是我的，我的地契還在，不還我就揍你。這當然是一種做法，可是在政治上面，它還是要慢慢磨。你不能說它這樣慢慢的磨是沒志氣。我們一方面是說台灣是獨立的國家，我們不接受一國兩制，可是一方面又說你們沒出息，為什麼不來打我，這是說不通的事情。我也不是「為匪宣傳」，從八〇年代的談判過程看起來，中共說「在適當時期，以適當的方法收回香港」，我看他們做到了。不能說人家在吃麵，你在那邊喊太燙，或是你那邊喊該加點辣椒、胡椒。

我想長期以來，我們對民族的分裂，主觀的情緒占比較大部分。從歷史的巨眼和民族長期的觀點看起來，我想這種話說了跟沒說是一樣的。基本上，是不是能換個角度，從民族長遠發展的前途考慮；不能說，你看你就是沒出息，你不是說不承認，但明明是承認了呀！那又如何，中共的確把香港要回去了。我的看法是這樣，謝謝。

聽眾二：我非常敬佩陳先生多年來這麼積極而強烈的民族主義意識，我覺得民族主義可能給您一個很大的動力，包括準備這一次照片的搜集。

在我的感覺裡，民族主義可能也是一種意識形態，所以驅使您呈現在這次取材內容乃至於照片裡的說明，我覺得不夠客觀。也可能是您所呈現出來的特色，比方說，在中共接收之後的照片都是彩色、握手，感覺都是非常光明，包括在七月一號那天的取材都略為偏頗。事實上，同時也有些反抗和抗議，六四天安門的聚會也都沒有出現。所以我覺得要保持您的風格，如果要客觀一點，那樣的照片都可以放進去，這是一點。

另外一點是，人被自己的國家殺害，被殖民統治者殺害，在我看來都是一樣。比較有學問的人可能會認為這兩種是不同的，可是人畢竟是一種生物，被中國人或是英國人殺都是一樣被殺。站在民族主義的立場，當然會很高興香港回歸中國；剛剛有一句話說：回歸中國，英衰中長，我再加一句話：台灣衰，趨於沒落。我身為台灣人，站在中華民族的觀點，我也很高興；但以台灣人的觀點，為什麼一年前，中共要對我們打炮彈？想起來就火大！它水災的時候，我還捐助一大筆錢，卻換來這種結果，我心裡當然會非常複雜。

陳映真：感謝這位朋友非常直率地提出這些問題。我想這些問題可分為幾部分：民族主義、意識形態、照片黑白和彩色的問題、六四天安門的問題、殺人的問題、台灣衰的問題、台灣人的問題。這是好意，我也善意回應。

關於民族主義，現在有一種流行的說法：說陳映真是民族主義，照片是民族主義。曾幾何時，民族主義在台灣變成了一種負面的意義，變成一種罵人的話，這是很有趣的一件事。我這邊有幾張照片，裡面是描寫英國人要走了，有兩個英國人在那揮揚著米字旗，他們大概覺得如果沒有英國人，哪會有今天的香港，我雖然要走了但是我非常驕傲。這是不是民族主義？當然是。美國說為了越南的自由，他們要把越共趕出越南！什麼地方的利益跟美國有關，美國就毫不隱諱的表示跟那地方有關。這是不是民族主義？這是百分之一百二十的民族主義。雷根總統說：偉大的美國！我們為什麼不從台灣海峽撤退呢？我們為了保護美國的傳統。這也是民族主義。

世界上民族主義有兩種：一種是強者的民族主義，日本人說天皇陛下和大東亞共榮圈，這是不是民族主義？這是百分之一百三十五的民族主義。可是從社會科學的角度來看，這是現代資本主義化後的產物，由於資本主義的生產和商品需要有一個統一的市場，一個強而有力的中央政府，所以很多國家在民族國家的形成過程中，產生了民族主義，例如拿破崙的征戰，這都是民族主義。可是二十世紀，特別是十九世紀的殖民地化後，像鴉片戰爭中，我不買你的鴉片也不行，我們民窮財盡、國將不國，而且這也違反了自由貿易的原則。很多基督徒官僚說這樣不好，我對上帝不能交代，他還是照賣。像這種情況，人當然為了保護自己的文明種族和文化起而反抗，雖然它的資本主義還未發展。這是第二種民族主義，弱者的抵抗的民族主義。台灣在目前的情形下，沒有資格說民族主義是過時的產物。

站在國際資本和全球化的觀點來看，當然要反對民族主義；資本和商人是沒有國界的，大家一起來喝可口可樂，可樂的廣告一律是俊男美女，這種世界是國際資本主義的image。我們去過菲律賓，發現他們到處都是可口可樂的廣告，後來又注意到他們的瓶子有點小，原來是他們的消費力比較小。泰國人喝可口可樂像喝酒一樣，為什麼呢？因為可口可樂的消費對他們來說太貴了。所以民族主義沒那麼可恥，要看你所處的環境。

第二，意識形態的解釋變成罵人的話。意識形態有被罵的部分，第一點是因為他說的是錯誤的。比如王永慶講：所有打拼的人都可以跟我一樣，你今天不賺錢是因為你太懶惰，我是熬出頭的，今天我才成為大資本家。這也是意識形態。也有人說，今天在美國，只要努力你也可以當總統，林肯就是一個例子。這是不是一個現實呢？它是不現實的！有那麼幾個人出類拔萃，可是不代表所有被壓在底下的人都有一天會當總統，從社會結構來看，沒那種事情！這就是意識形態。第二，意識形態的說法就是一種想法，文學、藝術、哲學通通都是意識形態的一種。如果作為第二種解釋，意識形態並不是什麼罵人的話，只能說你的意識形態跟我的意識形態不一樣。就好像你對民族主義的看法跟我的不同一樣。

第三個是照片彩色和黑白的問題，十九世紀哪有什麼彩色照片？再來，七一我搜集這些照片的時候都在香港，中共當局的中通社，還有非中共當局的記者去拍都是彩色，現在沒有人拍黑白，所以彩色照比較多。關於六四的照片，我有三、四張的照片是幾百萬人表示抗議的照片，我想你大概沒看仔細。八〇年代的重大六四天安門事件中，除了天安門廣場以外，香港是全球華人聚集最多的地方，怎可以不紀念？

殺人的問題，請你不要誤會！我也很反對殺人。我自己被關了七年，在監獄裡聽到，很多人在一九五〇被槍斃了，有三、四千人。那個時候聽到有人被槍斃，跟現在聽到是很不一樣的，不是我自己怕被槍斃，只是覺得人為什麼被關在這裡，被拖出去槍斃。

至於台灣衰不衰的問題是取決於我們自己。不相信戒急用忍的人，就到對岸打拼，當然有賺有賠。至於衰不衰，我想也可以往兩位姓李的領導人去比較，一個是李登輝，一個是李光耀，這兩個人對跟中國做生意的看法很不一樣，哪一個對，我今天也不多講。資本有資本的腦筋，有它的邏輯，我想這個不需要多談。另外，有關台灣人的問題，我先輩是從福建安溪過來的，到我這代是第七代，肯定我是屬於中國的台灣人。（原刊按：換第二卷，陳先生之後回答的部分沒有錄到。）

這個香港歷史照片展覽會沒有別的意思，只是讓我們在香港這麼大的變化中，用很短的時間透過圖像來瞭解香港變化的歷史，請大家指教。

聽眾三：剛才您對過去的分析都非常深入和深刻，但是如果往前看的話，有一個大家關心的問題。有一種說法，在很多地方都報導過，可能不少人也同意，香港統一之後，法治的程度會不會受到中國幾千年來，不單只是共產黨幾十年來，人治勝過於法治或是法治不夠、干擾法治的問題，把香港現有的法治漸漸腐蝕或破壞。這當然對台灣也有現實的意義，不知您看法如何。

陳映真：謝謝您提出這樣的問題。誠懇地說起來，這是包括我都非常關心的事情。人治和法治的問題可從幾方面來看。基本上，我同意你的憂慮而且分享你的憂慮。可是從歷史看起來，法治和人治的問題是相對的，不是絕對的。我拿我的法治和別人相比是一樣的，絕對不是這樣，它應該有相對的看法。我們有一種說法：經濟發展應該在自由民主的環境下，才能成長。這一般大家都同意。可是四小龍的經驗恰恰相反，它們是在以行法治之名來行人治之實的地方。這也不是我為人治辯駁，而是這些地方都是由高高在上的超法治的state主導的經濟發展。正如馬克思所說的，國家主要的功能在於促進資本的積累跟擴大、再生產，在這種情況下，它可以採取民主法治的形式，有利的時候，它也可以採取強人獨裁或者是人治的方式，這是從政治經濟學的觀點來說。可是，這不代表我反對法治和自由民主。我想有誰能比一個喪失七年自由的人那樣深刻理解到人的權利的可貴？比方說班長的口哨一吹，你就得出去散步，已經這麼大而且讀過這麼多書的人，又因為一聲哨音就必須回到牢房。趕一群鴨子還沒那麼容易。為什麼？這是國家的一種強制力，國家代表一種暴力，哨音代表法律、監獄執行刑法各種管理。當時我是第一次看《六法全書》，以前我搞文學，讀法律要做什麼。可是我進到監獄後就跟家人說：不要請律師，沒太大功用。第一次看《六法全書》是帶著問題去看的，我不能說沒有一個人比我更加需要自由的人格，但是我可以說我同樣嚮往自由。

我也不是說，你放心，香港當然沒有問題，而是我們的的確確值得去觀察。看一個問題是否可用多元的方向加以關心。像我就不太欣賞李光耀，但是，他為了新加坡的經濟發展，在新加坡民族矛盾這麼強烈的情況下，而且西方媒體都預言它們會崩潰，然而，所有的憂慮和焦慮到現在沒有一個兌現，它的經濟沸沸揚揚的。但這不是等於以後沒有問題，那是讓我們要更加科學地去探討問題，而不是用抽象的思考。我謝謝這個誠懇的問題，謝謝大家。

曾健民：鼓掌完了，我們的座談會也差不多就結束了。結束之前，我插播一下。明天下午兩點也有一場演講會，這就已經不是從台灣的觀點來看香港了，而是從香港人看香港。我們請到兩位從香港來的朋友，一位是經濟學家在大學教書，一位是社會學家，還有一位往返港台之間，有豐富從商經驗的朋友。希望明天下午兩點，大家能來捧場。

初刊二〇一二年十月台灣社會科學出版社《方向叢刊1・東亞後殖民與批判》

1

此場對談為「香港：一個半世紀的滄桑」照片展的系列活動。時間：一九九七年七月四日；地點：台北市誠品書店敦南店。本文為對談當日發言紀錄，十五年後作為《東亞後殖民與批判》「香港回歸十五年」的特集內容刊出。

勞動黨關於香港回歸的聲明[1]

一九九七年七月一日，中國人民就要光榮地對曾經淪為英國殖民地凡一百五十餘年的香港，恢復行使主權。

這件世紀之末的頭等大事，標誌著西歐殖民主義對亞洲支配的終結；標誌著中國人民百年來不屈不撓、再接再厲的民族解放鬥爭，獲得了最終的勝利，也標誌著百餘年來飽受帝國主義和殖民主義所損害和壓迫的亞洲重新復興的時代已見端倪。

自從英帝國主義割占了香港，百餘年來，中國人民無時不圖廢棄不平等條約，收回香港。第一次世界大戰結束後，西歐帝國主義列強，在一九一九年召開巴黎和會。當時的國府代表，就曾明確提案，要求歸還英國租借的新界，但遭到列強的拒絕。一九二四年，國民黨在廣州根據地召開一大，宣言廢除一切帝國主義曾經強加於我的不平等條約。這就包含收回因不平等條約而喪失的領土主權。一九四五年，抗日戰爭勝利，國民政府也提出收回香港的要求，但因英國峻拒，美國讓步而不果。一九四九年，共和國建政，明確宣告不承認割占香港所依據的三個不平等條約，在「條件成熟」時，要「通過適當方式」，加以解決……。

遠在一九八四年《中英聯合聲明》向全世界明白宣布中國人民在一九九七年恢復對香港行使主權之前，中國歷屆政府皆曾以不懈的努力，向帝國主義列強要求廢除罪惡的不平等條約；要求收回被霸占的領土。今天，廣泛中國各族人民能夠堅定拒絕英方「三個條約繼續有效」、「以主權交換治權」等一連串圖謀將殖民體制永久化的無理要求，而終於能按照中國人民自己的願望、程序和方式，依據「一國兩制、港人治港」的方針，實現和平、穩定的過渡，勝利、光榮地收回了祖國百年的失土。應該說，這不僅僅是共和國政府的勝利和光榮，也是二十世紀以來為收回失土香港而鬥爭的廣泛人民和各屆政府共同的勝利和光榮。

鴉片戰爭以後，中國一步步淪為半殖民地半封建社會。中國社會的半殖民地化，以帝國主義列強在中國劃分勢力範圍、租界和割占澳門、香港和台灣等土地為特徵。帝國主義割占土地，使國土分斷，民族分裂。因此，百年來中國人民反對帝國主義的歷史，也是反對國土分斷，克服民族分裂的歷史。香港的平穩回歸，正是中國人民反對帝國主義分斷土地、克服民族分裂，在走向國家統一和民族團結道路上又一個新的勝利。

一九九七年以後，認識到中國社會處在社會主義初期階段，共和國提出了開放改革的政策，促進一個以國營經濟為主體、以集體所有制經濟和各種形式的私有制經濟為輔助的、「具有中國特色社會主義」體制的發展。從這個具體現實條件出發，為了解決歷史遺留下來的香港、澳門和台灣諸問題，共和國提出了在基本上維持和發展處於社會主義初期階段的大陸社會的條件下，保持港澳、台灣社會資本主義在一定的長時期中不予變化的方針，以資本主義性質的特別行政區，為社會主義初階段的內地社會調度資本，吸收技術和資訊，並充當與資本主義世界體系的聯繫的樞紐，為進一步提高中國經濟的快速發展，擴大生產的大規模化、現代化和社會化，從而為中國全體最終向社會主義過渡，做出貢獻。[2]

當前中國的具體社會性質，即中國社會主義初階段的性質，決定了香港特別行政區的社會性質，即在中國共產黨領導下的社會主義初階段社會下，以香港愛國的資產階級為中心的香港社會各階級統一戰線所支配的資本主義社會。

當面的歷史階段，即逐步解決過去帝國主義遺留下來的港澳台問題的歷史階段中，民族矛盾，即新舊帝國主義干預和阻撓我國家統一、民族團結的問題，一時高於階級矛盾，即工農階級的解放問題。維持香港特區資本制在一定長時期間不變的「一國兩制」，和建設以香港愛國的資產階級為核心的、主張愛國、回歸諸階級的、一定長時期間的統一戰線意義下的「港人治港」，於是有了深刻的現實意義。

今天，在這「一國兩制．港人治港」方針的指導下，中國人民和香港人民一道，在連接香港平穩回歸的歷程中，取得了初步的、重大的勝利。

勞動黨把我們民族的這一光榮和勝利，看成我們自己的光榮和勝利，並且為了進一步維護與鞏固這一項光榮和勝利，為了促進在「一國兩制．和平統一」方針下，最終達成中國完全的統一，做出我們的貢獻。

香港回歸，普天同慶！百年以來，包括港澳台人民在內的中國人民對帝國主義做百折不撓、前仆後繼的鬥爭，使帝國主義不但終竟亡不了中國，而且在勝利收回香港的巨大成就上，宣告了自己的復興、屹立與發展。

包括香港、澳門和台灣人民在內的中國人民，今天能收回香港，明天也一定能收回澳門，也一定能在「一國兩制．和平統一」的方針下，完成兩岸的統一。

約作於一九九七年，未署名

初刊一九九九年三月二十八日勞動黨五屆中央委員會秘書處編印《勞動黨四屆四代會以來　中央文件選編　1989-1999》

本文依據手稿校訂

1 本篇收入《勞動黨四屆四代會以來　中央文件選編　1989-1999》頁八七–八九，文前綴有發表時間一九九七年七月一日，但刪去手稿文末數段。本文據此排序，並按手稿之完整內容收錄校訂。

2 以下段落未收入《勞動黨四屆四代會以來　中央文件選編　1989-1999》。

台灣的美國化改造

台灣版序[1]

在台灣讀到丹陽的《回歸的旅途——給文琪的十五封信》（以下稱「這本書」），思想和感情上都受到很大的震動。

這本書的末尾，附有好幾篇大陸讀者回應的文章，說明這些讀者在讀完這本書之餘，如何也在思想和感情上受到了深刻的震動。

海峽兩岸，在不同的社會制度和歷史進程中睽隔了將近五十年。然而兩岸的知識分子在讀了這本書之後，竟而在他們的感情和思想中，引動了幾乎完全相同的震波。究其原因，恐怕就在於兩岸共有了在戰後的不同時期受到以美國高教體系為中心的文化殖民主義強烈挑戰的經驗。

因此，把我們比較熟悉的、戰後台灣的文化殖民地化之構造加以凝視，對於更好地理解這本書，應有一隅之得吧。

一八九五年，清廷在甲午戰敗後訂立恥辱的《馬關條約》，台灣淪為日帝的殖民地。台灣的

一九九七年七月

殖民地化，和香港一樣，是老大中國悲慘的半殖民地化的結構部分。因此，一九一五年以後，在島內殖民地高教體系中受盡歧視的台灣青年，或奔向日本、或奔向祖國大陸，去尋求現代知識的啟蒙。其中固然有人成為親日精英，幹上警察、醫生、教師、律師……，也有人成為依附國府在光復後衣錦榮歸的「半山」系精英，但更多地受到二〇年代和三〇年代日本和大陸的民族解放運動的深刻影響，不但在日本和大陸內地參加革命，並且紛紛帶著變革的理想和知識回到故鄉台灣，廣泛地參加「文化協會」、「農民組合」甚至台共，推動了自二〇年代以迄一九三一年的大鎮壓為止、前仆後繼、風起雲湧的民族民主運動。

從一九四五年到一九四九年底，有一些留日回台和本地現代的前進的知識分子，經歷了一九四七年的二月事件，對舊中國完全失去了希望和幻想，蜂湧著尋找並且加入了中共在台灣的地下黨。一九四九年底到一九五二年，在美國艦隊冷戰封斷海峽形勢下，島上展開了持續三年多異端撲殺的恐怖肅清(red purge)，五千人刑死，萬餘人投獄。不但黨人遭到大屠，組織潰滅，從日據期英勇艱苦的民族民主運動中積累下來的解放的社會科學、哲學和文藝傳承，受到了根本性的摧殘。

一九五〇年韓戰爆發，美國武裝占據台灣，封斷海峽，進一步將台灣改造成封鎖中國大陸的軍事基地，並逐步建設深入干涉台灣經濟、政治、軍事、外交和文化的「援助」體制。龐大、強有力、多金的美國「援助」機關，深入到台灣經濟、軍事、財經和文教部門，並對台灣的政治、外交的一般，起到全面指導監督和影響作用。

美國的「援助」計畫打從一九五〇年開始就展開頻繁的台美間人員交流，人員培訓等活動。設在台灣北、中、南美國使領館的「美國新聞處」（USIS）藉著圖書、展覽演出和文化活動向青年知識分子宣傳美國的「民主」、「自由」、「富足」、「友好」，宣傳美國如何對他人領土不抱野心，宣傳美國的科技、文化和令人豔羨的文明開化，當然也宣傳以舊蘇聯為首的「共產世界」如何貧困落後、獨裁、及其必然的衰敗等等，影響深遠。

「美國新聞處」並且「發掘」和有計畫栽培台灣的畫家、文學家和學者，提供他們到美國參觀訪問和進修的優渥條件。除此之外，美國新聞處還有一項至今成效卓著的工作，即廣泛介紹和協助青年學生到美國接受碩士以上高等教育。這項工作包括提供美國大專院校的相關資訊，協助申請獎學金等等。五〇年代以後，一批又一批台灣學生湧到北美洲「深造」。經過將近五十年後，為台灣積累了大量美國製造的博士和碩士，廣泛地占據了台灣政治、外交、軍事、經濟、金融、文化、教育等各個領域中的領導高地，影響至深且遠。原來，自四〇年末開始，尤其眼看國共內戰形勢急速逆轉，美國對台政策的主要精神，在於塑造和保證一個「非（反）共、親美、與中國分立的台灣」。這個一直持續有效於今日的政策，從今日台灣廣大精英層一般地親美、反共，感情上和政治上必欲脫離中國的這麼一個政治局面看來，顯然績效卓著。而政策成功的主要原因之一，便是五十年來通過人員培訓、人員交換和留學政策十分「成功」地在台灣培育了大批滿腦子美國價值的留美精英，由他們廣泛、深入地占據了台灣政界、官僚系統、產業界和文教學術界的結果。美國意識形態和價值體系成為台灣朝野精英共同的思想和意志。普天之下，估計沒有其他的社會像台灣學者那樣，向美國廣泛地一面倒，一至於斯。

使台灣知識分子全面向美國屈膝的機制，和丹陽在這本書裡指出的、包括中國在內的第三世界留學美國的「人尖子」們如何成為當代智力奴隸而滯留美國的機制，有相同之處，也有為台灣所獨有的地方。

先說特殊的地方。五〇年代的反共肅清，徹底清除了台灣的反帝民族解放的思想和知識。很長一段時期，在台灣反對和批評美國，可能招來足以破身亡家的「匪諜」帽子。台灣知識界喪失了第三世界前進的知識界批判戰後世界新殖民主義霸主美國的知識、思想和能力。另一方面，美國在東亞冷戰構造下，以反共安全體制深入台灣的文教和社會的肌理，在青年、知識分子的心中，早早建立了美國強大、文明、開化、富裕的形象。至今「學優而留美」，成了台灣青年學生最高的價值。

然而讀丹陽這本書，才知道經歷社會主義思想洗禮，在五、六〇年代高聲呼喊過反對美帝國主義的中國大陸的青年學子，在八〇年代中期後，竟也曾經一度瘋狂地崇美親美；而一直到今日，正如丹陽這本書所描寫，大陸留美的「人尖子」中，過度崇媚美國，又極度輕賤自己祖國的人，竟而也大有人在！

這也許就得從第三世界知識分子對美屈服構造的共通性去尋找答案。

首先是美國著名大學的威望。戰後美國國勢高漲，很快取代了英國，成為世界資本主義體系的豪強，其政治、經濟、外交、軍事威力無遠不屆，鼎盛一時。在美國戰後大擴張的過程中，美國著名大學、研究機關、各種文教基金會也隨著各種美國對外「援助」計畫，人員訓練和人員交換計畫、透過國務院、中情局交辦的各種涉外研究——主要為戰後冷戰體制中美國戰略利益服務的各項「研究」，而鋪天蓋地地伸向美國勢力範圍下第三世界各國高教領域。於是類如哈佛之類的美國長春藤高校，在第三世界青年的心目中變成了最高學問、知識、文明和開化的象徵。進入這一類名校，獲得這類名校的獎學金，取得其博士學位，意味著在學識、人格上更靠近強大的美國，上足以被美國精英社會接納為同儕，下足以在知識、人格上高國人一等。於是，特別是在美國勢力範圍內的第三世界知識分子，莫不爭先恐後，想方設法，到美國深造，從而形成對美國高教體系及其所代表的美國國益和美國意識形態的屈服機制。

這屈服機制的第二個支柱，便是丹陽所指出的「勞動價值與交換價值間的差距」所造成的，滲透到一切美國所支持的人員交換計畫、人員培訓計畫、獎學金和基金會體制中每一個細部的、強勢美元所起到的作用。

特別是戰後的五、六〇年代，第三世界經濟落後，生活窘困。在二戰中以軍事工業的擴張帶動戰後新能源、新技術、新的耐久消費財產品的開發，加上企業跨國化組織的整編，使美國成為戰後世界資本主義體系中最強大的國家，而美元也相應地成為世界上最強勢的通貨。在美國的一筆美元小錢，在第三世界的生活中會翻譯成一筆相當的財富。

美國充分利用了這國際匯率上的不平等結構，最大限度地伸張美國對世界的物質影響和控制。美國支持的人員培訓、人員交換計畫中發給的薪資和費用，以美元形式表現的獎學金、津貼、基金補助等，對第三世界知識分子發揮了極大的物質上和精神上的吸引作用。正如丹陽在這本書上指出的那樣，美國以大大低於美國正常給付的代價，就可以讓第三世界貧困人民的勞動辛辛苦苦培育出來的智力，滯留美國，為美國所用；或向美國盡情傾吐祖國各領域的虛實以交換美元；甚至出賣對祖國的忠誠，不論身在美國或回國工作，終身成為美國忠誠不二的「合作的精英分子」(collaborating elite)。

第三個屈服機制是語言。英語作為強大國美國的語言，便附麗著一切與美國有關的政治、軍事、文化上「正面」的價值。因此，會不會說寫英語，會不會標準地、道地地、優美地說寫英語，在第三世界知識分子中成為評價一個人的知識、文明開化程度甚至人格的標準。跨過英語說寫力的門檻，第三世界知識分子於是進入英語世界的思想方式、價值體系、西方知識的意識形態的邏輯世界之中。語言的改造，是對一個人的民族國家忠誠的改造，也是價值系統和意識形態的改造。被改造的人，在思想情感上逐漸和自己的祖國與民眾剝離，而自以為自己變成了美國或西方精神和文化的一部分。留學美國的制度，便透過第三世界知識分子對英語的崇拜和屈服機制，改造成身在美國或身在祖鄉的，美國價值、利益和意識形態的代理人。

為了在美國的學院世界出世和立足，在美國學院體系下的研究主題和思想，往往受到指導教授，支持研究的機構的意識形態、政治和利益的嚴格制約。在研究議題上，極大限度受到對美國或西方為重要、相關的議題——而不是對留學者祖國社會為重要、相關、有利的議題——的制約，否則，就極難取得學位。更多的時候，正如丹陽所指出的那樣，往往要按照美國的國益、政策、方針去做有害於自己祖國的調查和研究，否則，就極難取得學位。其結果，是美國在遼闊的第三世界，培育了大批為美國霸權秩序(Pax Americana)服務的、滿腦子美國價值和意識形態的、美國-白人中心的「合作精英」階層，或在北美學園、大企業和研究機關；或在自己祖國的產業、官僚、學術、文教各界，為美國的利益忠謹服務。第三世界國家每多了一個這種美國的「合作精英」，她自己就失去了一個祖國勤勞人民艱難養育出來的「尖子」同胞的忠誠。美國的國家權力和學術、文化的結合體所發揮的意識形態霸權，是這種「屈服機制」的第四個方面。

第五個「屈服機制」源自留學國美國的生活。對於第三世界知識分子，美國「生活水準」和他們貧困的本國者相去不啻雲泥。從薪給、研究費、住房、日常消費用品、社會福利以至於研究設備、施設和學研環境，都是一個留學生一旦返國就要有覺悟立刻與之斷絕的。在相應於先進國先進環境、生活、設施而發展的先進科學、技術和知識，一旦離開先進的環境，回到近於前現代的祖國社會，不能不頓時失效，研究不能不中斷，技術無用武之地。此外，社會保險體制，住房、耐久消費財的預付制等形成的枷鎖，都使留學學者的生活和美國資本主義體制發生盤根錯雜的糾葛，動彈不得，形成了使第三世界滯美知識分子歡歡喜喜地「屈服」不歸的機制。

殖民地制度的傷害，絕不只限於物質上的掠奪和社會的貧困化，也不只限於肉體上的壓榨、苦役和拷問。殖民地體制對於人的人格、精神和靈魂的加害，有時歷數代猶無以療癒。舊殖民制如此，戰後的新殖民制亦復如此。

殖民主義的內核，是現代產業資本對前現代社會之勞動和資源的強權占有與剝削。而以這種殘酷占有與剝奪為實體的殖民地制度，殖民者的意識形態卻以「文明」對落後、「現代化」對後進的評價，將殖民主義的野蠻作用加以合理化、加以美化。殖民壓迫者和掠奪者變成了教育者、文明開化的教化師、現代化的傳播者和建設者。而被殖民者卻成了愚昧、未開——落後的土著，沒有殖民者的教化，不經由按照殖民者形象自我改造的努力，永難於成為現代文明世界的一員。

於是，被殖民者的抵抗和忿怒，轉變成對殖民者的歆羡、崇拜、取媚和依附；被壓迫者的自尊、義憤轉變成自卑、自棄；而極度的自卑、自慚發展成對自己民族、文化和祖國的恨惡和憎厭。而這種「近親憎惡」，又表現於自己在語言、生活方式、思維方式、民族和國家認同上向殖民者世界的投靠、降服、依附和自動自願的同化。

在日本殖民統治下的台灣，殖民地現實生活存在的嚴峻的民族與階級的壓迫與歧視構造，使被殖民者墮入絕望的自卑與自慚。日本侵華戰爭前夕，為了強化被殖民者在支援侵華戰爭中的忠誠，日本人在台灣展開的「皇民化」洗腦運動，正是利用被殖民者極度的民族自卑，而後開啟一條透過「皇民煉成」(意謂自我改造成皇國日本的國民之一員)而求取與日本人「一體平等」的地位的途徑的欺騙性同化運動。皇民化即非中國人化，亦即脫(離)中國化。因為戰後在台灣的中國內戰與國際冷戰雙重構造下，在台灣未經清算的皇民主義，終究發展成為今日以親帝國主義(美、日)、反華、反共、脫華為本質的「台灣獨立運動」，便是一個慘痛的實例。

而在丹陽的這本書中，文化殖民的傷痕則表現為大陸滯美一部分知識分子之貶憎中國，崇揚美國，以改隸入籍於美國而自得，背叛自己的祖國，對洋人「低眉順目」而贏取洋人支給「不同政見者」的津貼……一類的人物。新殖民主義對人格心靈的殘害，曷勝乎此！

當然，這卑瑣猥賤的圖畫，絕不是第三世界知識分子的全部描寫。人們可以舉出成篇累牘的人名和歷史，高舉在殖民地宗主國接受教育而對民族解放的知識與運動張開了眼睛，英雄地投身於實踐的、第三世界革命家、革命的思想家、醫生、教授、文學家和社會運動家。正是他們，從戰後的五、六〇年代，就在美帝國主義的新殖民主義支配下悲慘的土地上，豎起反美民族民主鬥爭的偉大旗幟，從四面八方的被壓迫民族年輕學生的喉嚨，發出「美帝國主義滾回去！」的吶喊。

因五〇年代初血腥的異端撲殺運動而荒廢、而白色化的台灣當地和留學美國的知識分子，竟而在七〇年初保釣愛國運動的左翼，在乍響的春雷中，掙破了五〇年代以來內戰和冷戰意識形態的枷鎖，展開了認識中國革命、認識中國現當代史的運動，從而對製造美國「合作精英」的留學體制展開了批判和反省運動。

這個反省運動影響深遠。離開保釣左翼的這一思想運動，七二年到七四年的現代（主義）詩批判和七七年到七八年的鄉土文學論爭就無從理解。但由於種種複雜的原因，保釣左翼在理論、社會科學上不暇建樹，隨大陸文革的落幕而終場，卻迎來八〇年代台灣分離主義的反動。

一九七六年文革結束。在全面否定文革，並且大幅度向著改革開放換軌的八〇年代上半，大陸年輕的知識界發展了從官學化的馬列毛體系掉頭，轉向目迷五色的西方的傾向。但十年而後，歷史挑選了丹陽的這本書，對這個傾向提出了深刻而生動的反省和批判。

丹陽的書和文章在大陸刊出之後，迎來廣泛知識分子、勞動者、市民和學生的廣泛而激動的反響。這激動的反響，說明社會、民眾與「合作精英」之間的龜裂，表現了大陸社會、知識、文化界健康的一面。當新殖民主義「合作精英」成為社會、民眾崇拜諂迎的對象；成為知識、文化界爭相豔羨模仿的對象，甚至成為一個社會思想、學術、價值體系的權威，問題就會十分嚴重了。

丹陽這本書，在寫作上沒有採取厚重的論說方式。丹陽極其成功地以人物形象的塑造與描寫，把深層的思想和鮮活動人的情感揉合起來，造成一種光是理論論述所絕不能達成的、深刻的感染力，把反省和批判的種子，深植人心，讓它在日後的生活中萌芽。

但是丹陽的反思，還有待更多類似丹陽的，懷抱著主體意識和反思意識的中國知識分子，將反思進一步發展為對當前中國社會實然的本質之科學的、具體而深刻的研究，探索祖國前去的方向，而蔚為一個新的思想和社會科學的運動，才能有效地斬斷美國意識形態支配複雜而頑強的機制。

這是為什麼在台灣的我和不少的朋友對丹陽這本書感到激動的原因。而如果台灣的保釣運動左翼在七〇年代的反省／批判運動在八〇年代後的弱質化有其歷史的、社會的複雜因素，那壓，以丹陽這本書為象徵的大陸知識分子對待文化殖民主義的反省和批判的發展前途，也引起我們密切而熱情的關注。

敬以為序。

一九九七年七月

初刊一九九八年六月人間出版社《回歸的旅途——給文琪的十五封信》（丹陽著）

1 本篇為《回歸的旅途》台灣版書序。

一個「新史觀」的破綻

一、為「獨立」的台灣打造「國家」意識形態

一個國家所修訂的歷史教科書，是一個國家的「國家歷史」的一部分；是打造各該國統治階級的國家意識和國民意識的重要工具，具有強烈的意識形態目的。因而，美國的歷史教科書，一般地不能不是白人、尤其是所謂「瓦斯普」（WASP＝白人・盎哥魯・撒克遜・新教徒）中心的、宣揚美國霸權秩序（Pax Americana）的歷史，日本歷史教科書，對日本發動侵華戰爭、發動太平洋戰爭責任及其戰爭歷史敘述，向來堅守天皇國家體制的基本價值，對二十年來要求修改的呼聲，寸步不讓。杜正勝教授（以下敬稱略）所說，由「自我解放」的「歷史家」寫成的「更自主、更客觀地了解歷史本質，和人類生存的目的」的歷史教科書，客觀上是從來不曾存在過的。因此，杜正勝所「主持」編寫出爐的這套國中《認識台灣》（歷史篇與社會篇）教科書當然也不例

外。而由於編寫過於粗陋，使它為台灣虛構中的「新國家」打造國家認同、國民意識的本質，暴露無遺，反倒「誠實」地表現了「御用」之性格。

杜正勝曾在〈從根扎起，認同這塊土地〉中，以悲忿的語調說：「四十八年後才要認識台灣，就教育而言是偏頗，就政治而言是失策，就社會而言是恥辱！」

看來，杜正勝並不了解「四十八年後」才由他領軍「認識台灣」的社會的、政治的根源。

一九四九年底，在一場巨大的社會革命中被推翻的國民政府撤守台灣，風雨飄搖，危在旦夕。一九五〇年六月，韓戰一聲炮響，東西冷戰達到高峰。美國武裝干預中國內戰，封斷海峽。在國際上，美國恃其強權，抹殺中共政權的存在長達二十餘年，而以在外交、政治、軍事、經濟上支持台灣，強以「中華民國」代表中國，從而支撐台灣在國際社會中的地位，為美國在東亞反共冷戰戰略利益，賦予台灣以國際合法性，使國府得以依仗這個國際合法性，取得了對內統治的合法性，從而得以在美國支持下，在台灣實施「『白色恐怖』統治」，使人民的言論、集會、結社等自由受到很大的限制。

美國炮製的、「合法」的「代表全中國」的中華民國，當然必須建構和維持它在政治上、文化上的正統性。作為美國遏制中共的基地的中華民國；作為宣稱最終要「反攻大陸」、「反共抗俄」、「解放同胞」、在文化上要「復興中華文化」的聖地，蔣介石統治下中華民國的「史學」，當然不能不反映這虛構「國家」的意識形態，即表現為杜正勝所深惡痛絕的「以中國政權之正統自居，也以中國文化之正統自任」的，包括歷史科學在內的台灣的人文社會科學。

到了一九七〇年代，第一次冷戰轉緩，中共進入聯合國，台灣相繼喪失了國際承認。迨一九七九年美國轉而承認中共，台灣政權的國際合法性遭受重大挫折，並且從而根本性地危及國府對台灣統治的內在合法性。深知危機嚴重性的蔣經國，展開了既欲繼續維持國民黨統治的獨占性，又要緩進地進行政權「台灣化」的「改革」，在另一方面又開放大陸探親，試圖多方面摸索重建政權合法性的途徑。

在政權統治合法性壓力急速升高，蔣經國個人的健康迅速惡化而終至撒手人寰的條件下，台灣和韓國一樣，展開了由上而下的、基本上維持政權的反動保守性條件下的「民主化」重組——而不是在野民主化勢力和進步力量的革命、政變，即由下而上的構造變革。

但與韓國不一樣的是，朝鮮半島分成南北兩韓，是經國際協議而分斷的兩個主權。而海峽兩岸的分斷，是在冷戰局勢下，由美國強權干涉而凍結的中國內戰，性質上畢竟是中國內政。一九七〇年代中共的國際合法性大幅恢復，國府作為一個「國家」統治台灣的內外合法性焦慮日益嚴重，甚至「台灣人」總統李登輝就任總統以後亦不能稍緩。

而正是這切膚的合法性焦慮，促使李登輝政權廢除《動員戡亂法》、放棄對全大陸的主權主張，放棄一個中國的原則，積極奔向「兩個中國」論，以台澎金馬為界，以巨額金錢收買國際承認企圖賄買進入聯合國，遊說美國國會爭取支持……。

除此以外，「中華民國在台灣」強力推動普選省長與總統，廢省和修憲，都在企圖以「國際化」、「脫中國化」和「台灣化」來建立自中國脫離出去的台灣的合法性。

從這個歷史的、社會政治的脈絡看，由杜正勝主持修改台灣歷史教科書，其實就是為了把台灣從中國分離出去，另建一個新的國民國家而鍛造新的、脫離於中國的國家意識形態和相應的國民意識形態的營為。

這就是為什麼要等到「四十八年之後」，由杜正勝和他的同夥「歷史家」們出來炮製一套《認識台灣》的教科書的政治經濟學的緣由。在這個意義上，當杜正勝說「一個時代有一個時代的史學，新的時代往往孕育出新的史學」，確實說明了台灣戰後資本主義所培育的資產階級的一個分派——一個反中國、親美日、反民族、反統一的分派——在急迫地尋求依附西方、脫離中國、以建新「國」的「時代」，焦躁魯莽地打造新的分離主義「史學」的事實。

然而，就怕這些「新」「歷史家」們所狂喜地預言的「新時代」，從全局去看，或者竟未必是一個「勢頭強猛、莫之能禦」的、「擺脫大中國意識的籠罩、努力建立台灣的主體意識……」的「新時代」，反而是包括兩岸「漢人」在內的華人工業化經濟的跨世紀發展；一個包括中國在內的亞洲自覺、脫歐美、兩岸由分而合的「新時代」底開端，則杜正勝的「新的世界觀、新的史觀」，就不免淪為時代的反動了。

二、是國策歷史，不是歷史哲學

在〈一個新史觀的誕生〉一文中，杜正勝說他的台灣史的「同心圓」論，即「以台灣做中心，一圈圈往外認識世界、認識歷史」，「是一種世界觀，也是一種新史觀」。世界觀、史觀，屬於哲學的範疇，尤其史觀，屬於歷史哲學的範疇。

然而縱觀全文，杜正勝的史論，絕不是可以比較廣泛地解釋歷史的本質、運動和發展等等的歷史哲學，而是為一個虛構的新台灣國家建造民族論、國家論和社會論的「國策」歷史。

杜正勝自己在很多地方透露了這個真相。在台灣政權外在和內在合法性受到重大質疑，即杜正勝所說台灣的「國家定位和未來的走向」「這個棘手的問題」「浮現」時，杜正勝覺得需要有一個新的「史觀來面對我們台灣……的新局勢」。而他那「一個新史觀於是逐漸成形」。

在另外的段落，杜正勝說他的新史觀是他「對台灣現實處境和未來走向提供的方針」。杜正勝的自白，說明他的史學，只是為當前台灣「國家政權」面對的「國家定位」、國家「未來走向」和合法性危機提供解決的方針政策所需要的歷史依據和「理論」，是政策，是國家政權的文宣提綱，不是什麼新的世界觀和史觀。

事實上，杜正勝也承認他的新史觀只是代「歷史研究和歷史教學」的「新角度」和「初步綱領」，「和歷史哲學家所講嚴格意義的史觀，如唯心或唯物史觀不同」。作為「歷史家」，杜正勝竟以為歷史哲學根本「沒有意義」。杜正勝的「史論」，歸根結柢，是反對民族團結與和解，配合當前朝野權力「造國」、「建國」運動的史論，是對於克服民族分裂，恢復民族團結的歷史歸趨恆有深刻焦慮的史論。他說他「作為一個歷史學者」，深知過去那套以中國為主體的史觀，有可能成為台灣的「『緊箍咒』非奮力突破不足以生存」。他的史學正是要用來「突破」這「緊箍咒」的武器；當他看見因為「中華民國是一個國家，政治上與現在中國大陸上的中華人民共和國不相隸屬，但在民族、文化上，與該政權統治下的人民則有深厚的淵源」所造成的「『國家認同』與『文化認同』」間的矛盾時，他的史論，正是要用來解決這矛盾的「糾葛」。在另外一篇短評中，杜正勝乾脆主張回到「反共抗俄」冷戰時代蔣介石的號召——「反對共匪泯滅人性」，「反對極權專制」，從而提出冷戰時代老掉大牙的綱目——「堅守民主、重視人權、發揮自由」來甄別真台灣人和「掛羊頭賣狗肉的台灣人」，看來恐怕大有肅清內亂，鞏固堡壘的殺氣。

儘管杜正勝力言他所「主持的《認識台灣》（社會論）不想介入統獨之爭，也沒有流派意識」，但他的史論如何地是為分離於中國的新台灣「國家」打造國家意識形態，建構台灣的「國家歷史」，反對民族和解，為民族分裂的固定化和永久化服務——而不是什麼世界觀和史觀，縱觀上述，實已彰彰明甚。

三、民族分裂史論的構圖

分裂主義史論，從「學術」論文，以迄政綱、口號、文宣，表現出一定的思想內容。

首先是把台灣殖民地階級的歷史加以美化和正當化。

這次在杜正勝主持下參與《認識台灣》（歷史篇）撰寫的教授，就迭次以「學術」的「客觀」為言，宣稱使台灣殖民地化的《馬關條約》是「合法的法律文件」。這種明目張膽的殖民者史觀，即日本總督府的史觀、《警察沿革誌》和《台灣匪誌》的史觀，使一八九五年以迄一九一五年台灣農民義不臣倭，以懸殊武力從事前仆後繼的武裝游擊抗日運動；也使一九二〇年以迄一九三一年間風起雲湧的，各戰線上非武裝抗日鬥爭全面非法化，而使日本五十年統治和掠奪、殺戮合法化。

在殖民主義有益論，殖民主義有理論和殖民體制合法論下，《認識台灣》主張日本殖民統治在台灣創造了現代「糖業王國」；主張日本統治帶來「守時、法治觀念」；把日本在台灣鎮壓屠殺的統計數字縮小；把荷據時代鹿皮輸出、十九世紀末茶葉對北美輸出和日據下糖業出口，描寫成台灣出口貿易史中正面的成就，而絲毫不提及日據下台灣現代糖業發展史，如何地是對台灣人傳統糖廍作坊——製糖資本主義萌芽的戕害，是對本地現代製糖資本的殖民地強權壓抑，是廣泛台灣蔗糖農民貧困化、「債務奴隸化」、農業無產階級化和團結反抗的歷史。談「守時」，「歷史家」們可以不談時間的正確計算，和度量衡、幣制的統一一樣是資本主義（包括殖民地資本主義），是計算剩餘價值和控制生產勞動過程所必須，是傳統小農經濟的時間向產業資本主義經濟時間的強權轉換，不是什麼孤立抽象的文明美德；談「守法」，分離主義「歷史家」們可以不談終五十年殖民統治，日帝當局一刻也不曾在台灣實施過和日本本土平等的法律體系。談日本人屠殺，「歷史家」們可以即使後藤新平自己發表的統計也不引用，可以無視台灣地方誌有關日人屠村的記載……，談殖民地下台灣貿易史，可以對荷據不談重商主義殖民地貿易苛酷的掠奪性質；也不談十九世紀六〇年代台灣被迫開發後，在台灣茶葉貿易中，外國商業資本對農民的高利盤剝；談日本獨占資本主導下台灣茶糖貿易，可以不談表現在台灣對日本大量「出超」性「移出」所具體表現的、台灣經濟剩餘之大量向日本出血性集中的事實。談日帝下台灣經濟發展，竟可以不提是日資抑台資的發展，不提日本獨占資本的積累為中心的發展帶來台灣土著資本的萎縮與依附化……。

被殖民精英有意無意用殖民者的文化和價值體系——當然也包括什麼「新史觀」之類——看待事物，是所謂「後殖民論」的主要關切之一。但在台灣，把日本殖民台灣的歷史加美化和正當化的營為，已到了匪夷所思的境地——例如在《馬關條約》百年之時有人公然組團到日本下關去向日本人表敬致謝。而究其原因，在於這些分離主義的政客、文人、精英和「歷史家」們靈魂深處盤據著四〇年代「皇民煉成」歷史中自虐、自賤的黑暗的吶喊——憎恨自己血管中的「支那」血液，卑視和仇恨「支那」的貧弱，艷羨大和民族的文明開化。這未曾清算的台灣精神歷史的暗部，經八〇、九〇年代再生產，形成了一股反華、脫華的歇斯底里。他們於是視日據台灣為台灣自中國母體剝離而「現代化」的光榮的原點，是萬善之源。台獨「歷史家」和台獨政客、精英一樣，認為「大中國沙文主義」者莫不反日抗日，於是老子們偏偏親日，偏偏要「客觀」、「主體」地看待日據台灣史——偏偏說日本統治有理、有利！

但是台灣史上確乎有台灣人反日抗日的事實，也有台灣人堅持中華民族意識的史實，這又該怎麼看待呢？杜正勝倒是乾脆：他說，這些抗日的歷歷事證，「歷史雖有佐證」，但還得「先問今日百分之九十的台灣人」要不要抗日，要不要答應的兩岸統一——在現實民粹政治前，我們的「歷史家」竟認為歷史已經沒有任何參照、反思和啟蒙的價值！

此外，把荷蘭、日本對台灣殖民統治，與明鄭、清代甚至李登輝前的國府治台等量齊觀，一律視為來台統治「台灣人」的「外來政權」;他們不劃分殖民地體制下民族矛盾,組織在這民族矛盾中的階級矛盾,和中國政權下階級矛盾的本質性區別。他們還在教科書中公開鼓吹「台灣精神」,宣傳「捍衛台灣的決心和勇氣」,令人一時間時序倒錯,彷彿回到了把「保衛大台灣」唱遍台灣的城市、村莊、碉堡和軍營的、荒蕪而白色的冷戰年代。

四、「同心圓」論的破綻

杜正勝的「同心圓」論,受到吳密察教授的質疑〈歷史教育與鄉土史教育〉(《當代》,一九九七年八月號)和周樑楷教授的批評(《當代》,前揭)。批評的要旨有這麼幾點:(一)由台灣而中國而世界,或者由「鄉土」而台灣、而中國、而亞洲、而世界,「由近及遠」,乍見無論如何是空間的、地理學的概念。而歷史科學,基本上是以時間為主軸的學科,反而是時間上的由遠而近的考察。這個矛盾不好解決。(二)杜正勝力圖打破中國史、西洋史「兩條平行線」式的史學論述,倡議以台灣為中心,以同心圓一圈圈向外擴大。但事實上這只能在既存的「兩條平行線」外再添一條台灣史的平行線而已。(三)談「鄉土」,抽去中國、亞洲、西洋,就沒有具體內容;談台灣也一樣。考試和教育機械地作鄉土、台灣……這些空間區劃,有具體困難。這是有見地的批評。

對這些評論，杜正勝在現場並未做任何解釋和駁論。但是當主持會議的金恆煒先生提創「從台灣觀點看世界，先要了解世界、世局，而且是全面了解，從了解到有觀點……不是太容易」，杜正勝卻一逕熱心地表示「對，這就是我們自己本身的實際研究不夠，對台灣歷史研究、中國歷史研究、世界歷史研究……沒打好基礎……這是我們學界最大的問題」。

如果這也算是一種反省，人們要問，為什麼主詞是複數的「我們」，而不是貿然、洋洋然提出了成為問題的「同心圓」論的、單數的「我」——杜正勝自己呢？

另外，所謂「同心圓」論的提出，基本上是從當前甚囂世上的「台灣優先」、「台灣（人）主體性」這些分離論中流行的詞語來的，要以台灣為中心，以台灣的觀點建構台灣史、中國史……。

不論杜正勝的史論、杜正勝「主持」的國中《認識台灣》教科書都有一個明顯的立場：台灣是一個（自來）獨立的社會，「中華民國是一個（主權獨立）的國家……」。

然而，從社會科學看，台灣的原住民早在原始社會——其中最晚也不過是奴隸社會的萌芽期社會——就受到漢人移民的侵奪壓抑而停止正常發展，當然也就沒有發展機會到建立民族國家的地步。台灣的漢族移民，成立過和清王朝對峙，以「反清復明」重光神州為職志（而不是永久分立）的鄭氏政權，而不旋踵為清所征服；也建立過以抗日復歸清王朝為目的的臨時政權「台灣民主國」，而不旋踵因日本的征服崩萎。

因此，台灣社會研究或台灣史研究的開宗明義就有這一條：台灣社會不是一個自來獨立的社會，在台漢人和原住民，皆不曾在台灣建立過獨立的國家政權。台灣的日本殖民地化，是作為中國半殖民地化（殘留一個岌岌可危、半獨立的主權，國土被列強以勢力範圍、租界、割讓殖民地的不同形式豆剖瓜分）構造的一個組成部分而割占出去的殖民地。一九四五年台灣的非殖民化，不久就被納入戰後中國內戰─世界冷戰雙重構造，而成為美帝國主義的新殖民地，而與中國大陸維持分立的局面。在中共迭次宣稱台灣屬於中國的條件下，台灣又不是「一般意義」上的新殖民地，而在決定了台灣在一定的過渡行程中復歸中國的歷史歸趨。沒有在一九四五年非殖民化復歸中國的香港，畢竟在今年七月一日、在特殊的安排下復歸中國，而不是歸於香港原所沒有過的「獨立」，就是歷史性的「佐證」。這是不以「百分之九十以上」的什麼人一時主觀願望為轉移的。

杜正勝「同心圓論」的重大破綻，在於他把理論建立在同「反共抗俄時代」宣稱中華民國代表全中國同樣虛構性的「獨立的台灣論」之上。如果現實上一個獨立的台灣無法成立，則一切以獨立台灣為焦點的台灣社會論、台灣民族論、台灣國家論——連帶地為以上諸論出謀獻策的杜正勝的「新史觀」，也無非是沙洲上的危屋、沙漠上的海市蜃樓罷了。

一九九七年八月十七日

初刊一九九七年十月《海峽評論》第八十二期

歷史召喚著智慧和遠見

香港回歸的隨想

這次意外地受邀參加香港回歸，重隸中華的儀式，就個人而言，自是難忘的盛事。

目睹英國米字旗降下，印象最深

儀式中我印象最深的是目睹英國米字旗的降下。這一年來，我為「一個半世紀的滄桑：香港歷史照片展」到香港、大陸和日本去蒐集照片。其中就有四張照片，是在照相機問世不久的一八九八年拍下英國「租借」新界的照片。

第一張是中英雙方依不平等條約《拓展香港界址專條》勘定地界的照片。第二張是勘定之後，雙方人員對看相機拍下的紀念照。第三張是英方在新界升上米字旗的儀式，有「雄偉」而意氣高昂的英國武裝部隊、英方官僚，有英商紳賈和英國殖民者、商人的眷屬仕女，洋傘長裙，一場盛會，而英國旗在風中升上臨時旗台。第四張則是當時新界交接儀式。洋人在台上說話，台下的華人紳吏俯首而立，竟有一份悲愁的意氣從影像中傳來。

我在式場上眼見那一面英國旗飄然降下，前後怕只有不足一分鐘的時間。但在那短暫的時間中，我的腦海快速地閃現了百年前英國人把新界從中國掠取出去的那四個歷史瞬間影像，竟而熱淚盈眶。而在同一時刻，五星紅旗升上式場中不高的旗竿，在人工的風中，一直飄揚到儀式的終了。

十八世紀，在商業資本主義中登上歷史舞台的英國資產階級，發動了一場市民革命而取得政權，並推動了劃時代的工業革命，展開了資本主義工業化。機械化大規模生產，使英國資本主義在十九世紀走上帝國主義擴張的道路。

自斯而後，德、法、美、俄和日本等列強，或工業化與帝國主義化同時並舉，或以帝國主義擴張來促進自己的工業化，在全世界範圍中為割占殖民地而狂奔。世界於是進入了帝國主義的時代，而截至二戰爆發之前，世界人口的七五％被迫在殖民地／半殖民的沉重枷鎖下生活。而中國百餘年來的悲慘命運，便是帝國主義世界史中最黑暗的一頁。

反帝民族解放運動在二戰期間世界反法西斯鬥爭中茁壯。二戰以後，舊帝國主義力圖維續殖民體制舊秩序失敗，前殖民地紛獨立，卻迎來東西對峙的世界冷戰的時代。戰後，列強在中國的勢力範圍、租界和殖民地（台灣）解放之餘，香港因微妙錯綜的冷戰構造中對華圍堵和反圍堵形勢下，維持英國的殖民統治至於今年的七月一日。

臣服美國戰略利益的亞洲冷戰秩序已告終結

因此，香港的回歸和解放，象徵著十九世紀西方帝國主義時代最後殘留物的消亡；意味著西方支配亞洲（以及廣泛第三世界）的歷史之終結。

其次，如前文所說，舊帝國主義秩序在二戰以後的崩解，被戰後冷戰秩序所取代。英國制霸下的秩序（Pax Britanica）被美國制霸下的秩序（Pax Americana）所取代，而形成資本主義世界體系與社會主義世界體系間對峙的冷戰構造。

在遠東、在東南亞、在太平洋地區、在全西歐，以美國為首的反共軍事、外交和政治的同盟和協防網絡，層層疊疊地武裝包圍著社會主義圈。而香港正是利用了這對峙邊界中，發展了經貿，也成為了大陸龜息求生的通氣口。

進入八〇年代，大陸的改革開放使香港資本迅速、大量地向內地移入，香港經濟的急速擴大和再發展，牽動了「四小龍」、東盟和大陸經濟迅猛的擴張。八〇年代末，世界冷戰構造瓦解。東亞、東南亞、太平洋地帶的附從美國的反共同盟網消亡。而亞洲資本主義的崛起，使亞洲冷戰構造產生致命的龜裂。香港的回歸，於是象徵了臣服於美國戰略利益的亞洲冷戰秩序的終結。

第三，香港的回歸，意味了以中國大陸經濟快速甦醒為代表的亞洲的崛起。

在戰後冷戰體制下，「四小龍」以威權國家主導、扈從美國，以在「反共國家安全」為口實的獨裁體制下，依靠「三角貿易」分工而在七〇年代達成工業化。中國大陸則在四〇年代的革命中切斷半殖民地、半封建構造，以艱苦的「自力更生」，創造了八〇年代發展所不可缺的國家獨立、國防工業和一定水平的高科技。八〇年代，大陸急速地以計畫經濟向「社會主義市場經濟」換軌，取得了經濟起飛前快速的發展。

不論如何，七〇年代以後的亞洲，開始了在國家強力導引、在外來資金推動下的全面工業化。越來越多的工業化史家開始把二十世紀中後亞洲工業化浪潮，看成世界新世代工業化的中心，預言其勢將成為世界經濟新一波發展的核心。香港在二十世紀末的回歸，在崛起的亞洲這個背景中，不能不突顯出亞洲廣土眾民的中國的崛起。

一九九七年九月

真正實踐香港回歸，今天才正開始

一九一九年，在第一次世界大戰後的巴黎和會中，中國北洋政府曾提出收回新界的建議而不果。一九二四年，中山先生領導下革命的廣州政府，向世界宣言廢除一切不平等條約，這當然也包括了廢除英國割占香港的三個不平等條約，奈何國力羸弱，無法收回香港。

一九四五年國府要求收回香港，英國堅決反對，美國對英讓步，加上國共內戰形勢的發展，終於讓英國在戰後繼續占有香港。八〇年代後中共收回香港的歷程，固然充分表現了中共在外交上的智慧和國勢上今非昔比的增長，但歷史上看來，對香港的回歸，也應該看成是中國民眾百年來百折不撓的反帝戰爭，和歷屆中國政府外交上持續不斷的努力，所取得共同的勝利和共同的榮耀。

香港的回歸，並不是在今年的七月一日告成而終結。事實上，香港回歸的歷程早在一九八四年《中英聯合聲明》簽訂之日開始，回歸後真正實踐的歷程，則目前才正開始。而回歸的影響，也才正在形成。

儘管「台灣不是香港」、「香港的歸趨與台灣不相干」之說甚囂世上，香港重隸中華，對台灣的影響，其實是深遠的。

前面說過了傳統帝國主義時代和戰後冷戰時代的連續性。就海峽兩岸的分裂而言，尤其如此。在日帝統治下，全台灣淪為殖民地。但從全中國的形勢看問題，台灣和香港的殖民地化，是中國半殖民地化的構成部分。半殖民地者，形式上的國家、政權猶在，但其主權則因被列強割勢力範圍、強租租界地、割占殖民地而殘破不堪。

台灣和香港一樣，是在十九世紀開始的中國半殖民地化過程中被割占為殖民地而與祖國分離。第二次大戰後，台灣依《波茨坦宣言》、《開羅宣言》而非殖民地化——復歸中國，卻因內戰體制與冷戰體制而兩岸分離。香港則因戰後的霸權主義和冷戰體制而無法解放，使港英殖民制度得以延續於戰後。

經濟變化具決定性作用，香港在平穩繁榮中回歸

如今，香港的回歸，說明著中國半殖民地歷史創癒痂落過程之起動。正由於是中國半殖民地歷史終結的一部分，香港以「回歸」而不是「獨立」的形式完成了它的非殖民化。一九九九年澳門的回歸，將為後冷戰時代深化期的台灣增加回歸中華世界的重大歷史壓力。

當然，從「物理」上看，香港在平穩、繁榮中回歸——一個生猛發展中的資本主義社會回歸

到一個「社會主義市場經濟」社會——不能不看到經濟變化所起到的近於決定性的作用。

前文說過，八〇年代內地的改革開放，使港資向內地移入。大陸超廉工資和地租，使香港外銷競爭力增強，利潤率倍增。香港經濟發展鼎沸，同時也帶動了大陸珠江三角洲以至全大陸市場經濟的甦醒。一方是香港的擴張和再發展，另一方是香港和大陸經濟差距開始了縮小化的過程。而正是經濟上這巨大的發展與變化，香港耐受了《聯合宣言》的衝擊、耐受了「六四事件」的搖撼，耐受了彭定康《政改方案》的挑戰，使一九八四年以來一切對香港悲觀的預言完全落空。

台灣戰後資本主義的發展，因為政治上的、非經濟因素的干預，錯失了像香港那樣向內地擴大生產基地而再發展的機會。然而，資本畢竟自有不以政治主觀意志為轉移的邏輯。如果和大陸的經濟聯繫越來越成為台灣財富和生活發展不可缺的因素；如果大陸的發展和繁榮越來越不可忽視，台灣經濟的歸趨將如何影響於精神、政治和意識的問題，在香港回歸以後，勢將成為眾目的焦點。

台灣「脫亞入歐」，孤立於亞洲世界與華人世界之外

隨著亞洲在經濟上的崛起，隨著後白人、後美國的亞洲之形成，亞洲中心、亞洲價值和亞

洲的自我認同，正在不斷發展。中共領導人固無論矣，李光耀、馬哈帝爾近數年來的言論，已經呈現出與自己經濟發展相應的自主、自信和強烈的主體性格。

與此相較，台灣猶汲汲以西方的價值——西方式的所謂「普選」、「民主」、「自由」以邀徠西方的認同，並以之建立自我認同，美化和合理化殖民地時代的歷史，藉著斷絕自己和民族解放傳統的聯繫，甚至不惜編纂以脫離中華世界為思想核心的教科書……的行為，與跨世紀的亞洲思潮大相徑庭。

台灣的這種「脫亞入歐」論的時代錯誤，恐怕只有使她喪失亞洲世界和華人世界的同情，而益陷於孤立。此番香港回歸時台灣在宣傳言動上的進退失據、手足無措、焦點喪失的窘迫，恐怕是這時代錯誤所導致的孤立化的開端，亦未可知。

最後，香港的回歸，為既有台獨諸理論帶來嚴峻的挑戰。強調台灣殖民地化的文明化作用，以主張台灣在社會上、感情上、民族上與祖國分斷的台獨論，面對殖民地化歷史比台灣要長整整一個世紀的香港，竟沒有出現香港民族論、香港國家論和疏離於中國的香港社會論、香港文化論——以及香港獨立建國運動的事實，台獨理論家們十幾年來的噤默所代表的意義，殊堪玩味。

二十世紀的歷史記載了帝國主義時代和冷戰時代的連結與其最後的終結。當然，同一段歷

一九九七年九月

史也見證了舊蘇聯和東歐社會主義體制的解體。在世紀的末尾，亞洲以包括中國社會主義的市場化政策在內的，令人詫奇的工業化和經濟增長，展望著新世紀的前景。香港、澳門的非殖民化，在中國大國化的歷程中，排上了世紀末近兩年的議程。而逐漸地，在這跨世紀的前夜，隨著香港的回歸，人們將聽見歷史在召喚著台灣的智慧和遠見。

初刊一九九七年九月《財訊》第一八六期

向內戰・冷戰意識形態挑戰

七〇年代台灣文學論爭在台灣文藝思潮史上劃時代的意義[1]

整整二十年前（一九七七年）的四月，銀正雄在《仙人掌》雜誌上發表了〈墳地裡哪來的鐘聲？〉，針對王拓的小說〈墳地鐘聲〉提出鄉土文學從「清新可人」、「純真」和「悲天憫人」「變質」為「赫然有仇恨、憤怒的皺紋」；有「變成表達仇恨、憎惡等意識的危險」[一]，打響了從政治上、思想上公開攻擊鄉土文學的第一聲炮火。同一期的《仙人掌》也刊出朱西甯的〈回歸何處？如何回歸？〉，諷刺鄉土文學「流於地方主義，規模不大，難望其成氣候」[二]。同月，王拓發表〈是現實主義文學，不是鄉土文學〉[三]，五月，王拓（以李拙為筆名）又發表〈廿世紀台灣文學發展的方向〉，為台灣鄉土文學的發展歷程和性質做了一番整理。[四]同月，葉石濤發表〈台灣鄉土文學史導論〉，提出了他的日據台灣文學性質論。[五]六月，陳映真以〈鄉土文學的盲點〉，就教於葉石濤。[六]七月，彭歌在《聯合報》專欄「三三草」中，陸續刊出要儆戒赤色思想滲透的雜文多篇。[七]同月，陳映真發表〈文學來自社會反映社會〉，對戰後台灣當代文學的政治經濟學背景、性質和發展做了概括。[八]八月十七日開始，彭歌一連三天發表了對王拓、尉天驄和陳映真長篇公開點名的思想政治批判。[九]八月二十日，余光中發表〈狼來了〉控訴台灣有人提倡中共的「工農兵」文學，[一〇]一時風聲鶴唳，對鄉土文學恐怖的鎮壓達到了高潮。

文壇的白色恐怖並沒有嚇倒當時的文學界和文化界。八月，南亭（南方朔）發表〈到處都是鐘聲〉，登高望遠地為鄉土文學的發展表態支持。九月，王拓公開發表〈擁抱健康的大地〉[一一]，十月，陳映真發表〈建立民族文學的風格〉[一二]，對彭歌的攻擊提出駁辯，並要求立刻停止對鄉土文學的誣陷和攻訐。此外，從八月到十月，文藝界如尉天驄、黃春明、齊益壽和其他許多人，都發表文章、參加座談發言，熱情、勇敢地支持了鄉土文學。[一三]但在同十月，一貫以「自由民主」派的面貌示人的台大留美教授張忠棟、孫伯東、董保中紛紛對鄉土文學論扣政治帽子。[一四]

九月，胡秋原先生發表〈談「人性」與「鄉土」之類〉，公開駁斥官方打手白色恐怖各論，為鄉土文學辯護。[一五]十月，徐復觀先生發表〈評台北有關「鄉土文學」之爭〉，批判文壇的偵探和密告者，[一六]至此恐怖的陰霾漸開。十一月、十二月，陳鼓應發表批判余光中詩作的長文。[一七]同月，胡秋原接受訪談，整理成〈談民族主義與殖民經濟〉，在理論上深化了鄉土文學派。[一八]十二月，王拓發表〈「殖民地意願」還是「自主意願」〉，就台灣社會經濟性質問題，向孫伯東提出駁論。[一九]

翌年元月，國民黨集黨政軍特，召開「國軍文藝大會」，會中對鄉土文學大肆撻伐之餘，據說這樣地定了調：鄉土思想基本上是好的。但動機要純正，尤其切防為中共所利用，云云。而一場劍拔弩張的肅殺之局，至此漸為緩解，幸而沒有以逮捕、拷訊與監禁終局。

二十年後回顧，特別在八〇年代以降台灣文學批評和台灣文學論的豹變條件下，七〇年代的文學論爭——包括七二年以迄七四年的現代主義詩論爭——在台灣戰後文藝思想史上，顯示了劃期性的意義。

這篇小論的目的，在整理七〇年代文學論爭留下來的文藝思潮的標高，並思考當年留下來的突破性文藝思潮對當前時代依舊生動犀利的啟發。

一、在戰後台灣公開樹立現實主義旗幟的重大意義

在帝國主義時代，在強國、大國凌掠弱國和小國的時代，第三世界各族人民反對帝國主義和封建主義的文學藝術，大多採取抵抗的、批判的現實主義手法。半殖民地的中國文學如此，作為中國半殖民地構造之一部分的日本殖民地台灣的文學，亦復如此。

但是，尤其在民族和階級鬥爭的形勢嚴峻的時候，往往就會發生堅持批判、抵抗和反映嚴厲現實的現實主義路線，和聲稱主張文學藝術的純粹性、藝術性與非政治性的唯美主義之間的

路線鬥爭。三〇年代的大陸發生過圍繞著「文藝自由」問題的廣泛論爭。朝鮮的三〇年代，也發生過唯美文學和使命(工具)文學論之間的爭論。

一九三一年，台灣的抗日民族·民主運動遭到日帝當局全面鎮壓，台共和農組潰滅。從崩壞的戰線上四處奔竄流亡的黨人，湧向台灣左翼文學和文化戰線，艱苦奮鬥，發行刊物、成立組織，一面推展無產階級文學和文化思想運動，一方面伺機恢復組織生活。在這個歷史背景下，楊熾昌等人組成「風車詩社」，搞起現代主義。一九四三年，台灣時已納入日本侵略戰爭的戰時體制，一些詩人組成「銀鈴會」，搞起現實主義。

必須著重指出，「風車」和「銀鈴」，都不曾公開地與抵抗的批判的現實主義派發生理論鬥爭——像在大陸和朝鮮的三〇年代發生著的那樣。而且，確實有進步的文藝青年，曾在日本戰敗前夕直到光復後的一九四九年間，在「銀鈴會」活動，雖然「銀鈴會」的一些詩人在五〇年代和紀弦的「現代詩社」合流，也是事實。

然而日據時代現實主義和唯美主義的鬥爭仍然是激烈的。一九三九年，日本在台殖民地[2]文學家西川滿組成「台灣文藝協會」，成員以日本籍文藝人士為主，兼納右翼台灣文人，發刊《文藝台灣》，提倡殖民地異國情調的「唯美主義」文學，消磨志氣，規避三〇年代末期台灣戰時體制中嚴苛的現實。一九四一年，隨著日本「南進」戰爭擴大，西川滿進一步露出法西斯蒂真面目，要把台灣文學組織到日本侵略戰爭體制，發揚楊逵所說的「勤王」的任務。[20]「台灣文藝協會」的機關刊物《文藝台灣》，並揭載皇民文學作家周金波、陳火泉的皇民文學作品。

但即使在法西斯氣焰逐日高漲的一九四一年，抵抗的現實主義作家仍然不憚於反抗。他們糾合並組織了以台灣籍作家為主的「啟文社」，發刊《台灣文藝》，和西川滿一派針鋒相對地繼承了台灣文學的現實主義傳統，堅守民族主義立場、反映台灣人民在戰時體制的非理下呻吟苦悶的生活，在賴和謝世的日治末期，公開組織哀悼集會。《台灣文藝》成員楊逵、呂赫若和簡國賢在戰後仍然奔向實踐的火線，遭到投獄、逃亡、路死和刑殺的命運。

這樣一個在嚴酷的台灣民族·民主運動史中發展起來的台灣文學的現實主義道路，在一九五〇年到一九五三年慘烈的異端撲殺運動中徹底瓦解，一直要等到一九七二年保釣運動的左翼，才重新把這反對帝國主義、主張民族文學與民眾文學的現實主義文學論再次公開地，作為一種文藝理論在台灣宣揚起來，意義自然重大。

此外，從文藝思潮的世界史看，七〇年代的台灣文學論爭，在並不自覺的情況下，參與了從二十世紀初期以迄七〇年代的、世界範圍的、文學思潮的左右鬥爭，亦即現實主義和現代主義的鬥爭。

這場論爭的地理範圍，包括舊蘇聯、舊東歐、英國、美國、法國、德國和中南美洲等地。

現代主義文學藝術受到各國各民族的文藝批評、文藝思想界左翼的批判，其文獻可謂汗牛充棟，在思想學術上有豐富的收穫。

以最粗略的概括，現代主義受到左翼的、現實主義一派的這些批評：

——現代主義文藝（以下簡稱「現代派」）把人的個性和社會對立起來。把個人的幸福同群眾的幸福對立起來。

——現代派脫離社會和生活，鑽進極端個人的世界，誇大官能和肉欲的重要性，極端強調「個性」和「自由」，以推翻一切既有道德、邏輯為「前衛」與「革命」，卻沒有自己的新道德和人與人之間新關係的信念。

——現代派對人，尤其是對勤勞的民眾、對社會和歷史全然冷漠。他們把精神生活（文學藝術）與具體的生活在分工上分離開來，對立起來，把文藝和生活、歷史和社會完全割裂。

——現代主義的甄別，不在形式與技巧，而在於內容和世界觀。現代派的世界觀，表現為認定人的本然的孤獨與本然的非社會性。人是一種被拋棄的存在。人除了他自身，再沒有任何與他發生聯繫的其他現實。

——現代派相信生活毫無意義可言。生活不可理解。人不能改變世界，世界更改變不了人。

——現代派崇拜在現代資本主義大規模生產下精神衰弱的現代人依靠麻醉物擴大官能和肉欲的

刺激，推崇音感、味覺、色感、肉欲之相互倒錯與混亂，摒棄客觀世界，宣傳唯官能、唯心的「另一真實」世界。

——現代派以病態和主觀的恐懼、焦慮、絕望和孤獨的世界，取代現實與生活。他們把這變態的、病態的認識和感受加以誇大和美化，對人性、人道主義、人類解放與發展的可能性加以公開的嘲笑和否定。

——現代派不相信任何生活的目標和理想。他們對生存極為厭煩、深覺空虛。他們因而追求敗德與肉欲來鎮靜自己想像的痛苦……。

批判現代主義的西歐左派文論主張對待現代主義，不採取全面、機械的否定，爭取以現代的形式和技巧表現進步的、人的內容，爭取現代派回到群眾，回到社會和歷史現實。[二二]

七〇年代台灣的文學論爭，首先從現代詩——即現代主義批判展開。二十年後回顧，七〇年代台灣的現代主義批判論，基本上也提出了和世界範圍內的討論議題「不謀而合」的批判觀點——指出台灣現代主義的逃避現實、沒有社會意義和歷史方向、個人主義、絕望、腐敗、敗德、虛無等等。當然，在立論的論證上不夠深刻。事實上，台灣的文學批評界基本上至今還沒有深入討論過現實主義和現代主義爭論這個宿題。但是，從台灣文藝思想史的視野看，七〇年代現代主義批判，在世界範圍的現實主義和現代主義大論爭背景下，自有十分重大的意義。

而其意義之重大，尤在論戰當時爭論雙方皆不自知的這個事實：即戰後的現代主義文藝思潮，是冷戰體制下美國據以對抗社會主義的、在全球領域推行的意識形態工具之一！台灣的現代主義批判，竟是在極端反共／法西斯環境下對美國主流冷戰意識形態的公開的挑戰！

理．阿皮革納內西（Richard Appignanesi）指出：三〇年代以降，「社會主義的現實主義」成為舊蘇東社會的主流文藝思潮。這個世界社會主義運動的文藝方針，又以強烈的敵愾心批判現代主義的「資產階級腐朽」性，於是彷佛是依「敵之所惡我好之」的原則，在戰後世界[3]冷戰體系中，抽象主義、超現實主義，竟成了「自由．民主世界」的主流藝術意識形態。「美國以它自生自長的新興抽象藝術迎合了此一確認，」阿皮革納內西寫道。美國新興抽象美術界把一九一九年蘇聯康定斯基的「抽象表現主義」「半途掠奪而去，在國際上廣泛宣傳為百分之百的美國貨，純粹形式的抽象藝術」，蓋因「如果共產主義政權官方禁止『形式主義』，那麼形式主義必定是自由企業（資本主義）民主制度的一個基本要素」。阿皮革納內西說，特別是在五〇年代美國麥卡西主義白色恐怖時期，「冷戰時代的戰略，要求一種『真正美國』的認同，以截然有別於歐洲共產主義瘟疫」。現代抽象主義成了這「真正的美國」認同標誌。[三]它透過美國廣泛設立在其勢力範圍的第三世界社會中的「美國新聞處」一類的機關；透過人員交換、基金會、人員培訓、國際學術會議、留學政策、資助展覽出版和講座、廣泛推銷。現代抽象主義於是很快成為美國勢力範圍下第三世界的文化（文學）霸權論述，而現代主義也成為這些社會的一代顯學，從而和各當地的反帝・反美・革命的現實主義文學[4]運動互相抗衡，讓青年離開祖國在（美國）新殖民主義和本國半封建精英支配下陰暗的現實，在美式現代主義、抽象主義的病態的個人世界中消磨意志、逃避現實——從而鞏固美國制霸下的冷戰秩序。

由於不學和不敏，小論的作者一直要到九〇年初才知道了戰後現代主義和美國冷戰意識形態的聯結構造。回想目睹的五〇年代台灣現代繪畫和文學興起的過程，我有了恍然大悟的理解。一三

從這意義上看，七〇年代台灣文學的論爭，自現代詩論戰以至鄉土文學論戰，竟是一場對美國戰後全球性冷戰意識形態的鬥爭，意義之深長，不言可喻。

在前文中說過，七〇年代的台灣文學論爭中現實主義問題的提起，意味著因五〇年代白色恐怖而被徹底鎮壓的現實主義文學論的復活。在殖民地／半殖民地[5]條件下，現實主義和非現實主義（唯美主義、現代主義）的鬥爭意味著保守的和進步的文藝哲學的爭論。這爭論表現為這些古典的論述構造：

・現實主義主張文藝的社會性，具有解放和改造的使命與功能。

・非現實主義[6]力主文藝的自由、純粹和自主。

・現實主義重視人和生產人的社會與歷史間的聯繫。

・非現實主義[7]文學把個人與社會、與群眾對立起來，除卻個人，沒有其他的現實。

・現實主義相信為民眾、民族、祖國的改造和解放而實踐的價值。

・非現實主義[8]不相信生活有任何意義，不相信任何改造和實踐的可能。

在七〇年代的台灣的具體條件下，上述「古典」的對立概念，在鄉土文學的現實主義和官方的反現實主義的鬥爭中，相應地延伸而表現為這些針鋒相對的爭論：

——鄉土文學派認為文藝反映現實，呈現生活中存在的矛盾，為社會和生活的改造做出貢獻。反對文學的個人主義、逃避主義和腐化墮落。

——反鄉土文學者認為文藝應該「清新可喜」、「溫柔敦厚」，不應該成為政治運動的工具，不應被「共匪」所利用，危害社會。

——鄉土文學主張反對帝國主義和「寡頭資本主義」，主張民族主義，為社會的弱小者代言，擁抱土地和人民。

——反鄉土文學派主張反共高於反帝反資，指責鄉土文學有「工農兵」文學的危險性，應該警戒、打擊。

——鄉土文學一派堅持，在中國民族分裂的現實條件下，台灣文學刻畫和表現台灣的民眾、生活和社會，正是刻畫了當前[9]的中國人民、中國民族、中國的生活和社會。鄉土文學，是祖國分斷條件下當前主要的民族文學形式。反鄉土派[10]的指控是沙文主義的、分裂的言論。——反鄉土文學一派認為鄉土文學只寫台灣地方性人物及其生活，有地方主義或分裂主義之嫌……。

七〇年代鄉土文學論的現實主義論，便是這樣地結合了當時台灣的具體現實，和現代主義的、官方的反現實主義論進行了尖銳的鬥爭，從而繼承了日帝殖民時代反帝解放運動的文藝戰線所積累的、[11]批判的、抵抗的現實主義文論的傳統，而有文學思想史的重要性。

二、鄉土文學[12]和左派民粹主義

近年以來，所謂「熱愛、認同咱這塊土地」、「咱台灣人民……」這些話語，已經成了台灣分離運動的咒語。「會不會說」台灣話，「認不認同」台灣「這塊土地」、「愛不愛」台灣和台灣人民，幾乎成了判別一個人的全部價值的標準，馴至這種「土地／人民」論，成了分離主義修辭的專利，彷彿世上只有講台獨的人提愛台灣「土地／人民」，而主張反帝、主張反資本主義、主張中國統一的人則一貫「不認同、不愛台灣土地和人民」。

但歷史的事實卻與此成見完全相反。

有一種「定見」，認為七〇年代現代詩論爭和鄉土文學論戰，起源於當時一連串國際外交上的重大衝擊，島內要求改革和反省的要求紛至，導致中國民族意識和社會意識的高漲而來。但事實上，七〇年代初台灣遭逢外交變局引起危機，也引發「革新保台」、「聯蔣反共」維續和強化既有體制的保守思潮和行動，與前述同因政治外交變局而主張反帝反資，尋求兩岸終極的統一者，形成左右對立。歷史地看來，最早以高度熱情提出熱愛台灣的土地／人民的，恰恰是後者，而不是力言在危機下「革新保台」、「聯蔣反共」的右派知識分子和精英，後者連同今日以「本土論」為言的文學的分離派，當時不是直接間接地打擊鄉土派，就是明哲保身，龜縮逃避。

一九七二年十二月，在台大「民族主義座談會」上，陳鼓應和王曉波首先展開了對於美日帝國主義在台「經濟控制」、在台灣進行「武器、經濟和思想侵入」的論證。為了抵抗強國對台灣的支配，他們力言大家「要有同胞愛」、「照顧好漁礦農工的生活」，並且表示在國際性危機下，誓與「台灣命運共存」的決心。[二四]

而這種台灣「土地／人民」的思想聯繫和統一；對中國大陸—台灣的忠誠之統一和聯繫，遍見於一九七二年以降保釣運動左翼海內外的文章、宣言和論文。中國統一、反帝民族主義論和擁抱台灣「土地／人民」、熱愛中國和熱愛台灣，對他們而言，自始就是互相聯繫和互相統一的思想與感情。而正是這種反帝統一論和擁抱台灣人民／土地論的統一，和中國台灣[13]的聯繫性與統一性，貫穿一九七二年現代詩論戰和一九七七年到一九七八年的鄉土文學論戰之中。

在七〇年代兩個文學爭論中，尤其在鄉土文學論戰中，中國和台灣在民族、民眾、社會、文學和文化上的聯繫性和統一性，被許多[14]評論家和作家不約而同地、以十分特殊的詞語表現出來：

葉石濤

台灣獨得鄉土風格並非有別於漢民族文化的、足以獨樹一幟的文化。它乃是屬於漢民文化的一支流。台灣一直是漢民族文化圈子內不可缺少的一環，因為台灣從來沒有創造出獨得的語言和文學……。

「台灣意識」——帝國主義下在台中國人精神生活的焦點。

居住在台灣的中國人的共同經驗，不外是被殖民的、受壓迫的共同經驗。在台灣鄉土文學上反映出來的，一定是「反帝．反封建」的共同經驗，以及篳路籃縷以啟山林的、跟大自然搏鬥的共通紀錄。

（台灣）舊文學方面所代表的是傳統的封建思想，而新文學方面所代表的是反傳統的新思想。這和國內的「五四」運動如出一轍。

日據時代的文學始終是和台灣的現實環境息息相關的。它屬於（中國）抗日民族革命運動不可割裂的一環。二五

王拓

（小說中）如果太過強調（台灣方言），便很容易使人陷入一褊狹的、分裂的地方主義觀念和感情裡。二六

台灣……在歷史上雖然曾經有過被荷蘭人侵入殖民、和日本軍閥割據占領的慘痛經驗，但是，她之與中國同文同種，並屬於中國的一部分，卻是不容爭辯的事實。……那麼，作為反映台灣各個不同時代的歷史與社會的（台灣）文學，也自屬於中國文學史的一部分……。二七

「廿世紀在台灣發展起來的中國文學」……亦即在台灣發展起來的中國文學。

（日據下）在台灣的中國文學的發展，可以說是與當時的社會運動與政治運動採取著一致的步調，並且也是與祖國的五四新文化運動所展開的反帝國主義侵略和反國內封建剝削的一切運動相一致的。二八

台灣的中國作家在文學上所反映的中國特色，是以台灣這個現實環境下的人和事為主的。二九

巫永福

（台灣的）鄉土文學即中國文化之一環。……歸根結柢，中國詩要有中國特色才能被承認。（在皇民化運動下）……在精神上，他們還是認為是台灣人，心繫祖國，不因皇民化而變成了日本人。不像現在，有些人唯恐不變成外國人，兩者的精神真有天淵之別。

如果清文學是中國文學……光復前的台灣文學也應當是中國文學，不能因為台灣被日本人統治就不能算是中國文學的一環……如果光復前的台灣文學不被承認是中國文學的一環，那麼清代文學也不能承認是中國文學，因為他是異族入主中國。三〇

李魁賢

當然台灣文學是屬於中國文學的一部分，因為有與其他各省不同的特質，故乃形成獨特存在的事實。

真正的中國人，是切實地踏在自己的土地上，付出真正的愛，和這塊健康的大地擁抱在一起。三一

南亭（南方朔）

五十年來台灣的新文學一直是六十年中國新文學的一部分。它的發展主流在不斷的自覺中，從未乖離過中國共同的民族經驗。它是與中國民族認同的。

（七〇年代以來台灣文學的作品與理論）是中華民族本位的、理想主義的、充滿了批判精神的新寫實文學。三二

黃春明

因為台灣是中國的一部分，我們用中國的文學語言來寫自己周遭環境的生活和問題，這就是我們民族的文學，即台灣本地的土生土長的文學，也是我們中國的文學，所以當然我們要愛護它。

台灣的問題，也就是中國的問題。台灣地區以中國的語言文字來寫自己的問題，有它的特殊背景。因為自從《馬關條約》後，台灣被割讓給日本，但是在文化上、政治意識上，它並沒有和中國割斷……。[三三]

陳映真

（當代台灣文學）使用了具有中國風格的文學形式，美好的中國語言，表現了世居台灣的中國同胞具體的社會生活。

在台灣的中國新文學上，高高地舉起了中國的、民族主義的自立自強的鮮明旗幟。[三四]

台灣的生活，對於目前生活在台灣的中國人，在目前這個歷史時期，是最具有現實意義的中國生活……。[三五]

中國新文學在台灣的發展，有一個過程。[三六]

由於深恐中國文學在（台灣）殖民條件下消萎；由於中國普通話和台灣話之間的差異；由於日治時代台灣和大陸的斷絕，當時傷時憂國之士，乃有主張以在台灣普遍使用的閩南話從事文學的創作，以保存中華文學於殖民地，而名之為「鄉土文學」。[三七]

由於三十年來台灣史在中國近代史中有其特點，而台灣的中國新文學也有其特殊的精神面貌。但是，同樣不可忽視的，是台灣新文學在表現整個中國追求國家民族自由的精神歷程中，不可否認地是整個中國近代新文學的一部分。[三八]

鄉土文學，是現在條件下（台灣的）中國民族文學的重要形式。

中國文學……從東北作家的《八月的鄉村》一直到台灣作家的〈送報伕〉，再一直到〈莎喲娜啦，再見〉、〈小林來台北〉，在不同的歷史階段中，奉仕於中國反對帝國主義的巨大民族主義運動的文學作品。[三九]

台灣的文學是中國文學的一個組成部分。台灣人者，「在台灣的中國人」也。台灣的社會和生活，就是「在台灣的中國社會與生活」。「台灣的問題，是中國的問題」。台灣作家是「台灣的中國作家」……眾口一辭，不避拗口，三復斯言，莫不是在說，雖然兩岸在內戰和冷戰構造下分斷，七〇年代當時台灣的作家和知識分子，絕大多數一仍深信台灣和中國的歷史的．文化的．認同上的以及事實上的聯繫性和統一性。和中國文學對立的、分離主義的「台灣文學」概念，在七〇年代幾乎是沒有的。以已經發表的文字為憑據，則即便是葉石濤的〈台灣鄉土文學史導論〉都還不能說是嚴格意義上分離主義的台灣文學論。而且從論爭的文獻上看，自新詩論戰以迄政治上肅殺陰霾的鄉土文學論戰期間，今之台獨派文學界大老、作家、詩人、評論家和理論家，幾乎沒有一個人有站在分離論的台灣文學上出來發言的直接或間接的紀錄。不少今日英姿風發地成為台獨系文學英雄的大老、評論家、作家和詩人，倒是在七〇年代留下了和他們今日的主張完全相反的白紙黑字，已見上文所徵引。

對於努力要建設「台灣文學本土論」系譜的人來說，這個事實是很難加以說明的。難於說明而又必須說明，就不能不強辭奪理。強辭奪理，就難於不立論矛盾了。茲舉數隅：

一種說法是把文學的中國認同和文學內容上對台灣具體生活的關注對立起來。於是對於七〇年代鄉土文學認同中國民族主義，在創作內容上表現台灣現實社會生活和鄉土人物的深切關懷，解釋成「(民族)意識上回歸中國，(文藝)創作上回歸台灣社會」。[四〇]

這種解釋的第一個破綻，是和鄉土文學家在七〇年代的具體主張不對頭的。王拓說「台灣的中國作家」作品裡反映的「中國特色」，是以「台灣這個現實環境下的人和事為主」。眾所周知，王拓是主張文學表現現實中的台灣生活和人民最力的作家，但同時也是最鮮明、最多次主張反對帝國主義對台灣經濟與政治的支配，公開指出台灣社會經濟的「殖民地」性——即台灣殖民經濟論的作家。不僅此也，王拓甚至還有意識地反對過文學的「本土化」即台獨化。他說作品語言一旦「太過強調台灣方言，便會陷入一種褊狹的、分裂的地方主義觀念和感情裡」。此外，南亭

（南方朔）也認為，七〇年代鄉土文學是「愛國主義的、反地域主義的新浪潮」。這樣的主張，和同中國認同對立起來的「本土」論，是統一的呢，或互相矛盾，不言自明。黃春明也說，用中國的語言文學「寫自己周遭環境的生活問題」就是「台灣地方土生土長的文學，也是我們中國的文學」。對黃春明而言，文學的中國認同和文學關懷與取材於台灣的「周遭環境」和「生活」，是相互聯繫與統一的，而不是相互對立和矛盾，就很明白了。他們都沒有從不同立場「回歸」民族、「回歸本土」的紀錄。至於陳映真類似的主張，茲不贅言。

在社會科學上，反對帝國主義、反對資本主義……和改革現實生活中的矛盾，關心民眾的生活與疾苦，在理論上和實際上都是密切相互聯繫和相互統一，而絕非互相對立和矛盾的。台灣文化協會一九三一年的章程所示《行動綱領》，把「支持反帝同盟」、「打倒一切反動派」、「打倒台灣總督政治」這一類上位綱領，與類如「廢止日台人歧視待遇」、「減免自來水費」、「責由國家負擔青少年義務教育」具體關心生活、改革生活的綱領相提並論。[四一] 一九三四年，中共號召「以革命戰爭打倒帝國主義和國民黨，把革命發展到全國去，把帝國主義趕出中國去」。而欲達到此目的，中共同時要求充分注意和重視「群眾切身利益」和「生活問題」——食衣住行、柴米油鹽、合作社、農村對外貿易，等等。[四二] 這理由極為淺顯：帝國主義的支配，使民族經濟停滯瓦解，經濟剩餘出血外流，政治上和民族上的歧視……都使民族的成員體——民眾的物質和精神生活遭到嚴重的苦害。資本主義對利潤不知饜足的貪欲，使社會的成員體——民眾遭到不公平的剝削和壓迫，帶來生活的破產。反對帝國主義和資本主義的文學藝術家，當然要形象地取材、描寫帝國主義下和資本主義下[15]民眾的被害和生活中日常性存在的民族與階級的矛盾，喚醒民眾、改造生活、改造社會和歷史。

因此，把台灣文學的中國認同、反帝反資的立場，同關心台灣社會、民眾的創作態度對立起來的命題，在知識上和邏輯上都無法成立。而在七〇年代台灣文學爭論中，鄉土派作家和批評家莫不熱烈高舉台灣土地／人民旗幟的事實，則從另一個側面說明了這個事實：

在七二年到七四年的現代主義詩論戰中，尉天驄批評現代詩人從事支措[16]外國的情感寫詩，呼籲詩人深入台灣的工廠、鹽村、農村，體驗生活；高信疆批評現代派詩人「失去了根植的泥土，淡忘了此地的生活」……；[四三]勞為民主張文學家要為大多數的社會民眾而寫作，表現人民的觀點、價值和願望。[四四]

在一九七七年展開的鄉土文學論爭中，鄉土派作家和批評家則進一步擴大了七二年提出的擁抱「土地／人民」的邏輯。對王拓而言，七〇年代初台灣遭逢的外交挫折，使人們產生關注帝國主義——從而反對殖民經濟、買辦經濟和島內資本主義經濟下「一群被犧牲、被卑視的」、「收入少、生活水準低、工作辛勞」的人們。[四五]因此，王拓主張鄉土文學植根於「現實社會的土地上」，反映現實，也「反映人」。他讚美日帝下台灣作家「頑強地、固執地堅守在他們生長的泥土上……真誠地反映了他們所熟知的社會與生活現實」。他甚至充滿激情地說，「我們是兩腳深紮在這塊土地上的一群人，死了也還在這塊土地上，和這塊土地合而為一。」他吶喊：「這是我們的家園！」「我們對這塊土地的深情厚愛是堅定的、不可搖撼的。」[四六] 陳映真則認為在台灣的文學和文化全面惡質西化、在外交危機中民族自信心崩壞，「脫產逃亡者如過江之鯽，在外來勢力恣意干涉的歷史時代」，「投眼於自己的土地和人民」，「為民族的認同尋求軒昂自在的歸宿」。[四七]

熱愛和信賴人民群眾、歌頌土地和祖國，自認對勤勞人民有各種虧欠的知識分子，熱情洋溢地奔向農村、海濱等勞動現場，呼喊著「到人民中去！」（與七〇年代初台灣有大量青年上山下海，到廠礦訪問調查的運動頗為近似）。這是民粹主義的思想與實踐。民粹主義也主張藝術文學要有民族和民眾的特質，更要有啟蒙、教化和改造的功能。

七〇年代台灣鄉土文學爭論和運動，便帶有這強烈的進步的民粹主義的性質。然而，辯證地看待，人們容易發現，舊俄時代的民粹運動成為一些人奔向科學性的社會主義運動的接待站。而在三〇年代，一些頭腦發燒的民粹派紛紛投身到納粹．法西斯蒂陣營。同樣，七〇年代主要在民粹論的左翼推動的鄉土文學論戰中受到啟蒙的青年，形成了五〇年代異端撲殺恐怖後新生的民族統一派。而八〇年代的民粹論，包括對立於中國文學概念的「台灣文學」論，則淪為右翼的台灣分離主義——反共、把台灣「民族」、語言、「文化」無限神聖化、高唱沒有階級分析的「台灣人」意識和「台灣命運共同體」論，以塑造並聖化「台灣國民國家」，以「中國人」為台灣萬惡之源，傳布對「中國豬」的憎惡——從而呈現出一種「擬似法西斯」(pseudo-fascist)性格。

或謂：七〇年代的文學論爭中總還有一位葉石濤，在歷史上頭一個公開提出「台灣意識」和「台灣的立場」作為評斷台灣鄉土文學的重要條件。[四八] 但「就文論文」，葉石濤所提出的「台灣意識」和「台灣的立場[17]」論，受到他自己同時著重提出的若干「中國條件」所制約：

首先，葉石濤說，由於台灣歷史上的一些獨特的過程，「台灣本身建立了不同於中國大陸文化的濃厚的鄉土風格」。然而，這「台灣獨得的鄉土風格，並非有別於漢民族文化的、足以獨樹一幟的文化。它乃是屬於漢民族文化的一支流」。因而，台灣「濃厚、強烈的鄉土風格」，「仍然是跟漢民族文化割裂不開的」。也就是說，台灣的文化固然有其不同於大陸文化的、濃烈的「鄉土風格」，但在根本屬性上，台灣文化是中國文化密切不能分割的一部分。這樣的文化認識，當然是葉石濤「台灣意識」、「台灣立場」論的重要基礎和參照體系。

其次，葉石濤提出「台灣意識」這個詞時，是以這副題加以界定的：「帝國主義下在台中國人精神生活的焦點」。以「在台中國人」來指謂一般所說的「台灣人」，當然就不能是今日台獨人士所通用的、和中國、中國人對立意義上的「台灣人」，其理易明。而所稱「帝國主義下在台中國人精神生活的焦點」，正如葉石濤在文章中清楚指陳，是在[18]台灣「被殖民、受壓迫」的歷史經驗所形成的「反帝・反封建」，和「篳路藍縷以啟山林」與大自然鬥爭以開發台灣的，站在台灣民眾立場的精神。重要的問題是：葉石濤的「反帝・反封建論」，包不包括中國治台的歷史呢？[19]答案是明白的否定。葉石濤所理解的歷史上「蹂躪」過台灣的「侵略者」，只有「荷蘭人和日本人」。「明鄭三代及滿清二百多年」治台歷史清楚地被葉石濤從外族侵台史中「除去」，十分明確。「明鄭三代」和「滿清三百年」治台的矛盾，是同一民族內部的階級性——而不是民族性矛盾。看來葉氏認識歷史的高度，遠非今日台獨「本土論」者可望其項背。

而在[20]這種歷史認識下提出的「台灣意識」和「台灣的立場[21]」論，和今日成為「主流」論述的「台灣意識」、「台灣立場」論，相去何啻雲泥。

此外，這篇重要文章中以「祖國大陸」稱中國；以「反抗割讓，冀復歸祖國」的高度去認識割台前夕在台倉促成立的抗日臨時政權「台灣民主國」，等等，都顯示葉石濤在一九七七年的思想和史識，與今日許多標榜、徵引（斷章取義地）這篇文章者腦袋裡的東西，至少從白紙黑字的材料看來，是完全不一致的。

小論的作者在一九七七年發表〈鄉土文學的盲點〉就教於葉先生。近來有論者說我自己在文章中一方面「承認」台獨派的「台灣人意識」，並指責我以「用心良苦的、分離主義議論」構陷葉石濤。[四九]然而，文章具在，我以「有過這樣的立論：」來轉述台獨派的「文化民族主義」論，引述之後，我指這種議論是「用心良苦的、分離主義的議論」。這一段文字以海外的、日文材料為對象，我不但未曾「承認」其議論，而且給予「用心良苦的分離主義議論」的評價。[五〇]二十年後批評〈鄉土文學的盲點〉的人，如果不是讀書略欠細密，就是有意歪曲了。

在七〇年代的[22]詩論爭和鄉土文學論爭中，文學和民族的中國歸屬；反帝、反資論和熱切擁抱台灣土地和人民，走向人民的左翼民粹主義，在理論和創作實踐上是互相緊密聯繫、互相統一的。因此把台灣七〇年代「文學意識」分成「本土論」、「民族主義論」和「改革論」，[五一]在知識上、邏輯上也難於成立了。

三、對內戰意識形態和冷戰意識形態的重大挑戰

一九四七年以後，國共內戰形勢急轉直下。一九四九年末，代表中國舊社會地主、買辦、官僚資產階級的國民黨國家在一場人民革命中崩潰，退守台澎。一九五〇年六月韓戰爆發，美國武裝干涉中國內戰，派遣第七艦隊封斷海峽，占據台灣為圍堵新生中國的軍事基地。美帝國主義對國府政策轉為以其霸權支持國府在國際社會的「合法性」，悍然抹殺人民共和國的存在，

強使國府在國際上「代表」全中國。為達此目的，美國支持國府透過白色恐怖的組織性暴力，炮製國民黨「國家政權」，以為實現美國在遠東冷戰戰略利益的代理人。

國府假借美國給予的「國際合法性」，取得了國民黨軍事流亡集團原所沒有的「島內統治合法性」，恣意施行長期的反共．國家安全體制下絕對獨裁統治。於是在美國強權干涉下，國共內戰凍結。在兩岸分立長期化的條件下，台灣被納入西太平洋反共冷戰體制。而相應於國共內戰＝兩岸分裂的構造與國際冷戰構造之重疊，形成了內戰／分裂意識形態和國際冷戰意識形態的疊合架構，透過國府反共．國家安全體制嚴密的獨裁．特務體系，密密實實地支配和控制台灣的政治、思想、知識、文化和文學等方面的生活。

內戰／民族對立／東西冷戰意識形態體系，在政治上將中共、中國大陸連同社會主義圈整個加以惡魔化，透過教育宣傳製造對中國．中國人的憎惡和醜詆。在文化上，把左翼的、社會主義的思想、知識、文學、藝術、哲學和社會科學，說成危險而有毒害性與欺騙性的異端，加以社會的、文化的[23]迫害。在政治外交上，世界首先分成以美國為首的「自由世界」或「民主世界」和以蘇聯為首的共產國家集團或「極權世界」。前者代表政治上的「自由」、「民主」，經濟上的繁榮富足，社會上的安詳和樂。而「自由世界」「公認」的盟主美國，有超強的武力、科技先進，對別國無任何領土野心，卻為了防堵「邪惡的共產主義」，在全世界駐紮美國正義之師，有時為了嚇阻「共產帝國主義」的擴張，保護自由企業體制和民主價值，無私的美國總是一馬當先，義無反顧。至於共產主義和共產圈，那是集邪惡、獨裁、對別國懷有永不飽足的領土野心的惡棍，它派遣「赤色第五縱隊」以各種偽裝潛伏在各國，伺機顛覆自由體制，惡毒而又危險。官僚主義和經濟上的不自由，使共產國家的人民生活在無法改善的貧困。因此，美國是全世界自由、發展與和平的帶路人。在台灣，美國和日本是最重要的「反共盟友」，只有「共產第五縱隊」才會醜詆和攻擊美國和日本。共產黨常常偽裝愛國、愛人民，其實皆包藏禍心。青年「往往因為愛國（愛人民）太過熱切而有了偏差」，[五二]容易受陰險的共匪所利用，云云。

前文說過，從台灣新文學在二〇年代殖民地台灣呱呱墜地以迄一九五〇年，台灣新文學的指導思想一直是批判的、抵抗的現實主義。戰後一九五〇年到五二年的異端撲殺運動，徹底消滅了這個在台灣的民族解放運動歷史中累積起來的偉大現實主義傳統。自此，代表美國冷戰意識形態的現代主義文藝思潮和創作，從五〇年以迄七〇年，支配了台灣的文藝界，成為台灣文藝界的霸權和主流。

一九六〇年代末，美國干涉印支半島的戰爭師老無功，美國資本主義經過戰後二十年全面、快速發展，開始因種種複雜原因，使世界資本主義體系遭遇慢性的不景氣。一九六六年大陸文化大革命「造反有理」、「反帝反修」的精神，因緣際會，在北美、在法國和東京，激發了新的激進思潮，美國帝國主義、對外軍事擴張主義和美國的建制(establishment)受到廣泛的懷疑和批判。青年學生要求重新認識中國、越南和古巴的革命，要求徹底改造以美國資產階級價值為準繩的美國高等教育，要求解除對進步思想和學術的禁錮，開放言論自由……。

一九六〇年代末，來自台灣和香港在北美的留學生，或自發、或受美國進步思潮的影響，開始隱秘而興奮地尋找中國三〇年代文學，尋找有關中國革命的本質和過程的知識，尋找四九年成立後新中國的實體……。在這過程中，他們體驗了思想、價值、哲學、知識革命化、進步化的巨大蛻變。一九七二年，保釣愛國運動以北美和台北為大小中心爆發，運動前在北美各地自然形成的讀書小圈和獨自探索的個人，逐漸匯集而形成運動的左翼，並在運動過程中與運動的右翼(例如「反共愛國聯盟」)發生左右鬥爭。

對馬克思主義、對中國革命歷史的探索，帶來世界觀、人生觀的徹底(radical)改變。這意味著對人、對生活、對歷史、對社會——當然連帶地對文學藝術看法的改變。沒有這個思想、價值上全面的改造，就不能很好的理解從一九七二年的現代詩批判和一九七七年鄉土文學論爭。在北美、香港展開的思想的改造與進步，透過保釣運動刊物和影印設備的進步，流入台灣，對七〇年代初一代台灣知識分子衝破二十年內戰和冷戰思維的進步，起到了巨大的影響。舉手邊現有的資料看，香港保釣左翼著名刊物《抖擻》上羅隆邁寫的〈談談台灣的文學〉，[53]就對王拓在三年後的一九七七年四月發表的〈是現實主義文學不是鄉土文學〉中有關美國和西方意識形態對台灣知識分子的影響等各論，有直接影響。五四

於是在一九五〇年到五三年的恐怖政治和長期反共戒嚴體制中徹底破滅的、台灣的民族解放運動的哲學、社會科學和文藝審美思想體系，竟然在七〇年代保釣左翼重新尋訪中國、連帶地尋訪台灣的民族解放運動系譜的運動中，重新復甦，在內戰／冷戰意識形態疊合構造支配了台灣二十年的七〇年代，在兩次文學論戰中直接向這內戰／冷戰意識形態體系挑戰的鬥爭——並且在森冷的反共國家安全體制眈眈虎視之下，取得了鬥爭的勝利！

領導了七〇年代兩個文學論爭中的左翼取得勝利的、突破了內戰／冷戰意識形態支配的枷鎖者，至少有下列的幾個方面——

美・日帝國主義論的提起

在戰後的亞洲和遼闊的第三世界，反對美國和日本新帝國主義的運動，是美國勢力範圍下第三世界各國各族人民反對各該國扈從美國的反共法西斯政權的鬥爭必不可少的組成部分。因為各國人民看清了這事實：他們頂在頭上的、半封建的反共獨裁政府，是美國所豢養的、為美

國戰略利益和美國資本的利益服務的代理人。於是，在戰後的二十年間，反對美國在各地的軍事基地，反對美國在各地經濟和文化的侵略，反對美國干涉各國內政，反對美國在各地支持腐敗、反動、反民族的「法西斯壓迫性國家政權」(fascist repressive states)的鬥爭，風起雲湧，「美國佬滾回去」的呼聲，響徹雲霄。

但是在台灣，除了一九四七年元月一場集結了三萬青年學生抗議北京大學沈崇事件的反美示威，幾十年來，幾乎沒有過任何反美性質的社會政治運動。特別在五〇年開始連續三年的白色恐怖之後，反美、反日立刻就會被扣上「匪嫌」的帽子，遭受企圖破壞反共「邦誼」、「為匪統戰」的致命指控。(一九五七年五月「劉然事件」引爆的台北市反美群眾運動事件，雖出於民族主義情感，但畢竟是單一、偶發、孤立事件。)但除了國民黨嚴厲的不准反美(日)的政策而外，五〇年以降台灣的資產階級民主化運動，基本上不但不反美，而且一貫以美國勢力為奧援、為依靠。台灣革命家謝雪紅早在一九四九年表達了打倒國民黨統治和驅逐美帝國主義在台灣的侵略勢力的決心。[五五]但是只反國民黨獨裁，在極端反共意識上不反美反日的台灣戰後民主運動的局限性，也強化了以美(日)為友、為師，進而媚美親日的思想。

正是在這樣一個長期反共保守，親美媚日的背景下，七二年保釣運動的左翼，斗膽地揭起了聲討美日帝國主義論的反旗！

前文說過，一九七二年十二月，台灣大學的民族主義座談會上，陳鼓應和王曉波率先展開了反對美日帝國主義的論述。陳鼓應說外國人藉口工業合作，在台灣役用人力和物力，實際上是對台灣的「經濟侵略」。台灣應當倡言民族主義最首要的理由，便在於有「被強國侵略，被經濟控制」。王曉波倡言抵抗帝國主義的「武器、經濟和思想的入侵」，力言「對外抵抗侵略、對內剷除外國的『第五縱隊』」。[五六]這看似泛泛的一般之論，在二十年極端反共親美（日）的思想環境中發言，可謂石破天驚。在海外，保釣左翼對台灣政治經濟的性質，普遍認定國府統治下的台灣「外有新殖民主義（經濟滲透，從而政治控制）的榨取，內有為外來殖民主義者效勞的買辦政治的壓迫」[五七]。到了一九七七年鄉土文學論戰時，鄉土派的作家、評論家進一步發展了美日對台灣的（新）殖民地支配論、台灣社會性質為殖民經濟論，並以素樸的歷史唯物主義，根據台灣社會經濟對外隸屬，來說明台灣知識、文化、文學和思想等上部構造的西化——即對歐美之隸從。

葉石濤迭次明白地以「反帝．反封建」來規定台灣鄉土文學的傳統精神。南方朔認為七〇年代台灣文學在理論上和創作上，「不論省籍，一致強調」「以發揚民族尊嚴對抗帝國主義……」[五八]。

王拓認為美日兩強間將中國領土釣魚台私相授受，使人們「認清了帝國主義」「侵略者的真面貌」，「看清了美國與日本相勾結侵略中國的醜惡面孔」，從而認識到在「日本、美國的經濟殖民主義下，以廉價勞力和低廉農產品」換得台灣經濟成長，卻造成社會不公，工人、農民和弱小者的貧困化。[五九]王拓認為：先進國以先進的資本、技術，配合後進國的政策，以跨國公司的形式，以「經濟合作」之名，來「控制落後國家的經濟」，這就是殖民經濟。[六〇]雖然缺少政治經濟學理論的縱深，王拓在那白色的一九七七年，公然規定台灣經濟的「新殖民地」／「經濟的殖民地」論；公然規定美日帝國主義為「新帝國主義」，當然有一定的歷史意義。

陳映真指出一九五〇年後美國對台經濟和財政援助，有鮮明的帝國主義的冷戰戰略意義，造成台灣經濟對美國和日本的緊密依附構造。在〈建立民族文學的風格〉中，陳映真認為當代的世界，是一個「大約有五分之三的人口還生活在長期、慢性的貧困、飢餓、無知和疾病」的環境，是一個「跨國性產業和銀行集團支配缺乏生產資本和技術的弱小民族和國家，從而斲傷了這些民族的心靈，汙染了這些民族的自然環境，掠奪了這些民族的物質資源」的世界，用以說明在古典的帝國主義世界史之後，接踵而來的是冷戰下「新帝國主義」世界史的展開。[六一]

當然，這些論證，從今日眼光看來，還缺少更深刻的政治經濟學的縱深，但從文學思潮史看來，無疑是意義重大的。

素樸的歷史唯物主義方法之應用

歷史唯物主義相信「每一時代的社會經濟結構形成現實基礎，每一個歷史時期中由法律施設和政治施設以及宗教的、哲學的和其他的觀點所構成的全部上層建築，歸根結柢，都應由這個基礎來說明」。[六二]所稱「社會經濟結構所形成的基礎」，一般略稱「經濟基礎」，涵蓋比較複雜的內容，指的是同物質生產力之一定發展階段相應的、在這個發展階段中占領導地位的諸生產關係的總和。例如，一個資本主義社會的「經濟基礎」，就包括私有財產制度：生產過程中資本家與勞動者之間剝奪與被剝奪的關係，和資本主義的分配關係與消費關係等資本主義的社會經濟體制。而在這「經濟基礎」之上，形成政治、法律、道德、藝術（文學）、哲學、宗教等意識形態系統。經濟基礎的性質決定相應的上層建築的性質與內容；經濟基礎的變化，牽動上層建築的變化。

七〇年代台灣文學爭論中，尤其是在鄉土文學論爭中，很多作者都以台灣社會經濟的變化來說明作為上層建築的文學的變化。

尉天驄在〈民族文學與民族形式〉一文中，說明《紅樓夢》和《儒林外史》的出現，是同乾隆中葉之後中國封建社會瀕臨崩壞，有了批判封建豪門和封建士大夫階級的思潮有關。而「只有當第一次世界大戰之後，中國的民族資本主義初有基礎，『五四』新文化運動才能開展起來」六三。

王拓說他「一向主張文學研究應該把它放在當時的歷史與社會的客觀條件上加以思考」六四。於是，在討論七〇年代鄉土文學思潮之前，他對七〇年到七二年的台灣社會做一番分析。指出一九七〇年到七二年間台灣資本主義的高速成長，是以工資和農產品價格之低下換來，也就是對台灣工農的殘酷剝削所取得的。社會不公，引起社會意識的發揚。青年學生發動了社會服務和社會調查，探求民瘼的運動。這時，人們才發現二十年來的現代主義文學是如何長期脫離了生活，脫離了人民群眾，而歷史上一貫描寫生活、干預生活的鄉土文學，至此才有客觀的社會條件，受到廣泛的愛讀。六五

陳映真的論文題目〈文學來自社會反映社會〉就提示了上層建築的文學與經濟基礎的社會之間的關聯。他從歐洲封建社會向資本主義社會移行的歷程，說明同一時期中歐洲文學、藝術、政治、宗教思潮的推移，來說明「文學與社會」的關係。接著，他以極為概括的方式，說明戰後台灣社會的發展歷程及其社會形態的性質，得出戰後台灣資本主義的依附性發展的結論。繼之，他以台灣戰後資本主義的依附性發展，來說明台灣在醫學、教育、音樂、學術思潮各領域的極端西化，得出這結論：「文化上、精神上對西方的附庸化、殖民地化——這就是我們三十年來精神生活突出的特點」；「我們附庸性文化，只是社會經濟的附庸化的一個反映而已」。

再繼之，他進一步從台灣文化的附庸化來解釋台灣現代主義文學的西方化的性質。七〇年代初台灣資本主義的進一步開展，使社會矛盾浮現。而保釣愛國運動點燃了戰後世代最真切的愛國主義和民族主義思想，從而引發了對現代詩的批判，和「具有反對西方和東方經濟帝國主義和文化帝國主義意義」的鄉土文學論。六六

今日讀之，這樣的文論，畢竟是歷史唯物論的簡化、機械化甚至庸俗化表現。但在兩岸分裂，台灣左翼文學理論的歷史積累薄弱、在現實上進步的文學理論受到全面禁斷，五〇年以後台灣本地原有的、雖然積累薄弱的進步文論完全潰滅條件下，七〇年代文論中歷史唯物主義的文學評論的再登場，在台灣文學思想史上，當然有重大意義了。

民族文學論和民眾文學論的提起

歷史唯物主義主張，作為上層建築的社會意識形態之一的藝術文學，為經濟基礎服務。而在一個階級社會，不同階級有不同的藝術文學，各自反映不同的社會內容，占社會多數的、被收奪、被壓迫，從而亟思改變生活和歷史的階級——在資本主義社會，他們是直接生產者階級——的藝術文學，一般地要反映社會變革發展的要求，揭發和控訴社會和生活的醜惡陰暗，

同時激勵人民群眾為變革生活而踞起，歌頌勤勞人民的努力、勇敢和高尚的品德，呼喚對更合理、美好社會的憧憬。這樣的藝術和文學，在文學的目的、文學寫什麼、寫誰等諸問題上，便自然有明確的答案。在怎麼寫的問題上，也就自然採取人民群眾所喜聞樂見、所容易理解的形式、語言、思想感情來表現。這就是「文學的民眾性」。一九五〇年以降，台灣現代主義文學拒絕社會和民眾，專事刻畫個人最內面的、渾沌的心理世界，並且，作為反共冷戰意識形態的重要形式，現代主義視民眾文學為共黨的「工農兵文學」。

王拓指出七〇年代鄉土文學思潮，為了反對台灣的「寡頭資本」，對於「社會上比較低收入的人賦予更多的同情與支持」，因此刻畫「一群被忽視的人，他們收入少、生活水準低、工作辛勞」的人物。他認為鄉土文學絕不僅只描寫農村、工人和農人。它同時也「刻畫民族企業家、小商人、自由職業者、公務員、教員以及在工商社會裡為生活而掙扎的各種各樣的人」[六七]。台灣魯凱族的生活和困境，吸引著黃春明深情的關注，並且要「站在山胞他們的立場上」[六八]去寫。

陳映真則認為，鄉土文學中所描寫的、散居在「廣泛農村、漁村、學校、市鎮和工廠，勤勞地生活、殷勤地工作」的人們，表現了「中國民眾偉大的容貌」，也表現了「巨大而莊嚴的形象」[六九]。

嚴格意義的民眾文學論，必須建立在「民眾」的定義上。這就涉及社會性質理論了。社會性質論中有分析一個社會的階級構成的部分，從社會生產關係中分析一個社會的剝削者和不同程度的被剝削者、統治者和其他不同位序的被統治者。於是以廣泛直接生產者，因其被掠奪的痛苦最大，最富於社會變革和進步的願望，而被介定的「民眾」（或「人民」）。

七〇年代的民眾文學論，因為台灣社會性質論付之闕如，故而也沒有為「民眾」加以定義的理論支柱。但七〇年代的鄉土文學論，卻不約而同地在創作實踐上選擇了社會上被壓迫、被剝削的農民、農村無產者、工人、小職員等社會低層弱小者作為描寫敘述的對象。當然，這些社會低層的人物，不用說都是沒有被意識化過的「自在的階級」，還不是經過意識化、覺醒到自己階級在創造歷史的使命的「自為的階級」。然而，在那連作家都鮮有意識化者的時代，這種要求，又豈只是奢望而已？

前文說過，在現實生活中承受最大的不公與苦痛，對改變生活和歷史的意志最堅定，對公正美好的社會嚮往最熱情的，民眾的文學藝術，自然要反映社會和歷史向前進步的要求，因此對現實生活中不正義、不合理的方面要求予以揭露和批評，要求鼓舞勇於改革的熱情，要求歌唱勤勞人民奮勉勇敢、光明高尚的節操。在表達形式上，要求用廣泛民眾所喜聞樂讀的語言、感情、思想和藝術文學形式。而廣泛民眾是民族的主要成員體。因此他們所喜愛的文藝語言、思想、感情和表現形式，也就是一個民族的文藝和風格與特點。不同民族有不同歷史、文化和傳統。不同民族的文學藝術也就有不同的民族特色、民族形式和民族風格。因此，文學有民眾性，同時也有民族性。正如文學的民眾性聯繫著民族性，民眾文學也緊密聯繫著民族文學。

其次，在古典的和新的帝國主義時代，在殖民地、半殖民地和新殖民地社會，文學藝術要求揭發和打擊帝國主義在政治、經濟、文化各方面的壓迫、操縱和掠奪、支配；要求高舉民族和祖國固有的光榮與尊嚴，要求勇於抵抗和批判外來勢力，要求打擊與殖民者勾結與殖民者合作的精英階級，要求歌頌敢於向新舊殖民主義者鬥爭的人與事光輝的形象。這就要在文藝理論上和創作實踐上自覺地主張民族文學。

由於民眾文學和民族文學在本質上的聯繫性，七〇年代台灣文學論爭，幾乎自始就主張民眾文學和民族文學。

顏元叔在主張「社會寫實的文學」的同時，也提倡一種「民族文學」。他說民族文學要「發掘民族意識，傳遞民族意識」。但近來因「外國文化之侵襲」，「外國人的觀點和看法」左右了我們的觀點與看法。他主張以民族文學表達民族意識，要求中國文學「負起塑造」中國民族意識之大責任。七〇

趙光漢試為民族文學下一個界定，他認為，「民族文學……描述當前的或歷史的民族際

遇」，及其中「強大民族對弱小民族的欺侮……弱小民族對強大民族的反應」。民族文學要「暴露反民族主義的醜態，排除一切阻礙民族進展的思想，一方面要喚醒民族情感和意識，促進民族向上的意志……」。[七一]

南亭（南方朔）認為七〇年代以來的台灣文學理論與創作，都一致強調以民族尊嚴的發揚對抗帝國主義。[七二]

陳映真讚揚戰後台灣當代現實主義文學「使用了具有中國風格的文學形式、美好的中國語言」，「用自己民族的語言和形式」「生動活潑地描寫了台灣」，從而「在台灣的中國新文學上，高高地舉起了中國的、民族主義的……旗幟」。[七三]

這些論說一方面顯示了在兩岸分裂現實背景下台灣文學強烈的「中國指向性」，但在另一方面，由於社會科學的弱質，對於在內戰·冷戰雙重結構下民族的處境、美帝國主義干涉下民族分離架構的本質，以及克服這分離架構的展望，都沒有條件做縱深的理論展開。然而，在白色的七〇年代，公開以美國、西方為經濟、文化和政治的帝國主義，在幾十年美國強大的政治、經濟和文化支配下，公然倡言反對帝國主義，抵制帝國主義，從而主張文學藝術之中國民族形式、語言、風格與特色之復歸，其戰後台灣文學思潮史上的重要性，十分明白。

在台灣文學論中提出台灣社會形態論

所謂「社會形態」，一作「社會構成體」(social formation)，是一個社會之與生產力發展的一定發展階段相應的經濟基礎與上層建築的統一體。馬克思又認為，社會構成體非但是具體的而且是歷史的，都有萌芽、生長、成熟、衰敗並且向著更進步的社會構成體移行發展的運動。

一個社會構成體性質理論，對於新舊殖民地社會，有兩個定準。一個是政治經濟上的獨立性程度。另一個是社會經濟結構在「五階段」[七四]中的定位。一九三〇年代中國社會史論戰結束後，一般地認為，當時中國社會是「半殖民地」(政治經濟上獨立性程度)·「半封建」(社會經濟結構介於封建社會與資本制社會之間而又比較偏於封建社會的這麼一個發展階段)的社會。這樣的分析，就規定了要克服「半殖民地·半封建社會」，使中國社會向前進步，就得對外反對帝國主義，對內反對封建主義。在中國，因為特殊的條件，規定了以「新民主主義」而不是舊民主主義革命去克服中國社會的「半殖民地·半封建」性。[七五]毛澤東的這個新民主主義革命論，在實踐中打倒了國民黨，驅逐了帝國主義，還迎來了新民主主義革命的勝利。

因此，左翼文學的方針路線——寫什麼，寫誰，為什麼和為誰寫、為誰服務，以及怎麼寫的問題，都取決於社會構成體論的結論。葉石濤常常說台灣日據時期新文學的指導思想是「反帝・反封建」，便是相應於日治下台灣社會的「殖民地・半封建」性格的結論來的。

歷史地看來，台灣的民族・民主鬥爭的歷史中，有關台灣社會構成體論的理論積累比較薄弱，一九二八年台共第一個綱領中，雖然沒有對台灣社會結構給予具體稱謂，但在實際分析上已認為台灣社會中「高度的資本集中及……非資本主義經濟」，所謂「封建的殘留物」並存，而置於「日本國家權力－台灣總督府－高壓」統治之下。[七六]這就是對於一個「殖民地・半封建社會」的描寫了。

台共的綱領，把二〇年代末台灣社會構成分為八個階級。而打倒日帝統治而求從日本殖民地枷鎖中獲得獨立的革命，是「推翻日本帝國主義」的、「台灣資產階級性質」的獨立革命。但由於台灣資產階級在日帝壓迫下不得發展，力量薄弱，沒有能力領導這個「台灣資產階級的革命」，終須仰賴以台灣工人為核心，團結貧農，形成「嚴密的聯合」，領導其他「有革命性且有自由主義傾向的工商階級」，進行「資產階級性質」的革命。這簡直是「新民主主義革命論」的台灣版了。

台共成立後，不久陷入分派鬥爭之中。一九三一年，台共「改革同盟」以新綱領另立新的中央。新綱領對台灣社會構成體的分析，大抵上也做出當時的台灣社會是「殖民地・半封建社會」結論。受到當時中國革命「左」傾路線的深刻影響，在階級分析上，分成六個階級，並且否認

「民族資產階級」的存在，對資產階級的妥協性與民族改良主義深具戒心，對反對民族改良主義和社會民主主義有緊迫感。另一方面，對於當時共產國際所宣傳的資本主義「第三期」——即其爛熟的末期的來到顯示熱情的信心，相信「革命的高潮將在無可避免的情勢下來臨」。[七七]

由於篇幅的關係，對三〇年代陳逢源等所行的台灣資本主義論爭，和遠在大陸的李友邦對日據下台灣社會的分析，皆略而不論。歷史地看來，日據下台灣左翼運動留下了台共兩個綱領中的台灣社會性質理論。一九四六年到一九五三年中共台灣省工作委員會的實踐，留下了四七年到四九年新現實主義論爭中駱駝英的台灣文學性質與發展的方針論。[七八]而一九七〇年代保釣運動，也留下了極為粗疏，但意義重大的台灣社會經濟論，即台灣殖民地經濟論。

為了對彭歌的點名批判提出駁論，王拓在〈擁抱健康的大地〉一文中，對他的台灣「殖民經濟」論提出比較詳細的看法：

王拓首先強調台灣從一九五〇年代到一九七〇年初，「二十年內順利完成了五期經濟計畫」，使「台灣工商業有長久的進步和繁榮」。[七九]這是在說明台灣戰後資本主義的發達，使台灣成為現代資本主義社會。

但王拓認為，台灣資本主義的發展，付出兩樣代價。一是工農階級的貧困化，二是在貿易上、工業上對外國資本依附。工農貧困化，源於低米價政策，以維持低工資，來發展勞力密集工業化。但壓抑農業，發展工業，使工農成為被犧牲的階級。其次，日本貿易商社獨占台灣對外貿易渠道，又在美日台三邊貿易中對台大量出超，說明台灣經濟的對外依附性嚴重。這是新殖民主義的壓迫。於是說台灣經濟是買辦經濟。[八〇]

這種說法當然在理論發展上過於粗疏。雖然可能當時王拓尚無「依附性經濟發展」的理論認識，但既說台灣經濟又依附外國，又有所發展，倒也碰上了「依附發展」論的最通俗的輪廓。但也僅止乎此。王拓當時還沒能提出跨國公司在貿易、技術轉移上廣泛的支配，以致使台灣經濟高度依存資本與技術的進口，結果削弱了台灣本地資本的積累，使台灣工業難於升級，更難於達成經濟自主化。王拓自然也無力提及世界體系中不平等的國際權力關係，以及島內畸形、不公正、不合理而又無從加以改造的社會構造，是台灣經濟無從擺脫外力控制的重要原因。[八一]

王拓，連帶當時提出台灣殖民經濟論的別的評論家們，對台灣經濟的新殖民地性不會也無從掌握理論知識的事實，使孫伯東之流的體制派經濟學家很容易避重就輕地搶白一番。[八二] 但無論如何，即使是粗枝大葉，指出台灣社會經濟的依附性（或依附下的經濟發展）、提出了外國經濟對台灣經濟的支配這個結論，在七〇年代初，是有重要意義的，同時留給今後的台灣社會科學繼續充實台灣經濟性質宏大空間。

四、倒退與發展——代結論

小論的作者以為，七〇年代台灣的文學論戰，在台灣戰後文藝思潮史上有至少三方面劃期性的意義。

首先是現實主義創作道路的提起。現實主義文學論，在殖民地／半殖民地社會文學史中，一向是左翼文學同其他偏向鬥爭的旗幟。在截至二十世紀七〇年代，現實主義和現代主義文學的著名論爭中，也是世界範圍內的左右對峙。此外，在戰後世界冷戰結構下，現代主義成為以美國為首的「自由世界」對抗舊蘇東世界「社會主義現實主義」文藝的意識形態武器，也成為反對在廣泛美國勢力範圍下第三世界反帝的、本地革命現實主義的先鋒。在這三層意義上，七〇年代台灣批判現代主義，高舉現實主義文學的道路，在那冷戰猶殷的時代，有重要意義。

其次，七〇年代台灣的兩次文學論爭在多方面直接衝破了中國內戰和國際冷戰雙重意識形態的壓制，做了突破性的挑戰。台灣新殖民地經濟論；美日帝國主義論；民族文學和民眾文學論的提起，以素樸的歷史唯物主義作為認識和評論台灣文化和文學發展史的方法等，都是向七〇年代內戰／冷戰思想禁制的禁區大膽的衝刺。

第三，雖然實質成績還比較粗疏，但歷史地看待，七〇年代的文學論爭中提出了台灣社會經濟性質的爭論。社會構造體性質的爭論，是標誌一個社會的左翼之社會科學和科學地自我認識能力的重要指標。馬克思主義的文論，也基本上離不開社會構成體論。七〇年代台灣是不是「殖民地經濟」的爭論之重要性，不在爭論雙方在知識上的貢獻，而在問題提起本身的歷史意義，以及它為今後的台灣社會科學界和文學評論界留下來廣闊的探索領域。

在七〇年代的文學論爭中，人們看見兩個政治上方向相似、性格不同的轉化。先是平素表現為自由主義、開明、現代、前進的某一些現代主義者和自由派言論人、大學教授，在爭論——比較劇烈的階級鬥爭在文化上的表現——中露出反共法西斯蒂的本來面目。在王昇主宰的反共國家安全體制下，彭歌一改向來的慈眉善目，從一九七七年七月開始在他的報紙專欄上給鄉土文學扣帽子，八月，展開全面總攻，對王拓、尉天驄、陳映真展開凌厲的公開點名批判，為政治迫害製造輿論，同八月，一貫以美學人並兼大詩人面貌出現的余光中不但公開呼喊「狼來了！」，而且私下寫密告材料給王昇，[八三] 指控陳映真的文藝評論思想來自「青年馬克思」，手段之卑下，令人齒冷。在現代詩論爭中，以軍中政治作戰為專業的洛夫，公開寫文章控訴批評現代詩的文學是「意圖詭密」，其「價值判斷建立在唯物論社會主義」。他指責向現代主義詩開刀的唐文標是「赤色先鋒隊」，企圖在台灣社會灑播「普羅文學的毒粉」。[八四]

在二戰前後，不少現代主義詩人、藝術家投入歐洲極端反共的納粹營壘，是眾所周知的。台灣的現代主義，在階級鬥爭嚴重激烈的時刻，毫不猶豫地露出了反共法西斯蒂的猙獰面目。為了反共，寫密告信，幫國民黨法西斯蒂打棍子，絲毫不見手軟。

經過一九七九年高雄美麗島事件後，在歷史上與台灣殖民地時代的反帝民族解放運動沒有人的、組織的、歷史的以及意識形態聯繫的台灣戰後（資產階級）民主化運動，在「反蔣（反獨裁）不反美（反新老帝國主義）」、「民主反共」、「為反共而民主」的宿疾上，到了七〇年代台灣在國際合法性全面崩潰，造成資產階級島內支配合法性的高度焦慮條件下，台灣資產階級民主運動逐漸走向反蔣而民族分裂的途程。政治上的統獨爭議，反映到台灣文學、文化的領域，就表現為八〇年代台灣文學分離論、即所謂「本土文學」論、和中國文學對立的「台灣文學」論，而有長足的發展。從八〇年代中後開始，葉石濤、王拓、陳芳明、巫永福、宋澤萊、李魁賢和不少原台灣文學的中國性質論者，在沒有做任何負責任的轉向表白條件下，轉換了自己的思想和政治方向，從他們原來的原則立場，全面倒退。

依靠帝國主義的奧援偏安台灣的國民黨，在其支配台灣的意識形態中就孕育著民族分裂固定化、永久化的分離主義的胎兒。國民黨「勝共統一」、「政治反攻統一」云云，僅僅只是塑造其對台統治合法性的欺罔。戰後數十年極端反共宣傳，在台灣造成了普遍歧視、憎惡、卑視中國的思想感情。而且在與大陸內戰／冷戰對峙形態下，組織到美、日、台三角貿易中，並在獨裁下資本快速積累而「繁榮」條件下，台灣社會發展了脫中國、脫亞洲和向美日的思想感情。一九八七年，在沒有革命、政變，沒有對歷史和社會的構造性變革條件下，台灣資產階級由上而下地接續和接受了一九五〇年以降舊國民黨的權力。隨著時日，台灣朝野資產階級共同繼承了國民黨屍骸所遺留下來的遺腹兒——反共、親美親日、反中國、兩岸分斷的固定化的政治和政策。

七〇年代達到高潮的、反內戰·反冷戰意識形態的突破，不旋踵到了八〇年代遭逢了全面性的挫折和轉折。這是中國指向的反帝民族解放的本土論創造了它的異己物——反中國的本土論而異化，抑或內戰·冷戰意識形態（肯定）與反內戰·反冷戰意識形態（否定）的對立鬥爭過程中，由於一些不利的條件（左翼傳統的潰絕，進步理論·思想積累的弱質，等等），使否定的否定中挫，無法使否定超克肯定，完成新的肯定（否定的否定）的建設——這雖是有待深化探討的課題，但小論的作者以為，台灣左翼傳統的弱質，和戰後台灣左翼在知識、理論——從而在實踐上的貧困和極端艱難的處境，是造成八〇年代以降大反動和大倒退的主要原因。

七〇年代台灣文學論爭，在彈指間竟過去了二十年。環顧今日台灣，新的外來的理論——後現代論、結構·解構論、後殖民論、女性主義論、同性戀論等依舊是台灣文化、文藝和思想的主流和霸權論述。相對於七〇年代強烈的中國指向，八〇年代興起全面反中國、分離主義的文化、政治和文學論述。台灣民族主義代替了中國民族主義。反帝反殖民論被對中國憎惡和歧視所取代。民眾和階級理論，被不講階級分析的「台灣人」國民意識所取代。

歷史給予台灣形形色色的民族分離主義以將近二十年的發展時間。但看來七〇年代論爭所欲解決的問題，卻不但沒有得到解決，反而迎來了全面反動、全面倒退和全面保守的局面。

現在，擺在深切關懷歷史和生活的人們面前的，就有這些急迫地等待解答的問題——

・對現實主義和現代主義問題的，結合了台灣文藝歷史的具體現實的探索。

・對自西方高教校園傾瀉而來的貨色——後現代主義、後殖民主義、女性主義和同性戀論述的、全面的、結合了台灣具體論題的總檢點；

・展開台灣社會構造體性質的討論，以深入解決帝國主義、台灣殖民經濟、八七年以後台灣「國家政權」性質和台灣社會變革理論等諸問題；

・從台灣政治史和台灣社會史論的展開，對台灣統獨問題進行理論探討。

果而如此，這將是台灣的社會科學的一次躍升，從而也是對鄉土文學二十年的[24]意義的獻禮。

初刊一九九七年十月《回顧與再思・鄉土文學論戰二十年討論會論文集》

另載一九九七年十二月《聯合文學》第十四卷第二期、第一五八期

收入二〇〇三年十二月人間出版社《人間思想與創作叢刊6．告別革命文學？——兩岸文論史的反思》、二〇〇六年七月人間出版社《春雷之後：保釣運動三十五週年文獻選輯》

一　銀正雄〈墳地裡哪來的鐘聲？〉，收於尉天驄編《鄉土文學討論集》，台北：遠流出版公司，一九七八年，頁一九三—二〇三。

二　朱西甯〈回歸何處？如何回歸？〉，前揭《鄉土文學討論集》，頁二〇四—二二六。

三　王拓〈是現實主義文學，不是鄉土文學〉，前揭《鄉土文學討論集》，頁一〇〇—一一九。

四　李拙〈廿世紀台灣文學發展的方向〉，前揭《鄉土文學討論集》，頁一二〇—一二九。

五　葉石濤〈台灣鄉土文學史導論〉，前揭《鄉土文學討論集》，頁六九—九二。

六　許南村〈鄉土文學的盲點〉，前揭《鄉土文學討論集》，頁九三—九九。

七　彭歌〈三三草（九則）〉，前揭《鄉土文學討論集》，頁二二七—二四四。

八　陳映真〈文學來自社會反映社會〉，前揭《鄉土文學討論集》，頁五三—六八。

九　彭歌〈不談人性，何有文學〉，前揭《鄉土文學討論集》，頁二四五—二六三。

一〇　余光中〈狼來了〉，前揭《鄉土文學討論集》，頁二六四—二七〇。

一一　南亭〈到處都是鐘聲〉，前揭《鄉土文學討論集》，頁三〇六—三一二；王拓〈擁抱健康的大地〉，收前揭《鄉土文學討論集》，頁三四八—三六二。

一二　陳映真〈建立民族文學的風格〉，前揭《鄉土文學討論集》，頁三三四—三四一。

一三　尉天驄支持鄉土文學的文章甚多，主要收在前揭書本名和化名文章；黃春明的發言見《中國論壇》主辦「當前的中國文

學問題」座談會發言紀錄，前揭《鄉土文學討論集》，頁七七七。

一四　張忠棟〈鄉土·民族·自立自強〉，前揭《鄉土文學討論集》，頁四九五—五〇〇；孫伯東〈台灣是殖民經濟嗎？〉，前揭《鄉土文學討論集》，頁五〇一—五〇七；董保中〈談「工農兵文藝」〉，前揭《鄉土文學討論集》，頁五〇八—五一四；董保中〈我們當前的一些文藝問題〉，前揭《鄉土文學討論集》，頁五四七—五六〇。

一五　胡秋原〈談「人性」與「鄉土」之類〉，前揭《鄉土文學討論集》，頁三二三—三三一。

一六　徐復觀〈評台北有關「鄉土文學」之爭〉，前揭《鄉土文學討論集》，頁三三二—三三三。

一七　陳鼓應〈評余光中的頹廢意識與色情主義〉，前揭《鄉土文學討論集》，頁三七九—四〇二；陳鼓應〈評余光中的流亡心態〉，前揭《鄉土文學討論集》，頁四〇三—四一七。

一八　胡秋原〈談民族主義與殖民經濟（訪問）〉，前揭《鄉土文學討論集》，頁五六一—五七七。

一九　王拓〈「殖民地意願」還是「自主意願」〉，前揭《鄉土文學討論集》，頁五七八—五八六。

二〇　楊逵〈光復話當年〉，轉引自趙光漢〈鄉土文學就是國民文學〉，前揭《鄉土文學討論集》，頁二八四。

二一　有關對現代文藝主義的批評，見北京中國社會科學院外國文學研究資料叢書，《現代主義文學研究》上冊，北京：中國社會科學出版社，一九八九年。

二二　阿皮革納內西、加勒特《後現代主義》（傅信勤主編，黃訓慶譯），台北：立緒文化出版社，一九九六年，頁三一—三三。（Richard Appignanesi and Chris Garratt (1995). *Introducing Postmodernism*. London: Icon Books.）

二三　五〇年代台灣現代主義畫派，就有明顯受到美國宣傳體制刻意栽培的實例，為作者所親見。

二四　北劍〈論民族主義——第一次民族主義座談會紀要〉，轉自王曉波《尚未完成的歷史：保釣二十五年》，台北：海峽學術出版社，一九九六年，頁三七四—三七五。

二五　葉石濤，同註五。

二六　王拓，同註三，頁一一六。

二七　李拙（王拓），同註四，頁一二〇。

二八　同註四，頁一二二—一二三。

二九　王拓〈鄉土文學與現實主義〉，收前揭《鄉土文學討論集》，頁三〇一。
三〇　《笠》詩刊〈現代詩與鄉土文學〉（座談發言紀錄），原刊《笠》詩刊第八十一期。收前揭《鄉土文學討論集》，巫永福發言，頁七八八、七九三、七九四。
三一　同註三〇，李魁賢發言，頁七九四—七九五。
三二　同註一一，頁三〇七、三一一。
三三　中國論壇社〈當前中國文學問題〉（座談會紀錄），黃春明發言，收前揭《鄉土文學討論集》，頁七七七。
三四　同註一二，頁三三五。
三五　同註一二，頁三三五。
三六　同註八，頁六五。
三七　同註八，頁六五。
三八　同註八，頁六六。
三九　陳映真〈在民族文學的旗幟下團結起來〉，《仙人掌》第十二號，一九七八年六月。
四〇　游勝冠《台灣本土文學論的興起與發展》，台北：前衛出版社，一九九六年，頁二八六。
四一　台灣總督府警務局《台灣總督府警察沿革志・第二編・領台以後的治安狀況・中卷・台灣社會運動史》，第一冊《文化運動》（王乃信等譯），台北：創造出版社，一九八九年（原作於一九三九年），頁三六七。
四二　毛澤東〈關心群眾生活，注意工作方法〉，收入《毛澤東選集》卷一，北京：人民出版社，一九九一年，頁一三六—一四一。
四三　高信疆〈探索與回顧〉（一九七二），收入趙知悌編《文學，休走！》，台北：遠行出版社，一九七六，頁一六七。
四四　勞為民〈文學家該為誰而寫作？〉，收前揭《文學，休走！》，頁一七六。
四五　王拓，同註三，頁一一六。
四六　王拓〈擁抱健康的大地〉，收前揭《鄉土文學討論集》，頁三六一。
四七　陳映真，同註三九。
四八　葉石濤，同註五，以下所引皆同。

四九　同註四〇，頁三一七。
五〇　同註六，頁九六—九七。
五一　同註四〇，頁三〇〇。
五二　同註三三，彭歌發言，頁七六七。
五三　羅隆邁〈談談台灣的文學〉，《抖擻》（香港），一九九四年六月號。
五四　在〈是現實主義文學，不是鄉土文學〉一文中，王拓多處直接抄用羅隆邁的語言文字。如「原來穿軍裝拿武器侵略中國的日本人，卻換了一身裝扮，穿西裝，提了〇〇七的皮包重新又進入台灣……」；「西方的思想：自由對極權、民主對專制、這一套思想的二分法」；「縱的方面割斷了自己民族的傳統，橫的方面又盲目地開放胸懷吸收西方資本主義的思想和價值觀念……」，以及一整段有關西歐當前文學藝術的內容，幾乎一字不改地源自羅隆邁。但這並不能據以論斷涉及抄襲，因為王拓畢竟還有他自己的思想與見地；第二，在那個時代，公開文章的出處（香港保釣左派雜誌），有嚴肅的安全上的顧慮，王拓未有註明出處，可以理解。
五五　〈台灣民主自治同盟主席謝雪紅的聲明〉（一九四九年九月三日），轉引自林國炯等編著《戰雲下的台灣》，台北：人間出版社，一九九六年，頁三六八—三六九。
五六　同註二四，頁三七四—三七五。
五七　同註五三。
五八　同註一一，南亭〈到處都是鐘聲〉。
五九　同註四，頁一二六—一二七。
六〇　同註三，頁一〇八。
六一　同註一二，頁三三八。
六二　《馬克思恩格斯選集》卷三，北京：人民出版社，頁六六。
六三　尉天驄〈民族文學與民族形式〉，《仙人掌》雜誌，一九七八年六月號。
六四　同註三，頁一〇〇。

六五　同註三，頁一一四。
六六　同註八。
六七　同註三，頁一一九。
六八　同註三三，黃春明發言。
六九　同註一二。
七〇　顏元叔〈談民族文學〉，《談民族文學》，台灣：學生書局，一九八四年。
七一　趙光漢〈鄉土文學就是國民文學〉，收前揭《鄉土文學討論集》，頁二八六。
七二　同註一一，南亭〈到處都是鐘聲〉。
七三　同註一二。
七四　歷史唯物主義的社會發展學說，把社會進步的移行過程分為：（一）原始社會；（二）奴隸社會；（三）封建社會；（四）資本主義社會；（五）共產主義社會等五個階段。在帝國主義時代，廣泛第三世界被殖民地化社會又依各自不同的具體情況，分為殖民地半封建社會（如一八九五年至一九四五年的台灣），和半殖民地半封建社會（如一九四九年前之中國）。一九八九年後，蘇聯及東歐社會瓦解，向資本主義社會迴行，第四階段向第五階段移行的理論受到一定的挫折。
七五　毛澤東〈新民主主義論〉，收入《毛澤東選集》卷二，北京：人民出版社，一九九一年，頁六六二—六七二。
七六　台灣總督府警務局《台灣總督府警察沿革志．第二編．領台以後的治安狀況．中卷．台灣社會運動史》，第三冊《共產主義運動》（王乃信等譯），台北：創造出版社，一九八九年（原作於一九三九年），頁二五—三五。
七七　同註七五，頁一七一—一八四。
七八　關於這一次論爭，參見劉孝春〈「橋」論爭及其意義〉。
七九　同註四六，頁三五三。
八〇　註四六，三五四—三五六。
八一　陳玉璽《台灣的依附型發展》（段成璞譯），台北：人間出版社，一九九五年。
八二　孫伯東〈台灣是殖民經濟嗎？〉，收前揭《鄉土文學討論集》，頁五〇一—五〇七。

八三　參見胡秋原〈覆某女士論風車之戰與右派心理〉，收前揭《鄉土文學討論集》，頁六八八。另參照陳芳明〈死滅的，以及從未誕生的〉，收於《鞭傷之島》，台北：《自立晚報》社，一九八九年七月，頁一三七—一七五。

八四　就文論文，唐文標對現代詩的批評，基本上還談不上階級文學論，也談不上歷史唯物主義的方法。

八五　葉石濤在一九八七年回顧鄉土文學論戰的十週年時，對台灣文學中的消費主義、虛無、敗德、虛假、物化、疏離，「中了美日新帝國主義的毒」……有深刻的反省。這是否也能看成是對八〇年代台獨文論取得領導地位後的台灣文學的反思呢？參見葉石濤〈鄉土文學十年〉，收葉石濤文集《台灣文學的悲情》，台北：派色文化出版社，一九九〇年，頁一四六。〔全集編按：此註在原刊內文無標示相應的註腳編號。〕

1　本篇為作者在「回顧與再思——鄉土文學論戰二十年討論會」的專題報告，後與同時發表的另三篇論文：施淑〈想像鄉土，想像族群〉，呂正惠〈鄉土文學中的「鄉土」〉，林載爵〈本土之前的鄉土——談一種思想可能性的中挫〉，一齊收入一九九七年十二月《聯合文學》第十四卷第二期「回顧與再思——鄉土文學論戰二十年」專題。討論會主辦單位：台灣社會科學研究會、人間出版社、夏潮論壇社；時間：一九九七年十月十九日；地點：台灣師範大學。《聯合文學》版及人間版刪去所有註釋，本文依據初刊版校訂，並保留所有原始註釋。

2　人間版此處有「皇民派」三字。

3　人間版此處有「文化」二字。

4　人間版此處有「藝術」二字。

5　人間版此處有「／新殖民地」。

6　「非現實主義」，人間版為「反現實主義」。

7　「非現實主義」，人間版為「反現實主義」。

8　「非現實主義」，人間版為「反現實主義」。

9　人間版此處有「台灣」二字。

10　人間版此處有「對鄉土派文學」六字。

11　人間版此處有「左翼、」。

12 人間版此處小標為「鄉土文學論和左派民粹主義」。

13 「中國台灣」，人間版為「中國／台灣」。

14 人間版此處有「今日已向台獨派轉向的」十字。

15 人間版此處有「作家生活周遭」六字。

16 「現代詩人從事支措」，人間版為「現代人支借」。

17 「台灣的立場」，人間版為「台灣人的立場」。

18 人間版此處有「帝國主義下」五字。

19 人間版此處有「就文論，」。

20 人間版此處有「當時他的」四字。

21 「台灣的立場」，人間版為「台灣人的立場」。

22 人間版此處有「現代主義」四字。

23 人間版此處有「與政治的」四字。

24 人間版此處有「最有」二字。

情義和文學把一代作家凝聚到一起……[1]

今天我發言太多，這回應該說短一些。

書本上說到「國家」的暴力性和強制性，平時不怎麼能體會。但當你被捕、被偵訊、審判、押監執行，你才感覺到「國家」機器的強大威暴的力量。一九七七年八月，彭歌對鄉土文學點名批判，余光中寫〈狼來了！〉，年底召開「國軍文藝大會」，對鄉土文學作家磨刀霍霍，你又一次感受到以法律、法院、軍隊、警察、特務、看守所、監獄、行刑室所具體化的「國家」機關的威暴，也才了解到為這威暴的機制服務的爪牙之可鄙、可怕。而抵抗的孤獨，便來自一個脆弱的個人面對制度性、組織性的國家暴力的情境。克服這個孤獨和恐懼的，是我們在良心上深信這個國家暴力的不道德性與不正義性，以及抵抗的道德性與正義性吧。

台灣自由主義的失敗

第二點，戰後台灣的主流思想是資產階級的、美國進口的自由主義。台灣自由主義講民主、自由、講西方學問、講「現代性」之可欲、講反共抗俄、講忠孝仁愛、講「廣慈博愛」、講「人性」……看似一貫理性、先進、慈眉善目。但一旦遇到意識形態上的階級鬥爭，則其反動法西斯嘴臉暴露無疑。留學美國、側身文藝的彭歌、余光中固不必論，其他如張忠棟、董保中、孫伯東（孫震），莫不在法西斯恐怖中對鄉土文學落井下石。自由主義對鄉土文學的人權、言論權、自由和民主的權力下了毒手，便宣告了台灣自由主義的失敗和死亡。今天，他們的白紙黑字俱在，成了台灣自由主義失敗的墓誌銘。

第三點，自由主義不但失敗，而且墮落。彭歌以公開點名批判，在戒嚴時代「告發」了尉天驄、王拓和我。但另有秘密告發，告發者是余光中。余光中寫了長篇告發信給王昇將軍，指控陳映真的文藝思想來自「青年馬克思」。王將軍以為正統馬克思他懂得，「青年馬克思」則不熟悉，乃就教於鄭學稼先生。鄭先生看過余光中的密告後，斥為無稽，力言當局不應打擊鄉土文學，反應獎掖，這剛才天驄兄說過了。才幾年前，余光中的崇拜者陳芳明，事後轉向台獨，為了撇清他與余光中的關係，寫了惡毒而又可笑的文章，其中就說余將這密告信的副本轉寄給陳芳明。這不但進一步證明了余光中寫密告信的真實性，也說明了余光中甚至把自己密告別人的文件副本交託給陳芳明這種程度的余、陳關係，耐人尋味。

最近，陳芳明寫了一篇短文，說明兩人在某場合一見泯恩仇之事。也是最近幾年，大陸文藝界、出版社大大吹捧余光中。大陸文藝界畢竟也有少數一些人沒有歷史和道德是非，何墮落乃爾！

在國民黨的政治苦牢裡，有一種文化。一個人一旦被發現當過監方狗腿子，被利用臥底告密，他就被同獄難友沉默地、堅決地隔絕，沒有人和他相交談話，讓他孤獨地過著獄中的年年月月。這是求生圖活的安全所必須，也是獄中道德意識所必須，也是在艱困條件下，一個人要奮力維護人的尊嚴與道德而生活之所必須。搞方便主義、便宜行事、機會主義，像天驄兄方才所說，行不通，也行不得。

最後一點，今天老戰友相會，不得不感念天驄兄當年以老大哥的態度，對當時初出世道的許多作家溫暖、真誠的幫助、照料、關懷和團結。我們謝謝尉老哥哥，也謝謝大家。

初刊一九九八年十二月人間出版社《人間思想與創作叢刊1・清理與批判》

1 本篇為陳映真在「情義和文學把一代作家凝聚在一起」座談會上的發言。與會者按發言順序排列有：黃春明、陳鼓應、尉天驄、陳映真、詹澈、施善繼、王曉波。座談會紀錄全文收入一九九八年十二月人間出版社《人間思想與創作叢刊1·清理與批判》。

一九九七年十月

世界華文文學的展望

關於世界華文文學的歷史與特質的一些隨想[1]

一

這小論的作者是第一次參加討論歷有年所的有關「世界華文文學」的議論，因此還不明白討論會對「世界華文文學」的界定。

但是從常識上理解，「世界華文文學」似乎應該指涉中國大陸本部——包括台港——以外地區的華人或華裔文學作家，以漢語＝華語書寫的文學。

因此，「世界華文文學」，大約就有三個地理學上的內容。首先是歷史悠久的馬華文學，指的是馬來半島上馬來西亞、新加坡的誕生於二十世紀一十年代末的華文文學。菲律賓的菲華文學也許可以包括在這個範疇。其次是主要在六十年代初登台的、旅居北美洲的華人或華裔作家以現代漢語書寫的文學。八十年代以後，從大陸旅居北美洲的華人、華裔作家，也參加了這個行列。第三部分，是散居在馬來半島和北美以外世界其他地區例如大洋洲等的華人或華裔作家的漢語文學作品。

小論的目的，是以馬華新文學和北美華文文學為代表，從其歷史和特質，概括地推想世界華文文學未來的展望。

二

馬華文學，歷史悠久。華人移民馬來半島的歷史，早則可以追溯到十七世紀。華人大量移民馬來亞，是十九世紀中葉之後。歷史地來看，華人移民英殖民地馬來亞的歷史，從移民過程到移民以後的生活，充滿慘苦的血淚，是一部華工奴隸勞動(「豬仔」)的貿易、苛役、剝削和淩虐的歷史。

但是由於南洋距離閩粵相對較近，在日本殖民當局嚴禁大陸東南沿岸華人華工移民台灣的政策下，在二十世紀中，華人向英屬馬來亞移民的運動一直不曾歇止。因此，受到一九一九年「五四」反帝愛國運動、二十年代中國北伐革命和三十年代中國抗日民族戰爭直接影響而南來馬來亞的文人、作家、新聞記者、政治流亡人士、知識分子也比較多，而受到帝國主義侵凌下中國被迫走向歷史的現代的、不斷的痛苦和痙攣的影響也較深。而馬華文學，正是在馬的華人反對當地帝國主義和封建壓迫、反對日本侵略、支援中國、甚至支援馬共民族解放運動中誕生和成長的，其歷史綿長，作品也比較具有歷史的、思想的傳統與深度。而其重大特色，在於從一十年代馬華文學的誕生，一直到四十年代抵抗日本占領、支援祖國抗日的文學運動，都受到中國政治、思想和社會運動直接、間接的影響，和現代中國誕生的胎動有深切的聯繫。

據馬華新文學史家方修所做的界定，「馬華新文學是受了中國五四文化運動的影響，具有反帝、反封建的精神，在星馬地區（包括北婆羅州）發展起來的華文白話文學」。因此，馬華文學的幾次興衰，和中國及星馬地區幾次反帝、反封建的社會政治運動的發展與挫折相應和。一九二五年，革命的廣州政府在上海、廣州發動了反對帝國主義的勞工運動和學生運動，在文學上，郭沫若和蔣光慈倡議「無產階級革命文學」。這「新興階級文學」論，很快擴散到馬華文學界，以「新興（階級）文學」之名，展開了描寫在馬華工於礦山、橡膠園和工廠的生活和鬥爭的文學，並有重要收穫。待馬英當局在一九三〇年展開對馬華左翼文學的白色恐怖鎮壓，運動遂寢。

一九三七年，日帝向中國全面進攻。以抗日援助中國、支援英軍、保衛馬來亞、支援蘇聯為思想內容的馬華抗日文學運動蓬勃展開，收穫更是豐盛，作品表現了激昂的中華民族主義情感。一九四二年，日軍驅逐了英軍，在馬來亞開始了「三年零八個月」的日占期。抗日文學轉入地下。

一九四五年日本敗走，在日占下的抵抗運動中壯大起來的馬來亞民族解放運動，繼續在戰後展開反對美國支持英國在馬來亞延續殖民統治的民族、民主鬥爭。反英獨立，爭取民主自由，成了一九四五年以迄一九四八年馬英當局為全面鎮壓馬共而宣布戒嚴(「緊急狀態」)為止的馬華新文學的主要內容。

馬英當局的反共鎮壓，使馬華新文學陷入虛無彷徨的暗夜，導致文壇色情官能的題材充斥。一九五三年開始，由青年學生界首倡反對文學的黃色化運動，配合反內戰爭獨立的運動，以「愛國主義的大眾文學」為口號，寫內戰、剿共戰爭下民眾和社會的傷害，描寫青年學生的覺醒和向上、刻苦奮發、力爭上進，關心社會和民眾的形象。

另據馬來西亞前行代作家指出，一九四九年以後的大陸文學思想，仍對馬華新文學有一定的影響。一直到文革結束，這種影響才逐漸消失。

三

馬華新文學歷史上表現出強烈的「中國指向性」的左翼文學傳統，使她在「世界華文文學」的系譜中顯出獨特的性格。因此，在她七十多年的歷史中，屢屢遭受到馬來當地民族主義、馬英殖民當局和馬來地方回教封建權力的鎮壓和掣肘，處境艱難。

而長期以來，馬來當局對在馬華人的華文、華語和中華文化的限制、防範、壓制等歧視政策，為馬華新文學的持續發展，造成嚴重的另一種阻難。與之相應的馬華人士長期以來力爭自辦華文中學教育，維護華語文的延續和發展而奮鬥不懈的精神和實踐，也十分令人敬佩。

但是，隨著馬來西亞、新加坡作為新興民族國家的獨立與發展，要求在馬、星華人對馬、星國家的忠誠與認同的自然壓力，加上相對熟諳華語文、華文文學一代的自然凋零，以及馬、星華文、華語環境的逐漸失去優勢……都是馬華新文學持續發展難以解決的難題。

此外，馬來西亞、新加坡獨立後，在世界冷戰結構下，被組織到以美國為首的反共陣營中。因此，截至八十年代的馬華新文學對中國（大陸）的指向受到限制。約七十年代末開始，馬華新一代文學家轉而受台灣和香港文學較深的影響。許多重要作家在留學台灣期間成長、發表作品，有人並獲得台灣的文學獎。他們以在台灣文壇的成就，樹立了在當代馬華新文學界的地位，並對馬華當代新文學起到不可忽視的影響。九十年代中期，馬來西亞和新加坡對中國大陸採取比較獨立而友好的政策。華裔青年到大陸留學日益頻繁，大陸作家、作品對馬華新文學和讀者的交流和影響加強，甚至取代了台灣往時的影響地位。

這些歷史上來自大陸——台灣——大陸文學的影響，無疑對馬華新文學的發展起到深刻的作用。約一年多以前，小論的作者曾受到馬來西亞華文報《南洋商報》的委請，擔任一項華文文學獎項的評審，因而有機會閱讀了一些當代馬華文學比較成熟的作品。如果以這範圍有限的實際閱讀經驗來看，八十年代大陸文學對馬華新文學創作上影響似乎尚不顯著。有不少作品讀起來和台港文學差不多，描寫一個孤立、絕緣於馬來西亞本地社會的華人生活，絲毫看不出馬來西亞社會、歷史、生活、地理和氣候的特點，甚至到了把這些作品說成是港台作家的作品亦無破綻的地步。這恐怕是台港文學影響比較消極的一個側面。

但是也有些優秀的作品，則不但在語言、文學和敘述技巧上絕不亞於台港作品，在思想、感情和內容主題上，承繼了馬華新文學的現實主義傳統，描寫了巫族、印度族、華人等多民族交會互動的社會，也突出表現了南洋獨特的社會、地理及民族和地方色彩。從這些作品中，小論的作者體會了馬來西亞國家的華文文學的成立，感到喜悅和感動。

四

由於前述的歷史發展的原因，不僅僅是對於中國學者和讀者，即連馬華新文學作家，評論家和讀者，也在一段相當長的時間中很難於在思想、感情上將馬華新文學的定位從作為中國新文學在星馬地區的一個支派的認識，轉變到把馬華新文學看成是戰後星馬獨立建國之後，作為新加坡、馬來西亞兩個新生共和國的文學中的一個構成民族——華裔新加坡人或華裔馬來西亞人之以「華文白話文學」所創造的文學這麼一個認識上來。

但戰後歷史的客觀變化，要求我們清醒地認識到上述第二個定位，並以這定位去進行研究和交流。馬華新文學，是馬來西亞文學和新加坡文學中一個重要的組織部分，即一個由馬來西亞和新加坡兩國內的一個組成民族——華人——用「華文白話」創作書寫的文學。

移往馬來半島的中華民族，在橡膠莊園、錫礦礦坑，在各種工廠，在挑夫、人力車夫的勞動中，付出血汗的勞力；在反英反日抗暴鬥爭中，和巫族、印度族人民並肩作戰，在馬來西亞獨立運動中做出巨大貢獻；在獨立後的社會經濟發展中，即使在重重歧視構造下，也貢獻卓著。馬華文學，和馬來亞人民反帝獨立鬥爭的歷史分不開，是馬來西亞、新加坡新生國家的文化和精神史的精華部分之一。馬華文學家，一方面作為馬來西亞和新加坡忠誠的公民，一方面有權保持對民族本源的中華民族文化、傳統、語言、文字——和文學保持高度認同和驕傲感，從而以華文從事文學創作，並且在作品中表達對於馬、星國家、歷史和其他兄弟構成民族的認同，表現華人在星、馬國家形成不能磨滅的貢獻，也表現對社會、國家未來的展望與祝願，而以傑出的藝術成就獲取其他族裔同胞的尊敬。

而隨著中國國力的增強，隨著港澳回歸後台灣的回歸在即，二十一世紀亞洲工業化行程中，中國和馬來西亞、新加坡關係的緊密化，整個亞洲進入後西歐─後美國世紀，馬來半島的中國文化、語言、文字乃至華文文學的環境，如果沒有明顯改善，至少也應當會停止惡化。果爾如此，人們就有理由展望馬華文學的更順利的發展。

五

相形之下，在北美洲的華文文學，有很多不同。

華人移民北美，也在十九世紀四十年代，大率經由英殖民地香港，經「豬仔」（奴工）貿易，販運北美。或許因為途徑迢遙，中國革命和抗日戰爭等中國現代史事件和華工在北美慘苦的半奴隸勞動，對北美華文文學影響不若對在馬華人影響者顯著，從而也沒有產生以反帝、反日為言的華文作家和作品。

總之，以北美為基地的華人、華裔文學，一直要等到六十年代才登場。其作者以出身台港在北美留學的學生為主，題材則寫留美知識分子在北美的生活和遭遇。主題就沒有反對殖民主義、帝國主義、民族解放這一類的大論題，而多半集中表現個人的生活和感情。陳若曦的小說涉及文革期的大陸生活，應該是一項特例。

七十年代的保釣愛國運動，史無前例地動員了北美的港台留學生知識分子，舉起了反對美日帝國主義、重新認識中國革命、倡言克服因國共內戰所導致的兩岸分裂、摸索民族統一的道路的思想運動。這個運動也激發了北美留學華人知識分子去尋找三、四十年代的中國文學，從而重新評價台灣自五十年代以迄七十年代的「現代主義文學」運動，引發著名的現代詩論戰和鄉土文學論戰。但畢竟由於時間短，比不上馬華新文學之源遠流長，在北美洲至今尚未形成若馬華文學意識上的北美華文文學的傳統。

然而這第一代（主要出身台灣）的華文作家，其在創作上的業績，已經受到普遍的評價。而近年以來，移美第二代人以英語刻畫在美華裔的生活、歷史和傳統的作品開始初步吸引人們的注意。但由於不是「華文文學」，不在小論的論題之內。

北美華文文學家都帶著作為第一代移居者從台灣、香港、大陸原所積蓄的漢語文、中國文學的深厚素養，在文學的語言、技巧上都有二十年代、三十年代、五十年代馬華新文學在語言和技巧上（而非思想上）所不及的成就。然而北美華文文學獨自的文學傳統的形成，恐怕還得等待今後幾十年的時間發展吧。

對菲華新文學和其他地區（如澳洲）華文文學，因作者知識不足，略而不論。

六

一九九七年七月一日，香港回歸中國。香港文學順理成章地成為中國香港特區的文學。一九四五年，台灣從日本殖民地的地位解放而復歸中國。在一九四七年到一九四九年台灣文學性質爭論中，明確了「台灣文學是祖國文學的一部分」的規定。一直到七十年代著名的文學論爭（一九七二—七三年的「現代詩論戰」；一九七七—一九七八年的「鄉土文學論爭」）中，鄉土文學論的一派，一再強調台灣文學是「在台灣的中國文學」，而在海峽分裂數十年的現實中，不憚拗口，三復斯言，幾至眾口一辭地認定台灣文學的中國性質。

但到了八十年代，隨著社會政治的轉變，台灣分離主義有所發展。而相應於這發展，乃有與中國文學針鋒相對的「台灣文學」論／「台灣本土文學」論的提起。到了今年十月，統獨兩派分別舉辦了紀念鄉土文學論爭二十年的學術討論會，觀其餘緒，或者會發展成台灣文學性質問題上統獨兩派的理論鬥爭，或未可知。

因此，在修訂大陸的現當代文學史時，考慮將台灣文學史適當地編入中國現當代文學史中，是急迫而重要的課題。此外，有計畫、有設想、有系統地把中國現當代文學介紹到台灣——一個等待回歸的中國行省，也是一個急迫而重要的課題。

一九九七年十月

初刊一九九八年三月《世界華文文學論壇》（南京）第一期、總二二期
收入一九九九年十月中國社會科學出版社《走向21世紀的世界華文文學——第九屆世界華文文學國際研討會文選》（中國社會科學院文學所編）

1 本篇為一九九七年十一月作者於「第九屆世界華文文學國際研討會」（北京）上的發言，收入《世界華文文學論壇》「第九屆世界華文文學國際研討會特輯」。

一時代思想的倒退與反動

從王拓〈鄉土文學論戰與台灣本土化運動〉的批判展開

一、前言

在一九七二年到一九七四年的現代詩論戰，和一九七七年到七八年的鄉土文學論戰中，今天的台獨文學論基本上缺席，噤不作聲。有一些大言狺狺於今日的台獨文學論客，反而在當年講了許多類如這些話：「台灣文學即在台灣發展起來的中國文學」（王拓）；謂不能因台灣被日本統治過就不承認台灣文學是中國文學（巫永福）；「台灣文學」「當然」「是屬於中國文學的一部分」（李魁賢）。在為同人詩刊《龍族》命名的時候，陳芳明曾熱情洋溢地歌頌了中國：「龍，意味著一個深遠的傳說，一個永恆的生命，一個崇敬的形象……」至於葉石濤說過的話，不勝枚舉，於此不贅。

這些白紙黑字寫成的歷史，對於台灣獨立運動的文學論而言，無疑是難言的嘲諷。於是，為了掩飾這難堪的恥部，台獨文學理論家採取了偷天換日、欺世盜名的辦法：一謂台獨派早就參加了鄉土文學論爭：鄉土文學論爭的本質，就是統獨之爭。這種強姦歷史的技倆，已有曾健民的批判予以揭發；二謂八〇年代的台獨文學論——即針對中國文學的「台灣文學論」和「本土文學論」，是七〇年代鄉土文學論的發展、進步和連續。王拓甚至主張八〇年代逐漸台獨化的台灣戰後民主運動，都源於七〇年代文學論戰的影響！

〈鄉土文學論戰與台灣本土化運動〉，是王拓從左翼統一派立場轉向多年後，第一次對他扮演過一定的理論角色的鄉土文學論戰，做了評價和結論。以王拓這篇文章為分析和批評的對象，有典型性，也可概及其餘台獨文學論。

二、是進步，還是反動、倒退？

七〇年代的台灣鄉土文學論，歷史地看來，是一個文學思想體系。八〇年代以降的台獨文學論(「本土文學論」、「台灣文學論」)也是一個文學思想體系。當然，這是兩個在政治性和階級性上完全不同、針鋒相對的體系。

可以明白地說，七〇年代的現代主義批判論和鄉土文學論，尤其是後者，在台灣思想運動史上，是第三波左翼思想運動的重要形式。和一切殖民地、半殖民地一樣，台灣第一波左翼思潮發展於二〇年代的台灣。受到第三國際、中國和日本的無產階級運動深刻影響，留學日本和中國大陸的台灣留學生，以「青年會」、「讀書會」、「社會科學研究會」等形式，組成共產主義小組。一些精英分子如謝雪紅甚至被送往蘇聯「東方共產主義勞動大學」受訓。這些左傾青年，在二〇年代中期前紛紛回到台灣，和在地的、具有共產主義傾向的青年知識分子結合，組織學習小組，參加當時台灣文化協會(「文協」)的工作，甚至掌握了文協的領導權，使文協左傾化，並在一九二八年「台共」成立後，使文協和當時最強大的農民階級的戰鬥組織「台灣農民組合」，都成為台共的外圍。

這台灣史上第一個波次的社會主義運動，也在台灣文學史上寫下台灣無產階級文學運動的第一章。一九三一年，日本當局全面鎮壓並起訴台灣的反日民族運動和階級運動。從遭到破壞的鬥爭的火線上逃竄出來的黨人，湧向文學戰線和文化戰線。他們辦雜誌、寫文章，提倡無產階級的文學運動和文化運動，藉以艱難地恢復組織和戰鬥的生活。迨一九三七年日本發動對中國的全面侵略戰爭前，台灣的政治進一步嚴苛化，台灣第一波左翼運動遂寢。

一九四六年到一九五二年，是台灣左翼運動的第二波。一九四五年日本戰敗，中共中央派遣台灣人蔡孝乾入台，發展「中共台灣省工作委員會」的工作。在國府統治下的大陸，早在日據時期即參與台共建設的蔡孝乾，要花上一年的時間，在一九四六年迂迴抵台。在巨大民怨衝擊下爆發的偶發性四七年二月的民眾崛起中，地下黨人在台灣北、中、南發揮了比較有組織、有政治、有進退的領導作用，引來台灣青年對大陸內戰進一步理解，也引來台灣青年和工農對地下黨的嚮慕。迨一九五〇年蔡孝乾被捕、轉向而投降，地下黨黨員從二月事變前的七、八十人急增到接近一千人。台灣進步的知識分子、市民、工農，民族不分漢族和原住民，語系不分閩、客，省籍不分省內外，在台灣參與了內戰雙方中的新民主主義的一邊。一九四九年十二月，以基隆中學校長鍾浩東案為起點，國民黨揭開了全面撲殺政治異己的白色恐怖。一九五〇年春，蔡孝乾中央被偵破，蔡孝乾被捕變節，全省組織受到致命性打擊。六月二十五日朝鮮戰爭爆發，美國艦隊封斷海峽，轉而全面支持蔣氏政權。自此，國府展開對「省工委」重建後殘部的強大、無情的打擊，展開全島性恐怖肅清，並大舉刑殺黨人，計槍決四、五千人，投獄八千至一萬餘人。一九五二年，省工委殘部在苗栗山區瓦解，前後六年，中共在台支部在四九年大革命勝利建政的翌年，遭逢悲慘的潰滅。

這為期短短六年的台灣新民主主義運動(其中五〇年到五二年處在艱難的流亡中)，在台灣文學史上也留下了重要的跡痕，那就是一九四七年直到四九年的「台灣新現實主義文學論爭」。在四七年三月大屠之後，只過五個月的四七年八月，省內外作家和評論家竟然在歌雷所主編的

《新生報》文藝副刊《橋》上，以一年多的時間，勇敢、熱情洋溢地討論方方面面的文學問題，今日讀之，不能不為當時台灣文學界昂奮的意氣感到肅然的敬意。在這一年多的時間，具有地下黨員身分，在國民黨通令拘捕下輾轉逃亡港台間的駱駝英，在一九四八年七月三十日以迄八月六日之間，在《橋》上連續發表長文，對邇來所討論的文學問題做出了總評。

駱駝英以辯證唯物論和歷史唯物論的方法，從分析和比較光復前海峽兩岸社會形態異同，申論兩岸文學命題的同一性和差異性。對於一九四八年當時的兩岸社會，則先分析中國當時各據一方的兩個「半個中國」，即內戰條件下國民黨統治區和解放區的爭持與消長，從而敦促文藝工作者促進被壓迫的民眾（特殊），向著變革和進步（一般）轉化。要「先分析台灣現階段社會的特殊性，找出一般性來，以配合」當時「全國性新文學的總方向」，即新民主主義變革運動的總方向。

對於「新現實主義」文學，駱駝英提出兩個重點。一是哲學和方法論，駱駝英說新現實主義文學「立腳辯證唯物主義和歷史唯物論上」；二是階級立場。駱駝英說新現實主義文學是站在「與歷史發展的方向相一致的階級」，即無產階級「立場上的藝術思想和表現方法」。他於是做這結論：台灣的文學方向，就是中國新現實主義的方向。

從台灣左翼文學運動史看，駱駝英的理論業績，標示了一個醒目的高水平，成為台灣文藝批評史上重要的遺產。一九四九年三月二十九日，《橋》副刊突然廢刊。駱駝英先已出亡大陸，

《橋》副刊的編輯和一些撰稿人有的被捕(歌雷、孫達人、張光直),有的失蹤、有的脫逃西渡。同年十二月,基隆中學地下黨組的破壞,正式開始了長達兩年許的白色肅清。迨一九五二年,台灣左翼運動的第二波宣告終結。

一九四九年末到一九五二年的恐怖肅清,國民黨反動派以鮮血和暴力確立了一個納入遠東冷戰戰略體系,以「反共國家安全」為藉口,建立了高度獨裁的、反共的、軍事的波拿帕國家(Bonapartist state),從而在美國經濟、軍事、外交和政治的強力支持下,使在國共內戰中敗北的國府流亡集團,取得了國際外交和島內統治的合法性。在意識形態上,二〇年代以降以血淚建設起來的台灣的民族解放的社會科學、哲學、文學藝術理論,被徹底破壞、禁錮和消滅。接踵而來的,是美國新殖民主義的意識形態,透過美台合作機制、基金會、美國新聞處、留學和人員交換培訓體制,鋪天蓋地,在台灣建立了意識形態支配。作為美國麥卡錫主義和美國戰後制霸世界的主要意識形態的現代主義文學藝術,在白色恐怖肆虐後血腥的台灣土地上,於是開遍了蒼白、陰魅的花朵。美國製的自由主義、現代化論、實證主義和行為科學論,以及形形色色的冷戰反共意識形態,成為台灣的主流價值。

正是在這樣的背景下,六〇年代末在北美、歐洲勃發的左傾的反思運動和大陸文革的影響,以七〇年代保釣運動為契機,發展出台灣的第三波左翼思想運動(其中經緯已見陳映真的〈向內戰・冷戰意識形態挑戰〉)。而以七〇年代保釣左翼思潮的基礎,在台灣展開了現代主義詩的批判,和鄉土文學論戰。鄉土派的理論家在這大批判大論戰中,直接向一九五〇年以降美國新殖民主義的冷戰意識形態,和依附於冷戰體系下的國民黨內戰意識形態,高舉了反旗。在〈向內戰・冷戰意識形態挑戰〉中,初步概括了鄉土一派文學思想體系的左翼的、批判的、進步的特質。一九八〇年以後,由於後文將要論及的原因,台灣獨立派的文論全面發展,和中國文學而不是西方外來文論針對的,以「脫中國」、「去中國」為言的「台灣文學論」和「本土文學論」登場,二十年於茲,也儼然形成一個文學思想「體系」。這個體系,到底是七〇年代鄉土文學的發展、進步和連續,還是其倒退、反動和斷絕,從比較分析,就一目了然。

(一)相對於堅持批判的現實主義,台獨文學主張棄卻現實主義

一九八〇年,長期以來堅持台灣文學的現實主義傳統的葉石濤,忽然在八〇年代改而主張「要導入嶄新的現代文學技巧」。同一個時期,彭瑞金批評把文學當作「現實的宣傳工具」,力主文學的藝術性和「文學本質」,認為「現實主義本身」有「局限」,「應該放棄從寫實或現實中找出路的固執」,才有「深長的機會」。

包括台灣文學史在內的世界各地殖民地、半殖民地和新殖民地社會的現代文學史中，一向有現實主義論和現代主義論、為人生（革命、社會、生活）而藝術論和為藝術而藝術論、唯藝術論和藝術宣傳論或藝術工具論之間的鬥爭，而前一組主張和後一組主張，往往又是革命與反動、前進和倒退的分際和標準。在日據時代，台灣文學的現實主義，是在反對日本帝國主義和與之相濫存的封建主義的鬥爭中鍛鍊出來的。四〇年代中後的「新現實主義」，其實是四〇年代大陸上「革命現實主義」、「革命浪漫主義」的別稱，是帶著迎接新民主主義變革運動的意氣和性質的。而一九七〇年代的鄉土文學論爭的對立面，是作為冷戰時代美國霸權主義意識形態的現代主義和它所代表的新殖民主義意識形態統治。鄉土文學的思想，是民族分裂條件下中國民族主義的昂揚；是對變革的激進的文學藝術理論的召喚。作為社會上層建築的文學和藝術，在一個階級社會，就無法免於為各自的階級搞「宣傳」、當「工具」。「純粹」的、「唯美」的、不搞宣傳、不當工具的文藝是從來就沒有的。這是一方面。但文藝有它獨自的細緻的規律，不能搞教條主義、要自覺地提高藝術創造性，不能搞庸俗化、機械化、不能搞粗暴的行政干涉，要充分尊重創作的自由和自主。文藝批評也得和風細雨、搞民主討論，聯繫群眾。這是另一方面。此外，對現實主義的提法，不要強調思想認識超過表現方法。只要有效地表現出掌握了時代和生活本質的認識，手法上「前衛」一些，「實驗性」一些，歸柢還是現實主義的。

因此，從七〇年代的現實主義論退走，回到反對現實主義，說現實主義破壞作品的文學性；回到一切當權派、反動派莫不競相為言的「唯美」論、文藝不做政治手段、工具論的今日台獨派文學論，便是反動而不是革命；是倒退而不是前進，至為明鮮。

(二)台獨文學論放棄鄉土文學論的美日帝國主義論

八〇年代以降的台獨文學論，基本上不談美國和日本在外交、經濟、政治和意識形態上的帝國主義性質。八〇年代初，有個別的台獨評論家，在各別文章上提到過「反對第一世界的帝國主義」，但水平遠遠不及「左」派台獨在《台灣四百年史》中的分析。而自從回台以後，史明的言論，幾乎從來不提反對帝國主義的問題。當然台獨一派，一慣只有「反對中國殖民主義」之論，把明鄭、有清和國民黨皆視為與荷、日同樣的「外來」「殖民」政權。這在社會科學上是不通之論。只要看今日資本是台灣向大陸輸出而不是相反；財富(經濟剩餘)是由大陸流向台灣而不是相反，就可以思過其半了。

反對美日帝國主義，在二十世紀七〇年代，就是反對它們的新殖民主義。新殖民主義，是舊帝國主義在戰後條件下改變其形式和策略，以圖繼續保持和占有舊時利益的營為。新殖民主義的目標，一在維護和增進西歐在第三世界前殖民地國家內部的政治、經濟、軍事各方面的利益；二在第三世界社會中設立一個親西歐精英的政治勢力，為西歐利益代言、合作。

因此，鄉土文學派反對美日帝國主義，意味著他們視國府為美國新殖民主義的傀儡和代理人，否定國府是什麼「主權獨立的國家」。反對美日帝國主義，意味著鄉土文學派的思想家認識到：謝雪紅一代革命家所教導「反蔣必須反美」的重要性，認識到美日強權是台灣戰後反共獨裁政權的真正支持者和鞏固者，是台灣民主運動的敵人而不是友人。反對美日帝國主義，也意味著鄉土派的理論家認識到美日強權是促使兩岸民族分斷、同胞相殘的外來勢力，是民族發展的敵人⋯⋯。

從這個立場游移而去的八〇年後台獨文學論，就不能不表現為對待日據下台灣皇民文學上的糊塗——例如說「沒有皇民文學，只有抗議文學」；又例如說皇民文學應該（在漢奸論外）另行重新評價（在這個問題上，林瑞明對陳火泉的評價，則有凜然的是非）。獨派老作家在《馬關條約》百年時遠赴日本下關，向日本右派表示馬關割台是台灣「不幸中之大幸」。力言台灣新文學的日本影響；極力吹捧日本殖民主義作家西川滿如何「熱愛台灣」，主張殖民地遺老文學《台灣萬葉集》要列入台灣當代文學；而反對美日帝國主義使王拓在七〇年代文論中占有十分重要的位置。然而到了〈鄉土文學論戰與台灣本土化運動〉，王拓則已隻字不提反帝論⋯⋯都可以是作為政治的台灣獨立論的組成部分的台獨文學論不反帝＝親帝國主義性格的自然的表現。

從七〇年代鄉土文論中的美日帝國主義批判游移而去，脫離台灣新文學反帝傳統的台獨文藝論，當然就不是七〇年代思潮的革命而是反動；不是其前進、連續，而是倒退和斷絕，其理至明。

(三)台獨文學論從反帝民族主義立場走向反民族．反中國論

戰後新殖民主義的核心，是反對共產主義。這是因為廣泛的前殖民地．半殖民地在第二次世界大戰反法西斯鬥爭中取得了反帝民族．民主鬥爭的領導權，在廣泛的前殖民地蓬勃地展開了民族解放運動。在戰後必欲恢復舊殖民主義支配的新殖民主義，於是以干涉內政、鼓動內戰、發動反共白色恐怖和分裂他人的民族，支持親西方精英來達到它們罪惡的目的。在東方，帝國主義干預他國內政，使印支半島、台灣海峽兩岸和朝鮮半島的分裂固定化。

二戰以後，美帝國主義為取得在中國的獨占利益，積極介入國共內戰，企圖鞏固國民黨政權，打擊中國工農變革勢力。無奈失去民心的國府節節敗退。韓戰爆發，世界冷戰達於高峰，而美國更積極介入中國內戰，以大艦隊封斷海峽，以強大政、經、外交支持在台的蔣氏政權，使兩岸分裂局面持久化。因此，以民族對峙、依附大國以偏安為基礎的國民政府，獨占一種反共、不反帝國主義(＝積極依附帝國主義)的反民族的、民族對峙的「中華民族主義」，並以之執

行現實上的民族對立、民族分離主義。

但七〇年代文藝論戰中的鄉土派思想家們，向這種內戰和冷戰意識形態提出嚴厲的挑戰。他們從反對美日私相授受釣魚台列島出發，反對美日帝國主義，進一步在祖國分裂的現實上，強調台灣人民、社會、生活與文學的中國性格，而言必稱「在台中國人」、「在台灣的中國社會」、「在台灣的中國生活」和「在台灣的中國文學」。這台灣的中國性論之背後，是強烈的反對美日帝國主義意識，和強烈的克服美日帝國主義所支撐的海峽分裂構造的意識。

但是，到了八〇年代，台獨派的評論家開始他們一貫竊盜歷史的故技，宣傳七〇年代鄉土文學思想是表現針對中國、中國人和中國文學的台灣、台灣人和台灣文學論。而且隨著八〇年代以降台灣獨立運動和「理論」的發展，台灣文學的「本土」論、台灣民族論、台灣文學的「去中國」和「脫中國」論，也陸續登場，從七〇年代鄉土文學論堅決地站在進步的中國民族立場，反對和批判台灣當代文學的殖民化，主張台灣文學的（中國）民族形式、民族特點和民眾性的立場巨步退卻，閉口不談文學的殖民化、放棄相對於西方文學之模仿的台灣鄉土文學的中國民族性和民眾性論。八〇年代以降形形色色的台獨文論於是呈現了明確的反動性和倒退性。

而在七〇年代文學論爭中，於鄉土文學派反帝論裡有一定地位的王拓，在今日的他的論文〈鄉土文學論戰與台灣本土化運動〉中，不但隻字不提當年美日「相互勾結侵略中國的醜惡面孔」；不提美日新帝國主義使台灣「新殖民地」化的理論，而且為了進一步從這個立場上轉向，不惜公開把當年他自己的反帝中華民族主義論自我貶抑、墮落成一種國民黨反共恐怖下的他的口是心非的「策略」！

（四）從鄉土派反帝論基礎上的中國「民族論」·有社會經濟分析的「鄉土論」·有社會階級論的「人民論」，到台獨派的不反帝·親帝國主義的·反共反華的「（台灣）民族論」、沒有社會性質論的「鄉土論」和沒有階級論的「人民論」之倒退與反動

七〇年代鄉土派的「民族·鄉土論」，就「民族」概念而言，是反帝的、中國的民族論，已見前述。在反帝論上，鄉土派不但批判日據台灣歷史下的日本帝國主義，也批判戰後台灣新殖民地化所造成的依附、被支配、剝削和貧困化；鄉土派對戰後台灣資本主義帶來的社會不公和工農貧困，也採取批評的態度。但八〇年代以後的台獨論，則對日據時代台灣社會的變化，採取積極肯定評價，對戰後「工商發達」，也採取肯定和承認立場，原因無他，在於這些新老帝國主義和「外來政權」下的「工商發達」，促成「整體化的政治經濟生活」，是產生和中國對立的「台灣

意識」的根源！而在七〇年代鄉土派文論文獻俱在，遺老猶存的當前，台獨派卻迫不急待地以帝國主義－殖民主義有理之論，說鄉土文學運動是「台灣社會在台灣意識衝擊下的自然產物」，企圖篡奪和歪曲鄉土文學論的歷史和性質。

然而，鄉土派強烈中國民族主義的理論文獻、鄉土派理論家的實踐，甚至一個轉向的鄉土派理論家王拓當年的說辭，都徹底駁斥了台獨派「鄉土文學源自台灣意識」的盜竊的「理論」。七〇年代鄉土文學的理論最引人注目的特點，是在祖國兩岸不幸分裂的現實上，不憚於強調台灣鄉土文學的強烈的中國傾向性，都留下大量的白紙黑字。不但這樣，有些人還特別表示鄉土文學不能搞「分裂」主義。陳映真質疑葉石濤在提出台灣文學的台灣意識論之餘，對台灣文學在「（按即反帝、反封建）時代的台灣文學之中國的特點……著筆不力」。王拓特別強調在創作上不要「太過強調（台灣方言）」，以免「陷入褊狹的分裂的地方主義觀念和感情裡」。對於鄉土派而言，於祖國在政治上分裂對峙的現實條件下，台灣文學，以生活在台灣的人民為中國人民；以台灣的生活和社會為中國的生活和社會，從而刻畫之、描寫之、表現之。在民族分斷的歷史時代，在帝國主義干預祖國內政的時代，鄉土文學家把對於祖國——一個歷史、文化、文學的中國的認同、忠誠與關懷，同具體的台灣土地上的人民、生活，和社會的認同、忠誠與關懷統一起來。這是七〇年代台灣鄉土文學派對於祖國分裂現實視為一時、視為缺陷、視為必欲克服於他日的矛盾的重要立場和姿勢，從而也是對五〇年以降，以「自由世界與共產世界」對峙，和「反攻大陸、消滅共匪」等冷戰、內戰、民族對峙的主要內容的「冷戰／內戰意識形態」的批判和反悖命題（anti-thesis）。

然則八〇年代以後，台獨文學論把鄉土文學思想中的中國傾向和對於具體的台灣「土地／人民」認同和關懷對立起來，一分為二，強調「脫中國」和「去中國」的台灣「獨自性」；以兩岸的分斷和隔絕為合理的現實，冀祖國分裂對立構造的永續化和固定化，即五〇年以降支配台灣政治、經濟、意識形態生活的「冷戰／內戰構造」的合理化——從而永久化和固定化。七〇年代鄉土文學論的冷戰／內戰批判，至此發生了向冷戰／內戰價值倒退和反動的逆向潮流。

台獨派的理論家如何解釋這種重大變化呢？讓我們以王拓在〈鄉土文學論戰與台灣本土化運動〉中的說辭加以考察。

第一種說法是「策略說」。王拓把自己在七〇年代的中國民族主義論，一概說成為了要「聯合」胡秋原、徐復觀，「共同抵禦官方體系、人馬所造成的壓力」，於是在論戰的「策略上刻意突顯了（中華）『民族主義』面相，而壓抑地域（鄉土）色彩」。王拓想這樣表態：他在七〇年代主張的中國民族主義，是假話，是理論鬥爭在當時條件下的「策略」。他似乎急著要說明，早在七〇年代，他就是個台獨派了！

胡秋原和徐復觀先生批評國民黨文特，堅定捍衛鄉土文學的文章，分別發表在一九七七年九月〈談「人性」與「鄉土」之類〉和十月〈評台北有關「鄉土文學」之爭〉。在此之前，王拓就發表過〈是現實主義文學，不是鄉土文學〉（七七年四月）和〈廿世紀台灣文學發展的方向〉（同年五月）。在前篇文章，王拓就激動地說到中國五四反帝運動的傳統和七〇年代保釣愛國運動給予他的啟發和教育，認識到「帝國主義侵略者真實面貌」，要求改革，「與社會公敵展開嚴厲批評」；分析美日新帝國主義對台灣的「經濟侵略」；批評「西化文學」之抄襲模仿，呼籲文學要從西化文學重新「植根」「現實社會的土地上來」。

這是王拓當時真實的認識和思想呢？還是一時權宜的假話？如果那是為了某種「策略」的假話，看來七七年四月當時，似乎彭歌、余光中還沒出手打恐怖的棍子，從而也還沒有出現和胡秋原、徐復觀「聯合」的必要，則此時的為「策略」而云中國民族主義，又是為了什麼？同樣，發表在七七年五月的〈廿世紀台灣文學發展的方向〉，王拓不斷稱「典型的台灣鄉土文學」為「在台灣的中國文學」，強調現代台灣文學與現代中國文學在「反帝．反封建．反壓迫……」上的一致性；強調鄉土文學「反對帝國主義」、「反對壟斷社會財富的少數寡頭資本家」的特質。在離開當年九月尚有四個月的五月間，當然也不存在與胡秋原諸先生「聯合」的必要，王拓又何所為而採偽稱「中國民族主義」的策略？足證「策略論」絕不是事實。事實是，王拓不是自來台獨。事實是王拓後來在思想上倒退、反動了。

面對七〇年代台灣文學論中普遍的中國反帝民族主義論，主張過反帝中國民族主義論而後來轉向的人，以及台獨文學論的理論家們，都為了不能做出辯飾而苦惱。「策略論」便是其中一個愚笨而無效的說辭。和策略論孿生的託辭，是「當時政治環境的限制論」，也就是說，當時國民黨專制的「政治環境」下，當年的台獨派「本土論者」，不能不在民族認同上誑言「反對帝國主義的（中國）民族意識」，所以說過了也不該算數。陳芳明、游勝冠和彭瑞金都是這個說法。

面對不斷強調的、不斷出現的「政治環境限制論」，人們至少有權利提三個問題：（1）一九七七年，台灣長老教會，並不顧「政治環境的限制」，公開主張建立「新而獨立的國家」。則為什麼在同樣的「政治環境限制下」的台獨文學思想家就不能在七七年時節把腦袋裡的東西清楚地「告白」？（2）七〇年代的「政治環境限制」，單只「限制」台獨「本土化」思想嗎？這種「政治環境」就不「限制」左傾的「美日帝國主義論」？就不「限制」反帝左傾的中國民族主義論？就不「限制」反帝論和階級論為基礎的民族文學論和民眾文學論？就不限制以社會經濟詮釋台灣文學史的歷史唯物主義方法論？就不「限制」和反共冷戰主流文藝意識形態的「現代主義文學」相抗拮的現實主義文學論？在極端反共的、白色的政治環境下，後者的「危險性」遠遠超過本土論（五〇年代以降，因台獨案被執行槍決的人不會超過三、五個人，而因左翼運動遭誅害者不下五千餘人），但看來，鄉土派的人似乎沒有一個人以反帝民族主義當作什麼「策略」，認為是什麼「限制」下的發言。（3）「在當時『政治環境下』，我們駭怕。這總可以吧？」可以的。完全可以的。但在那種「政治環境下」，不能否認，人們還有保持龜縮和不說話的「自由」。自命早在七〇年代就有台獨思想信仰的台灣文學家和理論家，即便沒膽量出來說出真話，何苦選擇侮辱自己政治思想原則的「策略」和受「限制」下的發言，而不選擇龜縮、沉默呢？

由此可見，今日台獨文學論為自己辯飾的「策略論」和「政治環境限制論」，其實只是可憫的謊言、機會主義和轉向主義，至為明顯。

因此，從另一個角度說，七〇年代鄉土派之「回歸鄉土」，有三個重要特點：（1）從反對美日帝國主義對台灣的物質和精神的凌壓出發，鄉土文學派強烈主張從西化的、作為文化殖民的現代主義文學「回歸」到描寫具有民族分裂時代具體的中國性質的台灣生活、人和社會的「鄉土」文學；（2）鄉土一派的「鄉土台灣論」，是有一定的社會性質意義的——即「主權」並不「獨立」的、美日「新殖民地」的鄉土台灣；是在經濟上依附於美日「資本、技術」、「政策和商品」的鄉土台灣；（3）鄉土派所「擁抱」的人民，是有具體階級選擇的「一群被犧牲、被忽視的」、「收入少、生活水準低、工作辛勞」的「農人、工人」和「小商人、自由職業、公務員、教員」；是「散落在廣泛的農村、漁村、學校、市鎮和工廠，勤勞地生活、殷勤地工作」的人們。而相形之下，八〇年代以後的台獨本土論，主要是力言台灣主權早已獨立，不存在美日新殖民主義支配；唯心主義的、沒有階級差等和壓迫的「命運共同體論」和「生命共同體論」的台灣和「本土」。他們的台灣人民論，是沒有階級差等，掩蓋社會階級壓迫的、對外媚附外勢、對內歧視和憎惡「中國豬」的、法西斯蒂台灣「民族」或國民意識。兩相對照，八〇年代以後的本土論，是七〇年代的鄉土論的反動和倒退，昭然甚明。而就王拓個人對台灣社會、經濟的認識水平而言，八〇年代以後的王拓，恰恰體現了從七〇年代王拓的嚴重反動、倒退——和轉向。

三、是連續還是斷裂？

在王拓論文〈鄉土文學論戰與台灣本土化運動〉中，王拓先是以「策略論」對自己在七〇年代他自己和整個鄉土派的反帝（中華）民族主義進行抹殺和否定。繼之，王拓以辛苦的曲筆，把鄉土文學運動同七〇年代末台灣資產階級民主化運動硬生生地聯繫起來，從而在八〇年代逐步台獨化的這一民主化運動掙得一張共乘的車票，為他自己的政治轉向取得歷史的正當性。

對於為台獨思想運動炮製歷史神話的理論家，如何為台獨派在台灣七〇年代文學論爭中空白的成績和可恥的缺席辯解，一直是頭痛的問題。因此，在八〇年代後逐步取得意識形態霸權的台獨論，為此提出了三種說辭。一種是說，七〇年代的台獨本土論，為了「政治環境的限制」，採取了倡言中華民族主義的「策略」，但其實是口是心非。第二種說法是說七〇年代鄉土論是「台灣意識」的表現，是台獨本土論的「潛伏期」，到八〇年代就延續發展為台獨論了。第三種則說，台獨派早在七〇年代就參與台灣文學的統獨爭論——葉石濤和陳映真的爭論。對第一種說法的批評已見前文。對第三種說法，已有曾健民的批判。王拓在他的論文〈鄉土文學論戰與台灣本土化運動〉中，把「台灣本土化運動的崛起」說成「鄉土文學論戰」的發展，就是第二種說法的一例。

思想、意識形態的鬥爭，最終必須向社會實踐浸透，才能發展成具體的變革運動。從一九七二年台大「民族主義」座談會點燃批判美日對台灣的新帝國支配，號召關愛台灣「土地—人民」；在一九七三年批判西化文學和現代主義詩的《文季》創刊；在一九七四年推動了以李雙澤為中心的校園反對只唱西洋歌曲，主張唱有中國特色和台灣現實內容的民歌運動；在七六年創刊《夏潮》，並以之為基地和機關刊物開展向著嚴厲的冷戰．內戰意識形態批判與鬥爭的鄉土文學論爭，並取得了一定程度的勝利的台灣第三波次左翼思想運動，在鄉土文學論爭後，由蘇慶黎、王拓和陳鼓應出而投入當時的資產階級民主運動。陳鼓應和王拓分別在台北和基隆出馬競選公職，蘇慶黎介入黨外聯合助選活動，和王拓在《夏潮》被迫停刊一年後另主雜誌《春風》和

《鼓聲》等編務。王拓說「《夏潮》和台灣政治精英結合」，只說了一半真話。事實是，陳鼓應、蘇慶黎和王拓在黨外運動中賣力工作，但卻在暗潮洶湧的、運動內部左右統獨思想和路線矛盾中，備受排擠和掣肘，其中苦辛，王拓知之極稔。但夏潮系的這三人當時的堅苦卓絕，今日思之，我們仍然充滿敬佩之情。經過抗議余登發父子被捕事件的橋頭示威遊行，終於在美麗島事件中，王拓與蘇慶黎被捕判刑入獄，陳鼓應因適出遊北美倖免，至此夏潮系介入社會實踐的努力受到嚴重挫折。

鎮壓美麗島事件的大逮捕，以及次年二月林宅恐怖血案，在七九年台美斷交、台美《協防條約》失效的大動盪中，國民黨以「疾風」集團展開反共法西斯的歇斯底里，對黨外右翼的美麗島系和左翼的夏潮系，同時施加法西斯恐怖恫嚇，並且進一步發動「中泰賓館事件」，對黨外人士施加暴力恐怖。這時，在台美斷交後驟然失去國際外交合法性的國民黨，其島內統治的合法性因而受到以黨外民主運動為中心的資產階級的空前強烈挑戰和質疑。

正如下一節要進一步分析的那樣，因為五〇年代肅共白色恐怖而保守化的台灣戰後民主運動，以其反共、親美（日）的基本性格，逐漸與台獨思想及運動匯合，而愈右傾。蘇慶黎被捕不久釋放，王拓在一九八五年也被釋放。但現實上王拓和蘇慶黎並未回到當時已成氣候的黨外，與其「台灣政治精英結合」。出獄後的王拓先是在民間企業界擔任管理職約年餘，八六年到九〇年在鄉土派的人間雜誌社任社長，做出貢獻。八七年，「台灣政治精英」結成民進黨，王拓和蘇慶黎並沒有參加。同年，王拓出任重整後夏潮的領導工作，並參加工黨建黨的籌備工作。蘇慶黎出獄後赴美讀書一段時間，回來後也到夏潮工作，並且參加一九八八年工黨建黨、出任秘書長，後來也在一九八九年參與勞動黨的籌建，並擔任黨秘書長職，直到一九九〇年到北美深造為止。而王拓離開夏潮系，和民進黨的「台灣政治精英結合」，是一九八九年勞動黨建黨前夕的事了。王拓在思想和政治組織上轉變以後，在民進黨內的處境和況味，箇中冷暖，休提也罷。數說這些，只想說明，「夏潮」和台獨系「台灣政治精英」根本是兩班人馬，兩套思想和政治。在美麗島事件前，特別是在國民黨「疾風」法西斯化的恐怖下，兩班人曾有過短暫的戰略同盟，但由於在反帝和民族統一問題上素來沒有共同語言，一直到今天，「夏潮」從來也不曾和以親美台獨為言的「台灣政治精英」「結合」過。

而七〇年代鄉土文學派的「民族／鄉土」論，是建立在反對美日帝國主義這個思想和認識基礎上的。用王拓在七〇年代的語言說，他是在釣魚台問題上「認清了帝國主義」、「侵略者的真面目」、「看清了美國與日本相勾結侵略中國的醜惡面孔」。當時的王拓從而認識到，在美日殖民經濟下，利用廉價工資和農產品賺取超額利潤，以「經濟合作之名」，「控制」台灣經濟，造成社會不公，工人、農民和弱小者的貧困化。這樣的認識，自有理論上的邏輯，根本不存在「民族主義」（反帝、批評帝國主義對中國的侵略、批評殖民經濟的壓迫）對「鄉土意識」（對台灣社會與經濟的控制，台灣社會不公，台灣人工農階級的貧困化）的思想「壓抑」；更不存在「鄉土意識」必須「掙脫」「民族主義」架構的問題，說七〇年代的反帝民族主義論「壓抑」台獨本土論，使後者不能脫穎而出，是為了解決台獨派在七〇年代的思想鬥爭中缺席而炮製的說辭，沒有事實上的根據。別的台獨文學理論家胡說，猶可理解，王拓也這樣人云亦云地作賤自己在七〇年代的知識和思想，令人浩歎！

四、反動和倒退的根源——代結論

如果七〇年代的鄉土文學論是台灣思想史上的一個飛躍；是對反動的冷戰和內戰意識形態的一次顛覆；是台灣思想史上的第三波民族與階級解放運動，那麼，八〇年代以迄於今日的台獨反共、親美、親日、民族分裂固定化、脫中國……的思潮，無疑是從七〇年代鄉土派進步思潮的一個倒退、反動、右傾和保守化。從前進的鄉土文學論向反動的「本土文學論」的逆轉，便是這個政治、意識形態大逆轉潮流中的一股波浪。現在從幾個方面分析：

（一）台灣戰後民主主義的右傾性

台灣光復以後，眼見以陳儀長官公署所代表的中國大地主、買辦、官僚資產階級政權在台灣的惡政，台灣民眾以同胞的身分，發動民主改革的運動。一九四七年元月，曾有聚合二、三萬青年學生的抗議駐北京美軍強姦北大學生沈崇的示威。四七年二月，爆發了全島性要求民主、自治與和平的二月暴動。暴動被殘酷鎮壓以後，脫逃到香港的台灣著名革命家謝雪紅，以她在島內和香港鬥爭的深切體會，認識到美帝國主義插手台灣事務，扶助台灣的反共反蔣親美勢力，陰圖分裂中國，陰謀使台灣歸美國託管，或由盟軍占領台灣，或謀台灣之脫離中國而「獨立」，乃迭次向台灣反蔣民眾提出「反蔣也要反美」的嚴肅課題。這說明戰後初期台灣左翼民主化運動是具有把反對國民黨半封建獨裁和反對美帝主義聯繫起來的深刻認識。

一九五〇年，特別是在韓戰之後，國民黨發動了延續三年的、全面徹底的反共恐怖肅清，並在同一期間推行農地改革，使堅定支持中共地下黨的台灣廣泛佃農、貧農社會因「翻身」而瓦解其對地下黨的支持。也幾乎在同一時期，以雷震為領導，以《自由中國》月刊為中心的資產階級性反蔣民主運動展開。由於台灣左翼在白色恐怖中全面覆滅，沒有左翼參加的《自由中國》民主運動，表現出反蔣、親美（以美為師、以美為依恃）、反共的特質，在冷戰與內戰雙重構造中，發展成「為反共而倡民主；民主必須親美」的對戰後台灣民主主義影響深遠的右傾路線。

此一民主運動在六〇年代初在美國默許下遭到鎮壓，雷震入獄。當黨外民主運動在七〇年代中期後再起，繼承了戰後民主運動「反共．親美．反蔣」的右傾傳統，到了八〇年代，逐漸與同為反共（反華）、親美、反蔣（國府）的台獨運動的合流，就是事有必至的發展。一九七〇年代初，在國民黨監獄中服刑十年出獄後的「外省人」雷震，猶向國府當局懇切地上萬言書，主張台灣在反共、親美的大原則下，建立「中華台灣共和國」，度過外交風暴，為台灣立長久基業！這就極為典型地說明了親美、極端反共、反華的台灣戰後資產階級民主運動的反動性和民族分裂主義的本源。則八〇年代以降，台灣文藝思潮的反動和倒退，是和戰後台灣民主主義歷史的倒退與反動相適應的，其理甚明。

（二）台灣政商資產階級及其政權的登台

一九五〇年，在中國內戰中慘敗的國民黨流亡軍政集團，在國際冷戰和國共內戰的疊合構造下，在美帝國主義強力的軍事、外交、經濟和財政支撐下，在台灣建立了一個反共軍事波拿帕國家，著手進行美國戰略指導和資金援助下的反共資本主義建設。在優先鞏固和發展公營獨占企業的前提下，同時發展民間資本，即輔導大陸來台流亡紡織資本，和本地日據時代買辦資本，及農地改革後轉投資於工商業的台灣舊地主豪紳資本，發動了台灣戰後資本主義的建設工程。

從五〇年代開始，以美國的支持，以二二八事變和五〇年代白色恐怖所發露的國家暴力所建立的國民黨在台灣的「國家政權」，運用其強權，在政治上排除民眾，剝奪勞動者的三權，以政策融資、獨占保護和最大限度擴大經濟剩餘的方式，培育上述民間資本主義。

從六〇年代開始，在公營企業和私營企業雙重構造上，國民黨透過國家政策的特權優待給與創業、融資上的支持；給予價格、產品和市場上獨占權利；透過公營企業與私人企業的聯合獨占與相互投資滲透，促成台灣私人資本的獨占化，也促成大財團聯合企業體和相應的大政商資產階級的登台。至八〇年代中後，這些本地大財團聯合企業體，經濟規模更大，為數更多。它們的總產值已逼近台灣國民生產毛額的四〇%。

但是，一直到一九八七年蔣經國因病死亡之前，這財力雄大的台灣政商布爾喬亞，一直是三十多年來飼育和餵養了自己有若身生父母的國民黨政權最馴良的兒子。一九八七年台籍政治精英李登輝繼任總統，一個台灣本地大政商資產階級的「國家政權」宣告成立。於是原本就與國民黨權力、官僚系統有千絲萬縷的政、經、利益關係的台灣政商資產階級，至此直接深入政權和國民黨中央和立法院等權力機關的內核，政商結合益為深刻。舊日國民黨完成了哺育台灣資本主義——以及台灣大資產階級的歷史使命，瓜熟而蒂落，黯然退出台灣政治舞台，迎來了台灣戰後第一個本地大政商資產階級自己的政權（在台灣一百大財團企業中，視其資本規模和社會關係，前五名幾為本省籍資本。外省籍資本大財團企業，數量上僅占百家中的三〇%左右）。

李登輝政權出台後，展開了一連串權力的鬥爭。這無非是相應於台灣大資產階級自己的「國家」登場過程中，清洗獨占台灣政治近四十年、哺育台灣大資產階級長成的國民黨舊流亡集團之殘餘的作業。台灣本地大官商資產階級，把國民黨和「中華民國」改造成了自己的黨和自己的「國家」。所謂國民黨「老店新開」、「台灣化」，而「中華民國的台灣」變成了「中華民國在台灣」，皆此之謂也。

李登輝政權展開了和今日台灣資本主義發展階段、和今日台灣資產階級相適應的，顯著的「民主化」政策。但長期以鐵腕、暴力、強權統治的國民黨政權之改易，現實上並不是經過由下而上的市民階級的民眾抗爭、政變或革命達成，而是由上而下地，經由舊政黨和權力為延命圖存的策略，出於其主動而維持其統治地位條件下，進入「民主化」的時代。全斗煥、盧泰愚法西斯獨裁體制，也是以吸納反對派的梟雄金泳三而使舊政權在「民主化」時代中延命。

這說明了什麼？

1. 說明台灣大政商資產階級的反動、落後的本質

前文說過，台灣的大政商資產階級，是經過幾十年國民黨以民眾的血乳餵飼成長的。這民眾的血乳，有這些高濃度的成分，即國民黨的發展政策、資金籌措、人才與技術的供應，條件優渥的特權融資、美援資金技術的調撥，以國家政策支持資本和獨占化，使其產品壟斷島內市場。在資本關係上，建立「國家」獨占資本和政商獨占資本的資本同盟，在市場、商品上搞聯合獨占。在階級關係上，透過公、私獨占體股份相互滲透、高層人員的交叉任用而形成官僚、政客與民間大資產階級的階級聯盟。而且應該著重指出，戰後四十年間，被台獨「理論家」咒罵為「外來民族」、「外來政權」和「殖民政權」的國府，在哺育台灣大政商資產階級時，在資本的社會關係上，從來不分本省外省。今日台灣大財團資本中，外省籍者，資本額、獲利額、規模、企業數皆遠在本省籍者之後，便是明證。至於龐大的「國有企業」，過去是蔣家國民黨「國家政權」的物質基礎。在今天，隨著台灣大政商資產階級「國家」的形成，這龐大的國營獨占體——包括黨營企業——也一變為今日台灣大資產階級「國家」成立的物質基礎。

另就階級歷史來看，前文提過，今日台灣大政商階級的根源，一是日帝下為日本獨占資本從事買辦的資產階級（如「永豐」何家、高雄陳家），二為日據下以土地資本剝奪台灣農民以積累的親日派大地主豪紳官僚階級（如辜家、台南吳家等等）。

最後，從台灣大政商資產階級的聯合獨占資本，有九〇%以上和外國資本有資本構成上和技術「合作」上的依附關係，而以「技術」(另一種形式的資本)依賴，最為嚴重，長期受到外國的技術(資本)深刻的控制，有買辦性格。

綜上所述，當前支配著台灣的經濟、社會和政治生活的台灣大政商獨占資本，自其資本的發展過程，自其階級本源，自其對外資的買辦庸附，規定了它的反動性和附從性。在政治上，就不能不連續——甚至發揚光大——舊國府時代反共、反中國(尤其基於其積累基地為對島內市場的獨占)、民族分裂的持久化、對美日新帝國主義庸從與擁護等為內容的政治和政策。李登輝政權帶來台灣大資產階級的全國參政熱潮，終至於以台灣大資產階級對台灣政治的獨占，取代了往日國民黨舊中國流亡集團對台灣政治的獨占。

如果一九八七年以前，舊國民黨的社會基礎在於它自己哺育長大的台灣政商資產階級(以及廣泛軍公教中產階級，和因農地改革而一時翻身的台灣農民)，那麼，八七年後的新政權的社會本質正是台灣大政商資產階級本身，從而決定了當前政權在反共、反華、親美日、民族分離主義上對舊時代的繼承與連續，而不能是舊政權的揚棄與斷裂了。

2. 說明台灣大政商資產階級和中小企業資產階級的矛盾統一

長期享受國家權力和特權保護的台灣大資產階級，和基本上自生自滅、生存發展條件嚴峻的台灣中小企業的中小資產階級，在經濟和政治上有一定的矛盾。在政治上，大資產階級自然擁護國民黨權力和體制。而不以島內市場為其積累基地，以脫離中國民族經濟體而從美、日、台三角貿易循環中辛勞積累的台灣中小企業資產階級，在七〇年代以降，會同台灣中產階層（以出賣高等技術知識的自僱階層）成為台灣「黨外」資產階級民主運動的骨幹。

但是，中小企業資本與官商獨占集團資本之間，又有核心（獨占體）與衛星（中小企業）的上下主從分工關係。在這個資本分工結構上，中小企業不能不對獨占體產生庸從依靠的關係，受到獨占體的一定程度上的支配，從而又有兩者之間統一和聯繫的關係。

以中小資產階級和中間階層為核心的、七〇年代發展起來的台灣黨外民主運動，在政治上反共、脫中國、親美日，從而在八〇年代初奔向民族分離論。八七年以後，上述台灣大官商資產階級取得了政權，李登輝進一步吸收了台獨運動中的台灣獨自的「共同體」論，把台獨論變裝成為「中華民國在台灣」的「兩個中國論」，也吸收了民進黨「進入聯合國」運動，發展為進聯合國、「拓展外交空間」運動。在一個政權的推動下，九〇年代台灣的民族分離運動有了長足的發展。在政黨、凍省、修改國中教科書和「聯合執政」的風風雨雨中，儘管台灣政商大資產階級和中小企業資本都面臨著跨世紀後大陸巨大而快速成長的市場對資本的強烈召喚，卻迫不急待地在當前反共、反中國、向帝國主義一面倒的台獨道路上蝟集同行，越走越遠了。

而八〇年代台灣文學思潮之從進步的鄉土論向著反動倒退的「本土論」發展，其實便是上述台灣戰後民主主義的全面右傾化、政治上台灣大政商資產階級與中小企業資產階級的反動聯盟這些總結構，在意識形態上的反映。

3. 祖國喪失症的擴大

李喬主張：「所謂台灣文學，就是站在台灣人立場、寫台灣經驗的文學。」至於什麼是「台灣經驗」呢？李喬說是：「包括近四百年，與大自然奮鬥與相處的經驗；反封建、反迫害的經驗，以及反政治殖民、經濟殖民，和爭取民主自由的經驗。」王拓於是說：「李喬對於台灣文學的定義，正是『鄉土文學論戰』過程中鼓吹提倡者對鄉土文學看法的延伸。」王拓於是建議人們讀他在七七年以李拙為筆名寫的論文〈廿世紀台灣文學發展的方向〉，來印證李喬八〇年代的看法是如何「延伸」了王拓七〇年代的思想。

先不說李喬所說的「台灣經驗」和近世一切殖民地、半殖民地的歷史社會經驗有何不同，倒要指出七〇年代的王拓和李喬最根本的不同，在於中國視野與指向的有無。王拓在〈廿世紀台灣文學發展的方向〉中，開宗明義先界定台灣新文學的中國屬性，稱之為「在台灣長成並發展起來的中國文學」。李喬只能看到沒有中國視野的「台灣人立場」和「台灣經驗」，王拓卻既能看到日政下台灣新文學「與當時的社會運動與政治運動採取著一致的步調」，同時也看到台灣新文學「與祖國自五四新文化所展開的反帝國主義侵略和反國內封建剝削制的一切運動相一致」。事實上，對於七〇年代的王拓和其他鄉土派理論家，正如前文所提及，中國（祖國）的視野和台灣「土地／人民」的認同和關懷是統一而不是矛盾對立的。八〇年代以後，台獨文論卻刻意將中國祖國的視野，與孤立的台灣「土地」和人民剝離、對立起來。到底李喬是王拓的「延伸」和發展，抑或李喬是王拓的斷裂與倒退？要回答這個問題，人們還得從歷史上去觀察和思考。

帝國主義在十九世紀四〇年代打開了古老中國的門戶，使中國淪為半殖民地——在中國訛奪賠款，強開商港，劃據勢力範圍，奪取租界，以至強行割地為自己的殖民地……澳門、香港和台灣的殖民地化，是中國半殖民地化總過程的組成部分。因此，割讓的殖民地的解放，是復歸於祖國，而不是「恢復」其原所沒有的「獨立」。一九四五年日本戰敗，台灣復歸殖民地化之前的地位——即作為中國之一省而復歸祖國。一九九七年，香港結束殖民地歷史，也不是以「殖民地獨立」的形式，而是復歸（在現實條件下採「一國兩制」形式）中國。一九九九年澳門回歸亦然。這是割讓的殖民地台灣、香港和澳門與二戰後紛紛獨立的前殖民地本質上的不同。

因此，殖民地台灣的民族解放鬥爭的原動力——民族認同，不是什麼針對中國人、中國民族的「台灣人」、「台灣民族」意識，而是以四千年民族文明為驕傲的中國人、漢民族意識。這是日帝總督府和軍憲當局所痛切忿怨的事實。

但是，與一切殖民地一樣，被殖民的台灣知識分子和民眾，固然絕大多數懷抱漢民族的自豪感，對殖民者和體制堅決抵抗、堅決拒絕被殖民者同化，對祖國中國懷抱著深切的「思念之情」，「其以支那為祖國的情感難於拂拭」，但在這主流之外，不免也有一些人對統治者畏服，深儀殖民者的文明開化，力爭與殖民者完全同化，鄙視和憎惡自己的祖國和民族。日本著名的思想家尾崎秀樹，在對於日本之殖民台灣造成的荼毒深自反省之餘，曾經指出：「曾為被統治者的台灣人方面，在日本天皇及其『一視同仁』的美名下進行同化政策的結果，造成某種潛在（於台灣人心靈中）的祖國喪失和白痴化」——即把自己從繼日帝壓制之後蔣政權的統治下解放的展望、向著「台灣人的台灣」道路（台獨）傾斜，而不是寄託於（新）中國的復歸。

在日本殖民地下少數一些人因力爭同化於日本帝國主義而罹患祖國喪失＝白痴化的症疾。一九五〇年後，長期冷戰／內戰意識形態的內面化，進一步擴大和深化了這祖國喪失和白痴化的沉疴。在舊殖民主義和新殖民主義下，對殖民者是堅持自己的民族認同、反對同化，還是力爭同化於殖民者；對殖民者及其體制是堅決抵抗還是俯首臣服；對自己的民族、民族文化和血肉同胞，是懷抱自豪和深厚的認同與深情厚意，還是站在殖民立場對自己的民族、人民和文明懷抱著鄙視、否定、抹殺甚至憎惡，標誌著解放與奴隸化、鬥爭與臣服、前進和倒退反動的不同價值與立場。七〇年代王拓思想和李喬、宋冬陽、陳樹鴻們最大、最尖銳的不同，就在於強烈的祖國指向與「祖國喪失・白痴化」的不同。因此，李喬、宋冬陽和陳樹鴻們不是七〇年代的王拓思想的什麼「延伸」、「發展」、「加強」、「相承」和「純粹化」——而是其反動、斷裂和倒退。

而〈鄉土文學論戰與台灣本土化運動〉的王拓，也不是七〇年代的王拓的「延伸」、「發展」、「加強」、「相承」和「純粹化」——而是其轉向、反動、斷裂和倒退！

一九九七年十二月

初刊一九九八年十二月人間出版社《人間思想與創作叢刊1・清理與批判》，署名石家駒

離開學生運動的嬰兒期

談談台灣社會性質理論的開發 1

以馬克思主義為思想武器的第三世界無產階級運動，有一個共通的、重要的課題，那就是以歷史唯物主義的方法和原理，對自己的社會進行科學性分析，對自己所居社會的性質，做出科學的結論。相信人類社會一般地、主要地經過原始社會↓奴隸社會↓封建社會↓資本主義社會諸階段之後，向共產主義社會移行的馬克思主義者，必須科學地究明當前社會發展階段的性質，從而確定這社會的物質的、階級的矛盾，找到被變革的核心對象，即當前的支配者、榨取者階級，找到推動變革運動的性質和推動社會變革過程中立場最堅定、力量最大的階級，辨別出在變革運動中推動變革的階級可以以及應該團結的其他階級，以推動社會的構造性改造的路線、方針，向更進步的社會階段移行。

因此，一九三〇年代，中國先進的社會科學界進行了一場著名的「中國社會史論爭」，在北伐革命失敗之後，反省革命陣營對中國當面社會性質的理論認識，終於達到了中國是「半封建·

半殖民地社會」這麼一個結論。毛澤東的「新民主主義革命論」，便是建立在這個結論上，從而勝利地領導了中國打倒帝國主義、封建主義、買辦資本主義的革命。

三〇年代和五〇年代，日本的馬克思主義者前後進行過兩次「日本資本主義性質論爭」，形成著名的「勞農派」和「講座派」之間的爭論，取得了有世界重要性的理論成果。

一九八〇年五月，韓國軍方發動政變，在美帝國主義的支持和默許之下，發動光州大屠殺，殘酷鎮壓光州人民的民主化運動。自此，韓國的運動圈和進步的社會科學者，痛定思痛，反省自己對韓國社會、軍政獨裁集團、美軍占領下南北分裂對立的韓國社會的認識，從而開展為「韓國社會構成體論爭」，在戰後韓國社會科學的發展上，做出了重要貢獻。

一九五〇年以後，台灣的無產階級運動，作為中國新民主主義革命在島上的戰場，在美國軍事封斷海峽，以武力支持國民黨集團的條件下，在不可置信的恐怖的異端撲殺運動中潰滅。這白色恐怖殺戮了四千到五千個「奸匪」，一萬多個共產黨人、同情者、冤假錯案的犧牲者被非法逮捕、拷訊、審問和投獄。

不僅僅這樣，馬克思主義的哲學、社會科學理論、審美創作實踐，遭到最徹底的破壞。台灣的民族解放運動歷史和傳統遭到嚴重鎮壓和毀滅。

緊接著，在白色肅清血腥的島嶼上，美國意識形態、保守、反共的學術、價值，在台灣被收編到美國霸權下的秩序（Pax Americana）過程中，透過美國獎學金、基金會、留學體制、人員調訓交流、合作計畫而全面支配全台灣，一至今日。馬克思主義的知識體系斷絕，台灣社會性質理論在美製PhD大海中絕響。

然而，革命的台灣知識分子其實不曾完全交過白卷。

一九二八年，殖民地台灣的工農階級第一個先鋒隊「台灣共產黨」成立，在她的政治綱領上，對當時台灣社會做過最早的分析。綱領認為，在一方面，台灣社會是「日本帝國主義的殖民地」，另一方面，台灣社會中還有許多「封建的殘餘」。用今天的話說，台灣社會是「殖民地半封建社會」。台共黨人認為，這「殖民地半封建社會」的階級結構由上而下地分列為「日本帝國主義的資本階級」、「反動資本家」、「進步的資產階級」、「小資產階級」、「大地主」、「中地主」、「自耕農」、「貧農及農村無產者」和「工人階級」等十個階級。革命的性質是反帝——推翻日本帝國主義，使台灣自日帝下獲取獨立——和反封建——搞「台灣資產階級性民主革命而不是無產階級性社會革命」……

經過激烈的路線分派鬥爭，一九三一年，台共內「改革同盟」另立新的綱領。新綱領基本上也認定台灣社會是「殖民地半封建社會」，因此革命的目標一在於「顛覆帝國主義，使台灣自帝國主義統治下獨立」，二在於「實行土地革命，消滅封建勢力」。欲達到此目的，必須由台灣無產階級領導農民、小資產階級和勤勞大眾，以「排除民族資產階級的『民族改良主義』」，在台灣農村及廠礦「實行猛烈的階級鬥爭和武裝暴動、顛覆帝國主義統治」、「建立台灣的工農民主專政的蘇維埃政權」。這樣性質的革命，叫作「資產階級性的工農民主革命」。

由於黨的年齡太短，指導建黨的共產國際和中共，對台灣的具體歷史和社會知之不稔，理論上不免有許多粗疏和錯誤，但是作為「殖民地半封建社會」的台灣革命性質，除了反帝「獨立」（自日帝下解放）之外，進行「資產階級性質的民主革命」——而不是搞機械、性急地向社會主義移行的社會主義革命——的題綱，有其科學性。

日據下台灣工農革命運動在一九三一年被全面鎮壓，黨人或逃亡，或大批入獄而告終。

一九四五年日本戰敗，台灣光復。一九四六年，中共台灣省工作委員會潛台工作，祖國大規模階級鬥爭擴及台灣。四九年底，基隆中學鍾浩東案扯開了地下黨的破綻。一九五〇年上半年，地下黨中央遭到嚴重破壞。同年六月，韓戰爆發，美國武裝干涉海峽，國民黨大舉展開殘酷的恐怖肅清。一九五三年，地下黨全毀，台灣第二波工農階級運動破滅。

台灣省工委的運動，是中國共產黨領導的中國新民主主義革命的一個組成部分，在「全國一盤棋」的形勢下，理論上服膺新民主主義革命論，現實上沒有另外建設台灣獨自的綱領和方針的必要。白色恐怖以後，台灣在美帝國主義干涉下被迫與中國母體分離，嗣後五十年間在社會經濟上經歷了和大陸完全不同性質的社會發展。而以社會科學研究、分析和認識台灣戰後資本主義的知識與實踐的營為遂寢。一九七〇年保釣運動的左翼，是一批在北美的港台知識分子對中國革命、革命理論的補課運動，極少見到台灣社會性質論的展開。與之相左，作為其投影的台灣「夏潮」系的文化思想運動，基本上是一種啟蒙運動，談論較多的是民族主義、帝國主義批判、公害論、台灣史、文學史的再認識和台灣鄉土文學論爭等等。而在鄉土文學論的提起中，恰恰缺少了台灣社會論。而馬克思主義的文學論，又恰恰離不開社會論。

今天，研究台灣社會性質，不能不注意到下列的特殊性：

（一）台灣社會，歷來不是一個獨立的社會。在歷史上，不論先住民或漢族人，都不曾在台灣獨立建國過。社會史地看來，台灣社會是中國社會的一個組成部分，在西方地理大發現時代（十七世紀）和現代工業帝國主義時代（十九世紀），被中心部資本主義吸納（殖民地化）為世界資本主義的邊陲，從而相應於中國與帝國主義間力量之消長而與中國本部時而分離、時而復歸。因此，台灣社會史各階段的推移和變化，不但和中國社會史的變化移行運動有密切聯繫，台灣社會各階段移行最終的趨向，也無法自外於中國社會發展和移行的根本運動。以眼前的例子來說，殖民地香港的變化，就與戰後其他殖民地不同。香港的社會變化，不在它自己的反帝、獨立和國家資本主義化……而是作為「社會主義市場經濟」下，在中國社會主義政權下多種經濟並存體制下作為一個資本主義的「特區」，為「社會主義初期階級」下中國生產的現代工業化和社會化，從而為中國最終向社會主義移行做催化、促動上的貢獻——而不是經由香港獨自的反帝民族解放鬥爭，建立獨自的政權，採擇「國家」資本主義、向香港殖民地資本主義社會以後的社會階段推移。

（二）台灣戰後的「工業化」，是在帝國主義世界體系基本形成，在世界資本主義體系對抗和封鎖世界社會主義體系的總體戰略下，以經濟、政治、外交、軍事和文化的新殖民主義性的扈從化，進行依附性工業化發展。對台灣戰後資本主義的分析，乃至對台灣戰後社會、政治、文化、意識形態的分析，就不能離開戰後美帝支配下東亞工業化世界史的框架，和內在台灣史自日帝下殖民地社會到戰後作為美帝新殖民地社會的推移來分析。

（三）從最概括性的分析，在台灣出現過這些不同的社會發展階段：（1）原住民各族程度不同的原始社會階段；（2）重商主義殖民地擴張下荷蘭殖民地階段；（3）鄭氏部曲豪族封建社會階段；（4）鴉片戰前清王朝封建社會階段；（5）鴉片戰後半殖民地半封建社會階段；（6）日帝下殖民地半封建社會階段；（7）一九四五—一九五〇國統下半殖民地半封建社會階段；（8）一九五〇—一九六三新殖民地半封建社會（劉進慶[2]）階段；（9）一九六四至新殖民地半邊陲資本主義社會階段等，茲不細論。

前文說過，社會性質分析理論，其目的在尋求克服社會矛盾，促成社會向新的、文明階段移行的理論與實踐的根據。

如果把台灣看成一個「獨立」發展的社會，則其社會移行論就不可避免地指向以一島範圍推翻美日帝國主義在台灣的支配，推翻其在台代理人政權，從而建立台灣工農階級的政權，進行台灣一島之社會主義改造。

如果把台灣社會發展看成力求與半殖民地半封建社會徹底進行革命的斷絕、進行徹底的構造變革、自力更生、以新民主主義重建獨立自主的中國這樣一個歷史的組成部分，那麼，台灣社會的構造移行，就要考慮中國社會全體變革移行的方針路線問題，並從當前香港社會「回歸」的本質和過程，去思考問題。於是，在台灣社會性質論和與之相應的變革理論底展開，就必須將中國革命史論、中國社會史論和一九四九年後中國社會性質的變化——特別是開放改革後中國社會性質的研究，也擺在我們的視界之中加以沉思。

這兩派理論，勢將有一番激論。然而，激論之前，必須正襟危坐，先做為台灣社會史—台灣資本主義發展史的切實的研究工夫。

沒有台灣史的歷史唯物主義的思維，「左」派台灣學生運動就永遠無法擺脫其嬰兒期。

由於無法改變的、臨時性的原因，無法參加今天的聚會，對同學們十分抱歉，無由申辯，只有敬請同學們原諒。如果同學們以為尚有必要，我願意補救於來日。

應主辦同學的要求，在赴港前夜，匆匆草成演講大要，請同學們參考，也算是一個交待。

再次向同學們致萬分歉意！

約作於一九九七年

本文依據手稿校訂

---

1 本篇依據手稿校訂，手稿未標註寫作時間，根據文末附言與林一明先生所提供之資訊，應作於一九九七年。

2 應指台灣學者劉進慶在《台灣戰後經濟分析》（台北：人間出版社，一九九二年）一書中所論。

陳映真全集（卷十六）

THE COMPLETE WRITINGS OF CHEN YINGZHEN (VOLUME 16)

作者　陳映真
全集策畫　亞際書院・亞太／文化研究室
策畫主持人　陳光興、林麗雲
執行主編　宋玉雯
執行編輯　陳冉涌
版型設計　黃瑪琍
排版／印刷　中原造像股份有限公司

出版者　人間出版社
發行人　呂正惠
社長　陳麗娜
總編輯　林一明
地址　108台北市萬華區長泰街五十九巷七號
電話　886-2-2337-0566
傳真　886-2-2337-7447
郵政劃撥　11746473・人間出版社
電郵　renjianpublic@gmail.com

初版一刷　二〇一七年十一月
定價　一萬二千元（全套不分售）
ISBN　978-986-95141-3-2

國家圖書館出版品預行編目（CIP）資料

陳映真全集／陳映真作．-- 初版．-- 臺北市：
人間，2017.11
23冊；14.8 ×21 公分

ISBN 978-986-95141-3-2（全套：精裝）

848.6　　106017100